LE VOYAGE D'ANNA

HENRI GOUGAUD

LE VOYAGE D'ANNA

roman

ÉDITIONS DU SEUIL
*27, rue Jacob, Paris VIe*

ISBN 2-02-037511-7

www.seuil.com

J'ai parlé du paradis
qui n'est pas fontaine de vin ni nuée de houris
mais voyage perpétuel.
J'ai parlé de la résurrection
qui n'est pas sortie de la tombe au son de la trompette
mais tout ce qui dans cette vie bouleverse et ravit.
J'ai parlé de l'amour
qui n'est pas lien mais ivresse,
et du désir qui est envié du soleil,
car il porte en son feu les neuf sphères célestes.

Elisabeth D. Inandiak
Centhini, épopée mystique et érotique de Java.

L'aventure d'Anna Marten est librement inspirée d'une nouvelle de Bertolt Brecht, « Le Cercle de craie augsbourgeois », parue dans ses *Histoires d'almanach.*

1

Le 8 novembre 1620, à Prague, sur la place du Marché aux Foins, Anna Marten fit pour la dernière fois de sa jeune vie ses emplettes maraîchères à l'étal d'un jardinier qui lui piquait délicieusement le cœur quand son regard rencontrait le sien. Il lui fit un clin d'œil et lui murmura, comme à l'ordinaire, en effleurant sa main :

– À demain, mademoiselle Anna.

Elle lui répondit :

– Si Dieu veut.

Elle se renfonça dans le brouillard du crépuscule.

Des lanternes, çà et là, éclairaient fugacement une foule de fantômes frileux. Des femmes, le châle serré au cou, des chariots, des cavaliers égarés sans cesse apparaissaient et s'effaçaient dans l'épaisseur de la grisaille. Sous le vague halo d'un brasier suspendu à l'enseigne d'un estaminet des hommes palabraient fiévreusement. Un grand guenilleux aux sourcils touffus sortit soudain de la taverne, une torche dans chaque poing. Il les fit tournoyer au-dessus de sa tête, ploya en arrière, se retint au mur, s'en revint en avant, brailla un début de chant guerrier puis se mit à haranguer les gens qui s'écartaient de lui. Il leur dit qu'il savait. Il se tut après ce mot et le laissa peser en frappant sa poitrine, sans souci du feu de ses torches qui illuminait sa face et crépitait dans sa barbe. Il injuria ceux qui hésitaient à l'approcher. Il railla leur misère et leur résignation aux incomparables malheurs qui leur viendraient bientôt dessus. Nul ne s'en offusqua. Il amusait comme les fous amusent, il effrayait comme les dieux effraient. Il dit à nouveau qu'il savait. Des gens devant lui s'arrêtèrent. Il fit encore silence et contempla, satisfait, le demi-cercle de visages qui maintenant l'environnaient.

Hors les murs de la ville, sur la Bila Hora, la Montagne Blanche, l'armée catholique du duc Maximilien avait tout le jour combattu les troupes des protestants de Bohême. Vers midi on avait appris que les cosaques polonais, chevauchant les rênes entre les dents, s'étaient taillé une route de tripaille et de sang au travers de la cavalerie calviniste, puis la rumeur avait couru d'une contre-offensive peut-être décisive. À ceux qui attendaient qu'il parle, le fou dit, d'un air de triomphe prophétique, que le diable était sorti vainqueur de la bataille, qu'il était aux portes de la ville, que ses cohortes aux armures cornues caracolaient sur des scorpions géants, des centaures et des ânes venimeux. Quelques voix lui demandèrent si ces démons étaient catholiques ou protestants. Il balaya la question d'un coup de torche dans l'air et brailla que Prague ne serait bientôt plus qu'un amas de boue, de ronces, d'insectes et de reptiles. On l'admit sans guère s'étonner. On insista pourtant. On voulait savoir quelles bannières brandissaient ces envahisseurs. On le pria donc de dire de quel parti il était, espérant apprendre ainsi la religion de ses infernaux ennemis. Il se raidit, la mine noble. Il lança au-dessus des têtes, avec une fierté d'ivrogne :

– Je ne suis ni de Dieu ni du diable. Je suis.

Il ajouta que ce verbe seul, définitivement intransitif, suffisait à combler sa vie. On haussa les épaules. On se détourna. On s'en revint à la brume.

Anna traversa la foule des badauds à l'instant où elle se défaisait. Le prophète la suivit, les torches hautes, en singeant le galant. Elle se retourna vivement, le repoussa d'un coup de son panier, courut, jeta un œil par-dessus l'épaule, le vit harceler d'autres gens. Elle descendit vers le fleuve par une ruelle étrangement déserte et silencieuse après l'effervescence de la place. Elle entendit les voix d'un homme et d'une femme derrière des volets mal clos. L'envie la prit de s'arrêter pour écouter ce qu'ils disaient, mais une porte battante quelque part dans le noir lui fit presser le pas. Sur la rive de la Vltava elle retrouva l'infini des brumes. Elle traversa le pont derrière un gros moine aux pieds nus qui chevauchait une mule. Au-delà du claquement tranquille de ses sabots lui parvint par bouffées une lointaine rumeur de foule ivre, peut-être de bataille, peut-être de bière et de vin. Elle aperçut un feu errant dans le courant du fleuve. Un autre le rejoignit. Ils disparurent ensemble sous l'arche du pont. Elle se dit qu'enfin il allait se passer quelque chose, que les prochains jours seraient cruels, stupéfiants, fiévreux, débridés, bref d'une terrible et magnifique nouveauté. Peut-être nourrirait-elle des blessés dans le salon bouleversé de son maître, Josef Hanusak, le plus riche des teinturiers de

Prague. Peut-être serait-elle libre de sortir le soir dans la cohue des flambeaux populaires, de parler à des inconnus, de leur dire : « Hier encore, j'étais servante. » Peut-être dans quelque échauffourée son maraîcher la prendrait aux cheveux pour lui baiser la bouche, puis il l'entraînerait à l'écart du monde dans la bruine du bord du fleuve. Alors elle oserait lui avouer qu'elle était une enfant trouvée. Il répondrait : « Oui, par moi. » Et ils riraient ensemble.

Au-delà du pont la mule prit un autre chemin que le sien. La rumeur de la foule en armes était maintenant plus distincte. Il lui vint à l'esprit que l'on pillait sans doute aux portes de la ville. Elle traversa le jardin de la maison Hanusak, bondissant de pierre en pierre pour ne point s'embourber, reprit souffle, rajusta sa coiffe et bravement poussa la porte de service.

On ne peut imaginer son propre destin. Il demeure invisible même à la lumière des songes. Anna Marten le rencontra dans cette demeure cossue des bords de la Vltava au lendemain de la bataille de la Montagne Blanche, que remportèrent les troupes catholiques de Maximilien de Bavière.

2

Josef Hanusak n'était pas protestant. Il était ce que sa teinturerie exigeait qu'il fût, honnête mais batailleur face à ses fournisseurs et prompt à cultiver d'aimables connivences avec ses clients de haut vol. Or (« qu'y puis-je ? » disait-il), la plupart étaient calvinistes. Comme Anna ravivait le feu dans la cheminée de la cuisine, elle l'entendit derrière la porte du salon marcher de long en large et répondre vivement à son vieux valet Josukas (elle le reconnut à ses toussotements) qu'il n'avait, lui, maître Hanusak, aucune raison de fuir, qu'il ne s'était en rien, Dieu garde, conduit en hérétique, qu'il était honorablement connu à l'évêché et qu'en toute hypothèse il n'était pas homme à renoncer à ses biens, après tant d'années de labeur et de soucis, par crainte d'une poignée de pillards allemands débridés par l'ivresse de la victoire, d'autant qu'il suffirait probablement de quelques pièces d'or, en cas de nécessité, pour que ces pétardiers lui viennent lécher les mains.

Anna étendit son châle dans la chaleur de l'âtre. Popelka, se dit-elle, aurait dû être à ses fourneaux. Ce n'était pas son habitude de s'absenter à cette heure du soir. Dans le salon, Josef Hanusak bougonna :

– Évidemment, tout serait différent si la mer était à nos portes. Nous pourrions embarquer avec la maisonnée. L'Orient, Alexandrie, l'Égypte ! Je hais Prague.

Elle en oublia son inquiétude de se voir seule à la cuisine, sourit rêveusement au feu qui flambait haut, imagina son maître à la fenêtre. Quand il parlait de la mer, il regardait toujours le ciel. Elle aimait d'amitié secrète sa passion déraisonnable pour le grand large, qu'il n'avait jamais vu, et son désir inaccessible de posséder des bateaux familiers des chemins de l'Inde et des ports d'Arabie. Il ne s'habillait que de vêtements bleus, en hommage à ses rêves. Elle en était intimement émue. Elle n'avait rien trouvé d'autre à répondre à sa sœur, un jour, pour excuser cet homme que son ombrageuse parente accusait de n'avoir aucune considération pour ses domestiques. « Il s'habille de bleu par amour de la mer. » De l'autre côté de la porte Josukas, qui chevrotait, fit une remarque inaudible. Maître Hanusak lui répondit violemment :

– Ils n'oseront jamais.

Il se trompait.

Le pillage commença la nuit même de la victoire catholique. À l'aube, il y eut une accalmie. On crut la paix acquise. Vers le milieu de la matinée, des bandes d'enfants vifs comme des hirondelles annoncèrent aux seuils des portes hâtivement entrouvertes que les Allemands et les Polonais de l'armée impériale ravageaient les belles demeures de la rue Royale, et qu'ils avaient massacré quelques notables protestants dont ils crièrent les noms, de loin en loin. On s'efforça de croire à un sursaut de fièvre. À midi, le fleuve charriait de lentes processions de cadavres et de débris de meubles. Personne ne vint en informer ceux de la maison Hanusak, car ce fut vers cette heure-là qu'une troupe de soudards armés de piques et de haches parut tomber du ciel au sommet de la rue.

Popelka la cuisinière s'était enfuie la veille au soir. Le vieux Josukas, dans la matinée, s'en était allé emprunter une malle à son fils, qui tenait boutique de cuirs près de la cathédrale Saint-Guy. Il n'en était pas revenu. Josef Hanusak sortit sur le pas de sa porte. Il faillit être renversé par la ruée de gens, d'ânes et de chariots qui se pressaient vers les jardins du faubourg. Il tenta d'agripper des bras, des vestes, hurla qu'il fallait s'en retourner et s'enfermer chez soi. On ne l'entendit pas. En haut de la rue montaient des nuages, mais le soleil dans le pan de ciel au-dessus des toits éblouissait encore le pavé devant les bottes des soldats. Entre les derniers fuyards et la boutique de l'apothicaire Dionysus dont on voyait fumer les fenêtres, n'était plus que volets battants et maisons désertées. À l'évidence, il devenait urgent de quitter les lieux. Maître Hanusak rentra en hâte et, poussant furieusement les portes devant lui, sortit dans le jardin. Il aperçut les ouvriers de la teinturerie, sur la rive du fleuve, qui couraient vers le Pont Neuf. Il s'en revint, s'arrêta au pied de l'escalier des chambres, cria que l'on se presse d'emplir tous les sacs que l'on pourrait trouver, puis s'en fut au fond du salon vider son coffre et ses tiroirs.

Antonie Hanusak n'avait pas attendu son ordre. Elle était dans son appartement où Anna l'aidait à fourrer pêle-mêle des vêtements et des poignées de bijoux dans des malles partout béantes. L'épouse de Josef Hanusak était une belle femme aux gestes secs, à la voix nette, quoique trop haut perchée. Son père était plus fortuné que son mari et Dieu merci, lui, parfaitement catholique. Elle s'était discrètement réjouie de la victoire des Impériaux. Elle avait, en l'apprenant, soupiré d'aise et s'était un instant contemplée dans son miroir en rajustant le haut de sa robe. Elle le fit encore pour répondre à son époux qu'elle serait bientôt prête. Elle ne semblait pas vraiment effrayée. Sans doute s'estimait-elle trop respectable pour être frappée par le malheur. Elle dit :

– Où est l'enfant ?

Anna alla se pencher à la rampe de l'escalier. Il babillait dans son berceau, en bas, au milieu du vestibule, et jouait avec une boule de bois suspendue au lustre qui illuminait les peintures du plafond. Antonie Hanusak ne nommait jamais son fils. Elle disait « l'enfant ». Elle se souciait de sa santé, de son bien-être, mais ne le cajolait guère. Elle ne savait pas s'y prendre. Elle semblait embarrassée quand elle le tenait dans ses bras. Elle craignait toujours qu'il ne la mouille.

Maître Hanusak tentait de boucler son sac de cuir trop plein quand les premiers coups de poing ébranlèrent la porte de la rue. Des voix violentes se joignirent à d'autres dans un langage inconnu. Il se redressa, hésita un instant entre l'épouvante et la protestation. Un vacarme soudain de bottes, de ferraillements, de vociférations, dehors, le força à reculer jusqu'à s'acculer contre la cheminée. La troupe de pillards venait de rejoindre son avant-garde. Une pique traversa le volet. Antonie apparut sur le palier des chambres. Son époux la regarda, effaré, comme pour la prendre à témoin de l'injustice qui lui était faite. Elle n'y prit pas garde. Une main sur son chapeau elle dévala les marches en grande hâte, se tourna vers Anna qui tentait de la suivre, loin derrière, et s'empêtrait dans ses gros sacs. Elle lui cria :

– L'enfant !

Ce fut comme un appel d'oiseau dans le fracas des haches qui défonçaient la porte. Madame Hanusak traversa la cuisine, s'arrêta au seuil du jardin, parut ne savoir où aller, se retourna encore et partit droit devant dans un envol de feuilles mortes.

Anna, au milieu de l'escalier, estima d'un coup d'œil ses chances d'atteindre le dehors avant que les premières cuirasses n'aient franchi les débris de bois qui encombraient l'entrée. Elles étaient nulles. Elle lâcha ses bagages, remonta, courut au fond du couloir, gravit l'échelle qui menait au grenier. Sous la charpente à peine éclairée d'une lucarne étaient çà et là des ballots poussiéreux et des amas de tissu fané. Elle trotta, l'œil partout, choisit un tas éloigné de la trappe. Il était bleu comme l'océan bien-aimé de maître Hanusak. Elle s'enfouit dessous. À peine recroquevillée, elle fut prise de tremblements irrépressibles. Les genoux au menton, les mains sur les oreilles, elle dévida un Pater, un Ave puis un chapelet d'autres, s'efforçant de ne rien percevoir que la rumeur de son sang, impuissante pourtant à ne point entendre les grondements qui faisaient frémir le plancher sous son corps. Les fracas de brisures, les effondrements de meubles, les explosions de miroirs la faisaient geindre et sursauter comme sous une volée de coups. Les mots de ses prières se perdirent bientôt en balbutiements incohérents. Elle sombra dans un puits d'images tourmentées, vit son maître, à la proue d'un voilier, cinglant sur une mer naïve d'ex-voto, son maraîcher riant follement dans une brume sulfureuse et lui reprochant de n'être pas venue le voir, sa sœur noyée dans un torrent de soldats, madame Hanusak, son chapeau envolé, bondissant comme une chèvre dans la lumière du jardin.

Deux moineaux se perchèrent sur le rebord de la lucarne, pépièrent un moment, s'envolèrent. La maison, maintenant, n'était plus parcourue que d'appels et de galops de bottes. Elle dressa la tête, brusquement réveillée. « L'enfant », se dit-elle. Un grincement redoutable, à l'autre bout du grenier, la fit brusquement se renfouir. Elle entendit des voix à hauteur de plancher, le bruit sourd de la trappe entrouverte et presque aussitôt refermée, des pas qui s'éloignaient dans le couloir de l'étage. On ne l'avait pas découverte. Son cœur s'emballa, elle se prit à rire et sangloter, se dit qu'assurément maître Hanusak avait pu s'enfuir avec son fils, que toutes les vies de la famille étaient sauves et que ces bandits qui semblaient se lasser, en bas, n'avaient fait que des dégâts somme toute réparables. Une averse brève crépita sur le toit. Quand elle cessa, le silence lui parut soudain d'une prodigieuse tranquillité. Les pillards s'en étaient allés.

Elle attendit, le temps de sentir la vie revenue dans son corps, sortit la tête de son abri. Elle avait perdu sa coiffe et ses cheveux s'étaient défaits. Elle les écarta de ses joues, de ses yeux, resta un moment à l'affût, puis s'en vint prudemment vers la trappe en prenant garde de ne pas faire gémir le plancher. Elle la souleva. Le bruit que firent ses vieilles charnières, éraillé, sarcastique, à nouveau affola son cœur, mais au courant d'air froid qui lui vint à la figure elle sut que la maison était partout ouverte et vide. Elle descendit dans le couloir des chambres, s'avança parmi les débris épars qui encombraient le parquet. Ces lieux tout à l'heure encore paisibles et familiers étaient maintenant abandonnés aux vents et aux fantômes. Les portes étaient abattues, les tentures lacérées, les lits éventrés et renversés, les volets battants. Elle s'arrêta sur le palier, se pencha par-dessus la rampe.

Elle ne vit rien du vestibule saccagé ni du chaos ombreux qui débordait sur le pavé de la rue. Dans la lueur du lustre où se consumaient les dernières bougies le berceau était là, intact. Il lui parut comme une barque tranquillement posée sur les débris d'un naufrage. Au-dessus de lui la boule de bois suspendue brillait, immobile, et sur l'oreiller l'enfant dormait, la tête de côté, la joue luisante et rebondie. Aucun éclat, aucun écroulement, aucune botte, aucune lame ne l'avaient effleuré. Le vacarme ne l'avait même pas réveillé. Anna descendit vers l'humble lumière qui baignait ce miracle. Sans oser le quitter des yeux elle évita les bagages qu'elle avait abandonnés et qui gisaient, éventrés, sur les marches, parvint enfin devant ce cœur du monde épargné par l'apocalypse. Elle s'agenouilla auprès du petit, risqua un doigt tremblant dans la chaleur de son cou. Il eut une grimace agacée, poussa un long soupir, ouvrit les yeux, vit le visage d'Anna penché sur lui, tendit sa main menue à son nez, à sa bouche. Elle la prit, la serra.

– Jan, dit-elle. Oh, Seigneur !

Elle se redressa, regarda enfin autour d'elle. On ne pouvait nulle part s'aventurer sans s'empêtrer dans des décombres. Elle s'avança malaisément jusqu'à la fenêtre. De l'autre côté de la rue la belle demeure du juge Masaryk était en flammes. De rares gens couraient, s'appelaient, s'en revenaient dans leurs maisons épargnées. Elle ferma les volets, s'en fut tirer ce qui restait de la porte. L'enfant, dedans, poussa un couinement. Elle pensa qu'il avait faim. C'était l'heure de son dîner. Elle s'en revint à lui. « Comment maître Hanusak, se dit-elle, a-t-il pu le laisser là ? » Elle agita la boule de bois au-dessus du berceau, pour le distraire le temps d'aller à la cuisine. Elle espérait y trouver un fond de lait dans un pot rescapé des massacres de vaisselle.

La porte du jardin était ouverte. Elle vit, sur le seuil, un soulier bleu. Elle le ramassa, sortit dans l'herbe. À quelques pas d'elle Josef Hanusak était couché au milieu du sentier, la face contre terre, les bras en croix. Le dos de sa veste était rouge et troué, entre les épaules, d'un coup de lame assassin. Alentour tout était paisible. Elle s'approcha du mort, le contourna, se pencha pour regarder sa figure sous la chevelure en bataille. Elle n'en put voir qu'une tempe, une joue livide, un œil ouvert. Elle eut peur, tout à coup, insupportablement. Elle recula jusqu'à s'appuyer au plus proche pommier du jardin. Il s'égoutta sur ses épaules. Elle eut un bref gémissement et s'enfuit éperdue, vers les brumes de la Vltava.

3

Le froid la prit sur la rive du fleuve. Elle s'y crut seule. Elle grelotta. Les rares arbres défeuillés, les arches du pont, imprécises, les eaux lentes, l'air alentour, tout était couleur de couteau. Au-delà des brumes de la Vltava les tours du Château, sur leur cime de nuées, semblaient flotter en plein ciel. L'idée lui traversa l'esprit que la ville, le monde même allaient peut-être se défaire en fumée, comme la vie de maître Hanusak. Elle se hâta le long du bord. Elle entendit des voix criardes. Bientôt lui apparut une poignée d'enfants crasseux aux cheveux dévorants qui se bousculaient autour de longues perches et tentaient d'agripper dans les vapeurs du fleuve des manteaux gonflés d'eau, des bottes de cadavres. Quelques-uns la virent sortir de la grisaille. Ils lui coururent dessus, lui saisirent les manches, lui tendirent des mains hargneuses, puis comme elle paraissait presque aussi pauvre qu'eux, ils la laissèrent aller. Elle ne prit pas garde aux volées de graviers et de quolibets obscènes qui un moment l'accompagnèrent. D'autres soucis l'occupaient trop. À peine s'étonna-t-elle de la présence incongrue de ces teigneux sur ce rivage où d'ordinaire ne passaient que des gens de belles maisons et des nourrices parfumées de senteurs jardinières. Elle les connaissait, eux ou leurs semblables. Elle croisait de temps en temps leurs batailles et leurs courses de voleurs dans le quartier de la Vieille Ville où demeurait sa sœur. Elle avait partagé autrefois leur misérable liberté. Certains jours de rage muette, quand madame Hanusak la houspillait pour rien, il lui arrivait de se sentir des leurs et de pester dans leur argot malgré son désir sans cesse cultivé d'être bonne à aimer et digne d'un bel homme.

À l'entrée du Pont Neuf, elle dut se frayer un chemin tortueux parmi des groupes de gens qui se désignaient des rougeoiements de brume. Des maisons brûlaient dans un lointain faubourg. Elle quitta le bord du fleuve et s'avança bravement dans le tumulte de la rue Saint-Gall. Une foule turbulente traversée de lignes de feux se perdait dans le brouillard du crépuscule. Un moment elle s'y plut, se réchauffa aux lueurs de flambeaux, aux corps qui la frôlaient, puis comme elle s'enfonçait plus avant dans la cohue, elle s'effraya. On se pressait au pas des portes où gisaient des cadavres, on se hâtait aux bastonnades après le spectacle des morts, on riait comme aux jeux de foire à harceler des fuyards nus poursuivis par des cavaliers, on se désignait des agonisants affalés sous des portails, on les nommait parfois avec délectation, on courait les voir expirer. Comme elle se trouvait engluée dans un brusque repli de foule, elle vit au pied d'une tourelle trois jeunes femmes bien vêtues penchées sur un de ces mourants. Elles remuaient sa tête en sang, du bout de leur soulier pointu, en gloussant et grimaçant d'aise. Elles étaient aussi élégantes et parfumées que les amies de sa maîtresse qui parfois la faisaient rêver. Elle s'écarta, les mains sur la figure, prise d'un vertige effaré, fut à nouveau poussée vers ces dames en grands chapeaux par une troupe d'ivrognes acharnés à faire boire un prêtre. Elle battit des poings, au hasard. Elle avait voulu du nouveau, que quelque chose enfin se passe. Elle avait tout imaginé, des larmes, oui, mais de pitié, des souffrances, mais de bon cœur, des peurs se changeant en miracles, des rencontres extravagantes, mais pas ces méchancetés-là. Elle voulut courir. Elle ne put. Trop de gens lui venaient dessus. Il lui fallait quitter ces cris, ces rires, ces visages, ces feux, ces tambours fracassants. Elle hurla, tout à coup effrénée, au nez d'un bourgeois qui voulait la prendre à la taille et la serrer contre son ventre. À coups de griffes, d'insultes, de crachats, elle se défit de son embrassement, parvint enfin à l'angle d'une ruelle obscure et se glissa dans la Vieille Ville.

Elle était déserte. Le brouillard semblait y dormir. La maison de sa sœur était dans ce dédale de venelles tordues, de recoins orduriers, de passages sans ciel, d'épuisantes montées entre des murs aveugles. Elle se sentit soudain infiniment chétive. Elle avait faim et froid. « Mon Dieu, se dit-elle, l'enfant. » Madame Hanusak avait dû courir chez son père, dans la belle demeure de la Malá Strana aux parquets éblouissants, aux cheminées blanches. Il lui faudrait aller la prévenir que Jan était vivant. « De mon pauvre maître Hanusak, se dit-elle, je ne lui dirai rien. Elle apprendra bien assez tôt sa mort. Elle ne le pleurera pas beaucoup, ce ne serait pas convenable, comme elle disait cent fois par jour. Elle restera dans sa famille, tout le monde à ses petits soins. Peut-être me gardera-t-elle à son service, peut-être non. Il y a là-bas des domestiques si bien vêtus, et de si beaux salons. » Elle s'engagea dans un passage puant, parvint au seuil d'une petite place, s'arrêta, alertée par des bruits menus, des chuchotis, des frottements, tendit le cou au bord de l'ombre où elle était tapie. Un soldat baisait une fille contre un arbre qui s'effeuillait. Ils la virent. Elle entendit un rire aigu, puis la voix haletante de l'homme qui l'invitait à leurs plaisirs. Elle se glissa hâtivement le long des masures obscures.

Au-delà de ce lieu était une ruelle qui semblait monter droit au ciel. Elle lui était familière. Là demeuraient Héléna sa sœur aînée et son beau-frère Luka. Anna espéra le trouver dans son échoppe de cordonnier où il travaillait parfois jusque tard dans la nuit. Elle vit de loin que la porte en était fermée, mais elle aperçut une lueur de chandelle entre les volets de l'étage. « Ils sont là », se dit-elle. Elle en fut réchauffée. Un moment elle avait craint qu'ils ne fussent en ville à renifler les morts. Elle appela, entendit remuer, là-haut. La tête ébouriffée de Luka parut à la fenêtre. Il eut un gloussement surpris. Il se tourna vers le dedans. Il dit :

– C'est elle.

Anna entendit tomber un tabouret, tambouriner l'escalier. Héléna parut sur le seuil. Elle avait l'air encore inquiet. Elle soupira :

– Merci mon Dieu !

Elles ouvrirent ensemble les bras, s'étreignirent, se prirent la main, grimpèrent au logis. Luka rit tendrement, planté au beau milieu. Héléna le poussa pour que sa sœur ait ses aises devant la cheminée. Elle lui servit un bol de soupe, lui dit que depuis le matin couraient dans le quartier d'incroyables nouvelles sur les horreurs commises dans les belles maisons de la Vltava. Anna raconta sa journée. Elle dit enfin :

– Il me faut aller prévenir Madame.

Luka lui sourit, béat, les yeux ronds. Sa jeune belle-sœur le surprenait sans cesse, et il aimait cela. Elle était son air frais. Héléna laissa aller quelques grognements mécontents, haussa les épaules et jetant un coup d'œil pitoyable au plafond :

– Regardez-la, gronda-t-elle. Pâle comme une nappe d'autel, les yeux creusés dans le charbon, en chemise, et ces cheveux fous ! Une vraie mendiante d'église ! Elle n'a même pas où dormir et elle s'inquiète d'une femme qui l'abandonne aux Polonais !

– Elle peut coucher ici cette nuit, risqua timidement Luka. Nous nous serrerons, voilà tout.

– C'est cet enfant qui me soucie, dit Anna. Il ne vivra pas longtemps, dans ces ruines.

Tous trois se turent un long moment. Héléna tisonna le feu. Elle bougonna :

– Oublie-le donc, il est le fils d'un calviniste.

Elle hésita, puis voyant les autres butés :

– Nous sommes pauvres. Nous n'avons pas à nous mêler des affaires de ces cousus d'or qui ne pensent qu'à s'étriper pour des couleurs de bannières.

Anna protesta, suppliante :

– Jan est vivant. C'est un miracle. Le laisser là serait pécher.

Ils firent à nouveau silence, puis Luka rit encore un coup. Les deux femmes le regardèrent. Il dressa l'index. Il leur dit :

– À voir le monde comme il va, il faut se garder de le suivre. Agissons donc à contresens. Nous sommes pauvres, soyons bons.

– Il part dans ses philosophies, soupira Héléna, les mains virevoltantes autour de ses cheveux.

– Anna, elle, me comprendra, dit son homme. Je poursuis donc. Servons la vie, Dieu l'a créée, et oublions les religions, elles sont des inventions du diable. Je suis fier de cette opinion.

Sa mine, en effet, était satisfaite. Anna eut envie de baiser sa joue.

– Il a trouvé je ne sais où cette sentence de malheur, dit Héléna, découragée. Depuis quelques jours, il l'inscrit sous les bottes de ses clients. Heureusement, il écrit mal. Les gens, quand ils s'en aperçoivent, croient que c'est parole de saint.

Luka prit au clou sa pelisse.

– Si l'on peut sauver un enfant, pourquoi s'en priver, mes jolies ? Cela ne nous coûtera rien qu'une promenade à la fraîche. Où allons-nous ?

– Chercher Madame, dit Anna, déjà sur le seuil. Garde la maison, Héléna. Nous serons bientôt de retour.

Sa sœur lui répondit :

– Allons donc, je vous accompagne.

Et jouant la mère excédée :

– Quelles sottises vous feriez si je vous laissais aller seuls !

Anna supplia que l'on évite la foule de la rue Royale. Luka proposa un raccourci, de lui seul connu, par des brèches de ruines, escaliers et passages abondamment merdeux où ils eurent tôt fait de s'égarer.

– En tout cas, plaida le perdu pour faire oublier sa déroute, constatez que nous ne rencontrons ni bourgeois, ni soldats. Il n'y a rien, ici, à piller. La demeure du pauvre est le seul sanctuaire inviolable dans ce monde tourneboulé.

Héléna le singea, puis soupira :

– Amen.

Les deux sœurs, derrière leur homme, partirent d'un rire étouffé auquel, pour une fois, Luka ne prit aucune part. Ils débouchèrent par surprise, après longtemps d'errance, dans un jardin abandonné qui descendait en pente douce vers la rive de la Vltava. Le Pont Neuf était loin. On y voyait scintiller des feux de torches. Ils y coururent, le traversèrent en se tenant la main parmi les chariots et les gens, parvinrent essoufflés à la Malá Strana. Le quartier était aussi paisible que les venelles de la Vieille Ville mais l'espace était vaste et l'on y rencontrait, çà et là sous des porches, de rassurantes sentinelles. Héléna ni Luka ne connaissaient ces rues et ces places fortunées. Anna se plut à leur montrer qu'elles lui étaient familières. La demeure du conseiller Pallach, le père de Madame, n'était guère éloignée du Château. Elle était environnée d'arbres, de pelouses et de rosiers fanés. Ils firent halte à l'entrée de l'allée qui menait au perron.

– Nous t'attendrons ici, dit Héléna. Va vite.

Elle avait parlé à voix basse, bien qu'il n'y eût personne alentour. Anna s'amusa de la voir intimidée par l'opulence des lieux. Elle s'en fut vers les lumières qui illuminaient les fenêtres.

Comme elle s'approchait, la grande porte s'ouvrit et sur le seuil parut le maître de maison avec deux officiers qu'il raccompagnait. Elle s'arrêta derrière un arbre, le temps qu'ils prennent congé, puis courut au vieil homme. Le conseiller Pallach, en la voyant venir, haussa sa maigre tête blanche et fronça ses sourcils touffus.

– Je suis Anna Marten, lui dit-elle, la servante de madame Hanusak.

L'autre, la bouche arquée, l'examina de pied en cap et grogna brièvement du nez pour l'inviter à poursuivre. Elle dit encore, tout empressée :

– Jan, son fils, est vivant. Il est à la maison.

Elle pensa : « Il n'y a pourtant plus de maison. » Elle ajouta, d'un souffle :

– Et mon maître Hanusak est mort.

Ces mots-là lui avaient échappé. La main baguée du conseiller se crispa sur le pommeau de sa canne. Il se tut un instant puis il laissa tomber :

– Enfin une bonne nouvelle. C'était un homme salissant.

Elle s'offusqua, faillit protester, se retint, se sentit comme prise en faute devant cette figure impassible qui la regardait de son haut. Elle lui dit enfin, bravement :

– Il faudrait prévenir Madame.

– Ta maîtresse n'est pas ici.

Anna resta la bouche ouverte. Elle n'avait pas prévu cela.

– Oh, dit-elle. Pardonnez-moi.

Elle pensa « je dois m'en aller », puis s'effraya et se reprit. « Il n'a sans doute pas compris qu'il n'y a plus personne, là-bas, que Jan est seul avec le mort. » Elle voulut s'assurer qu'il l'avait entendue :

– L'enfant a besoin d'aide. Il faut lui envoyer quelqu'un avec du lait, du linge chaud.

Un bref accès de rage submergea le vieillard. Il leva sa canne. Il gronda :

– Va au diable, pauvre garce ! Nous n'avons rien à faire ici d'un bâtard protestant.

Il se détourna, frémissant, et s'éloigna dans la lumière resplendissante du vestibule. Il fit un geste à un valet. L'autre trotta aussitôt à la porte. Il vit Anna, tout effarée, plantée dans l'ombre du dehors. Il la reconnut, grimaça un sourire contrit, souffla dans l'entrebâillement :

– Le maître est de mauvaise humeur. Il a ses rhumatismes.

Il ferma le battant et poussa le verrou.

Elle entendit bruisser l'allée, vit sa sœur qui courait à elle, Luka qui la suivait de loin. Au pied des marches du perron Héléna la prit aux épaules, chercha, inquiète, son regard, lui demanda ce qu'elle avait, si son monsieur l'avait battue, s'il l'avait accusée de meurtre. Comme Luka les rejoignait :

– Quelqu'un nous regarde, dit-il.

Il désigna une fenêtre de l'étage. Un visage furtif disparut derrière le rideau un instant écarté.

– Seigneur, gémit Anna, c'est madame Hanusak. Monsieur Pallach m'a dit qu'elle n'était pas chez lui.

– Partons, dit Héléna.

Luka proposa qu'ils aillent boire de la bière et manger quelques œufs au lard dans une auberge du marché aux chevaux qu'il prétendit, sous le regard soupçonneux de sa femme, ne connaître que de réputation. Il était tard. On ne rencontrait plus, dans les rues fatiguées, que des groupes épars, de rares chevauchées, des chants d'ivrognes solitaires. Ils cheminèrent en silence. Dès qu'ils furent attablés sous la voûte obscure de l'estaminet :

– Pauvrette, dit Héléna, tu te soucies, je le vois bien. Réjouis-toi d'être vivante. Nous aurions pu pleurer sur toi.

– Ils vont laisser mourir l'enfant.

– Ce n'est plus ton affaire, répondit l'autre, sèchement. Tu as fait plus que tu devais.

Luka la poussa du coude. Il marmonna :

– Mange donc.

Anna resta les yeux perdus devant le plat d'œufs grésillants.

– Ce soir, dit Héléna, tu dormiras chez nous.

Et s'efforçant à l'enjouement :

– Demain, tu chercheras un bon maître papiste, un vieux veuf, sans fille ni fils. Il doit s'en trouver quelques-uns dans les maisons de Malá Strana.

– Quel beau quartier ! dit Luka, l'œil allumé, la bouche pleine, en surveillant sa belle-sœur qui picorait sans appétit.

Anna, tout soudain, se leva. Héléna gronda :

– Où vas-tu ?

Des buveurs somnolents haussèrent les sourcils. Elle saisit sa sœur à la nuque. Elle lui murmura :

– Sais-tu ce que tu risques si tu rencontres des soldats avec le fils d'un protestant ? Même sa mère n'en veut pas. Ils ont massacré des familles. Ils te tueront, toi et l'enfant.

– Il reste un pot de lait dans la cuisine, dit Anna. Je le fais boire, rien de plus, et je m'en reviens aussitôt.

Luka tenta de rire. Il y parvint à peine. Des rides tourmentaient son front.

– Tu vas pour rien, dit-il. Des voisins l'auront recueilli. Je parie ma paire de bottes qu'il n'est plus où tu l'as laissé.

Elle lui répondit :

– Dieu t'entende.

Et comme un oiseau délivré, hâtive, vive, elle s'en alla.

Jan était toujours là. Dès le seuil, elle devina sa présence dans le fatras d'épaves vaguement éclairées par les lueurs de l'incendie qui s'épuisait aux fenêtres de la maison Masaryk, de l'autre côté de la rue. La pénombre alentour semblait veiller sur lui. Elle s'approcha, aperçut une main tendue qui tâtonnait autour de la boule dorée suspendue au-dessus du berceau. Elle s'arrêta, retint son souffle. Jan, attentif, indifférent au chaos qui l'environnait, cherchait à saisir cette chose qui luisait dans son ciel obscur et qui paraissait s'amuser à éviter ses doigts errants. Elle se pencha. Elle lui sourit. Elle murmura :

– Seigneur Jésus !

Il la regarda, l'air surpris. Il repoussa sa couverture à grands coups de pieds impatients, il haleta, tendit les bras. Elle le prit, le serra contre elle. Il était mouillé. Il puait. Elle lui en fit reproche à mi-voix. Elle craignait que quelqu'un l'entende. Non pas quelque soldat passant, plutôt une présence inquiète à l'affût dans l'obscurité. L'enfant lui battit la figure, il attrapa son œil, son nez. Elle rit tout bas, comme à l'église. Depuis combien de temps n'avait-elle pas été si simplement joyeuse ? Depuis hier. Une éternité. C'était avec son maraîcher. Elle baisa la joue du petit. Elle lui dit :

– Allons nous laver.

Elle prit un manteau de sa maîtresse dans une malle renversée. Il sentait un parfum lointain. Elle enveloppa l'enfant, courut avec lui au jardin, trébucha contre le cadavre de maître Hanusak, dans le noir, faillit tomber, poussa un cri horrifié. Jan partit d'un éclat de rire et se mit à battre des mains. Elle emplit au puits un seau d'eau, au retour aspergea le mort, se renfonça dans la maison, coucha son fardeau turbulent sur la table de la cuisine, le nettoya de pied en cap. Tandis qu'elle le remmaillotait elle se mit à lui chantonner, comme font les nourrices tendres, que son père s'en était allé sur la mer céleste et qu'elle le recommandait à Dieu, tout mauvais croyant qu'il était. Elle lui dit aussi qu'on ne voulait pas du fils d'un protestant dans la famille de sa mère, qu'elle ne pouvait pas l'amener car on les tuerait tous les deux, et que s'ils réchappaient aux piques des soldats elle ne saurait que faire d'un enfant qui n'était pas le sien. Il ne cessa de gazouiller tandis qu'elle lui parlait ainsi. Elle lui fit boire à la cuillère du lait froid mêlé de biscuit, puis le remit dans son berceau. Elle murmura :

– Adieu, petit.

Elle effleura du doigt sa joue. Il saisit la boule de bois, la tira. Le fil se rompit. Il fit « ho », étonné, ravi. Il tendit à Anna sa prise. Elle dit :

– Seigneur, je ne peux pas.

Elle reprit l'enfant, le berça, se dit qu'elle allait l'endormir, qu'il ne la verrait pas partir.

Comme elle courait le long des façades éteintes elle entendit sonner minuit, au loin, à l'église Saint-Guy. Dès l'angle de la rue où demeurait sa sœur elle vit Luka à la fenêtre, puis Héléna y vint aussi, lui fit un signe et disparut. Ils l'attendaient. Tous deux coururent au-devant d'elle. Elle sortit un tas de chiffons du beau manteau de sa maîtresse, dégagea le visage endormi de Jan et dit, la tête basse :

– Pardon. Je n'ai pas pu.

4

— Il ressemble au Jésus du Tyn, celui qui a des joues d'or rose, murmura Luka.

Anna contempla Jan qui dormait dans ses bras.

– C'est une heureuse nature, dit-elle.

L'autre se pencha sous la lumière de la lampe, effleura de sa grosse main le crâne duveteux de l'enfant et dit encore qu'il était beau. Il voulut prendre sa femme à témoin, mais elle se détourna. Héléna n'avait pas décloué les dents depuis qu'ils étaient remontés au logis. Tout à l'heure, tandis que sa sœur et son fou de mari se précipitaient dans l'escalier, elle avait pesté toute seule au milieu de la rue où elle s'était attardée à s'assurer que les portes voisines étaient restées fermées. Et maintenant, dans leur abri, les voir ainsi béats devant ce fils de mort ne cessait d'aggraver son exaspération. Elle alla tirer le volet battant en grognant qu'on lui fasse place.

– Regarde-le, au moins, s'exclama Luka. De quoi as-tu peur ? Qu'il t'endiable ?

Il dit ce mot comiquement, les mains en serres de rapace autour de ses cheveux frisés. Elle répondit :

– C'est déjà fait.

Elle s'assit devant l'âtre, se mit à tisonner à tort et à travers les braises autour des bûches, puis tournant à demi la tête vers sa sœur :

– J'aurais préféré que tu te casses une jambe, dit-elle. Je t'aurais soignée de bon cœur, mais là c'est ta vie que tu risques et, misère, la nôtre aussi !

Elle renifla, enfouit dans ses mains son visage. Luka enlaça ses épaules. Elle gémit :

– Seigneur, j'étais sûre. Sûre qu'elle nous ramènerait ce petit maître de malheur.

– Il s'appelle Jan, dit Anna.

Héléna repoussa son homme, se torcha le nez, se raidit. Elle détestait s'abandonner au chagrin. Elle avait toujours été comme cela, à peine tombée, aussitôt debout. Elle soupira profond, et soudain raffermie :

– Que comptes-tu faire, ma sœur ?

Elle ne la nommait pas ainsi d'ordinaire. Anna en eut le cœur égratigné. Elle répondit qu'elle l'ignorait.

– Tu ne peux pas rester ici, nous y serions trop à l'étroit. Vois, nous n'avons qu'un lit pour trois, pour presque quatre, avec l'enfant. Et puis, que dirions-nous aux gens ? On te connaît dans le quartier. On sait que tu es sans époux et que tu servais jusqu'à hier chez un de ces fous calvinistes qui se sont fait étripailler. Ne pouvaient-ils prier, ceux-là, comme tout le monde, à l'église ? Et fallait-il qu'on les massacre parce qu'ils chantent leur Jésus dans des temples sans ornements ? Allons, je n'entends rien à ces affaires de grands clercs, et plutôt que de me mêler de leurs disputes j'aimerais mieux être sourde et aveugle. Comprends, Anna. Nous n'aurons pas besoin de dire à nos voisins que ce marmot est protestant. Ils l'auront partout raconté avant que j'aie ouvert la bouche, et l'on viendra te prendre, et te tuer peut-être, et brûler ma maison.

– Nous pourrions, dit Luka, inventer une histoire. Écoutez. J'imagine. Nous invitons les vieilles de la rue à venir voir le joli gars. « Approchez-vous, regardez donc. Anna l'a ramassé, cette nuit, sous la pluie, dans un berceau de feuilles mortes. » Et les voilà qui s'extasient et qui font des signes de croix, elles nous baisent les joues, elles nous offrent du lait avec des tartelettes. Qui donc se souciera du père du petit ? N'êtes-vous pas, toi, ta sœur et ton frère, des enfants trouvés, comme lui ? Qui sait si vos parents n'étaient pas protestants ? Ou tziganes ? Ou peut-être juifs ?

Il s'amusa beaucoup de sa trouvaille juive. Héléna, l'air scandalisé, bouscula son homme qui lui venait rire sous le nez.

– On nous a déposés sous un portail d'église, dit-elle. Preuve que notre mère estimait les curés.

Luka s'exclama, triomphant :

– L'enfant pourrait aussi être bon catholique. Ta sœur l'aura trouvé sous le porche du Tyn !

Anna n'avait cessé de bercer le petit. Des trois, elle était seule à paraître sans crainte ni souci.

– On ne nous croira pas, dit-elle. Marthe, ses filles et la veuve du marchand de grains savent que maître Hanusak avait un fils. Je me souviens leur avoir parlé de sa naissance et du repas de son baptême qui nous avait donné tant de travail.

Luka, l'index dressé, prit son souffle pour protester, ne trouva rien, se tut. Héléna, le front bas, mit en miettes un relief de croûton sur le coin de la table.

– Tu dois partir, Anna, et je sais où, dit-elle.

Anna froidement répondit :
– Je crois savoir aussi, ma sœur.

À deux jours de marche au sud de Prague était le village d'Osek. Leur frère aîné, Mathias, y avait épousé la fille d'un fermier que ni Anna ni Héléna ne connaissaient. Elles n'avaient pas été conviées à la noce. Elles n'avaient même pas imaginé qu'elles puissent l'être, elles s'estimaient trop pauvres pour un voyage aussi intimidant. La dernière fois qu'elles avaient vu Mathias, c'était aux Pâques de l'année passée, le jour de la grande foire aux volailles où il était venu avec un domestique bossu et un chariot de grains. Il avait invité ses sœurs à la table de son auberge, et tandis qu'il savourait sa soupe de poulet il leur avait laissé entendre qu'il avait fait un mariage chanceux. Sa « madame Carla », comme il s'était plu à la nommer avec une ironie discrète, avait hérité, peu de temps avant qu'il ne la rencontre, la ferme de son père et assez de champs de blé pour nourrir la moitié du bourg. Les deux sœurs l'avaient écouté avec une fierté si contente qu'elles en avaient oublié de manger. Mathias avait longtemps été auprès d'elles un infranchissable rempart contre la méchanceté des rues. Malgré le temps et la distance il était demeuré, à leurs yeux, le plus admirable des frères. À le voir emplir posément sa timbale de vin il leur avait paru satisfait de son sort, quoiqu'on ne sût jamais avec lui, tant il répugnait à parler de sa vie, et plus encore de ses sentiments. Après qu'il les eut informées de sa bonne fortune, il s'était accoudé sur la table et leur avait demandé de leurs nouvelles. Anna n'avait su que lui dire. Elle aurait aimé qu'il l'interroge avec chaleur, qu'il l'aiguillonne, bref, qu'il manifeste un intérêt quelque peu stimulant, mais non, il était resté à la regarder en souriant aimablement. Elle était à peine adolescente au temps où il s'en était allé chercher du travail sur les routes de campagne. Elle s'était réjouie de le revoir. Elle avait espéré rire et s'émerveiller avec le grand frère turbulent qui illuminait encore sa mémoire. Elle s'était retrouvée bafouillant devant un homme distant, alourdi, vaguement mélancolique. Elle était convaincue qu'il l'avait jugée sotte. Héléna, elle, n'avait pas eu de ces timidités. Elle avait en quelques mots expédié son Luka et sa cordonnerie, puis s'était mise à l'interroger, avec une passion d'affamée, sur son travail, sa maison, la cuisine de sa Carla. Elle avait toujours farouchement aimé son frère. Rien ne pouvait entamer la confiance qu'elle avait en lui, et sans doute était-il le seul être au monde qu'elle aurait désiré servir.

– Mathias, dit-elle. Chez lui tu seras à l'abri. Il te trouvera du travail.

Luka partit d'un éclat sec, moitié moqueur, moitié furieux.

– As-tu perdu le sens, ma femme ? Imagines-tu la pauvrette sur les chemins avec le mauvais temps qu'il fait ? Des bandes de pillards partout, des fuyards protestants en rogne, et la pluie, la neige peut-être, avec ce petiot sur les bras !

Il se fit presque suppliant.

– Elle pourrait bien rester chez nous. Elle ne te dérangerait pas. Elle dormirait dans l'atelier. Il est tout de même assez grand pour loger ta petite sœur.

– Luka, sois sage, dit Anna. Je m'en irai demain matin.

Une femme et son nourrisson, mal fagotés, sans rien qui vaille, risquent moins qu'un riche à cheval. Même sans cet enfant qu'il me faut faire vivre je ne resterais pas ici. Je vous embarrasserais trop, je ne veux plus être servante et j'ai envie de voyager.

– Mathias m'a dit la même chose le jour où il s'en est allé, murmura Héléna. Vous êtes bien du même sang. Moi, j'étais toujours à tout craindre.

Luka prit sa pelisse et s'en fut faire son lit sous l'escalier en grognant de vagues tristesses. Héléna resta le front bas, à triturer son bout de pain. Elle semblait démunie, perdue, à jamais seule. Anna ne l'avait jamais vue ainsi. Longtemps elle l'avait crue forte comme un garçon, tant elle était vaillante et prompte à protester. Elle vint s'agenouiller à ses pieds, approcha la main de sa joue, retint son geste, tout à coup alarmée. Héléna pleurait, l'air têtu, sans que sa bouche tremble, sans que son regard bouge. Des larmes débordaient, simplement, de ses yeux. Anna voulut lui dire de ne pas s'inquiéter, qu'elle lui donnerait des nouvelles, mais elle savait que non, qu'elle partait, voilà tout. Alors elle se pelotonna contre le flanc de cette bien-aimée qui lui faisait peine, coucha l'enfant contre son ventre et perdit son regard dans les flammes de l'âtre. Sa sœur lui prit l'épaule et l'attira contre elle. Elles restèrent ainsi jusqu'à ce que le feu s'épuise. Après longtemps de paix rêveuse :

– Pourquoi ris-tu ? dit Héléna.

– Je me souviens du jour où Mathias s'est battu contre ce marchand de beignets qui t'avait baisé sur la bouche. Quel âge avais-tu ? Quatorze ans ?

Héléna sourit vaguement. Elle répondit :

– Non, douze.

Elles se resserrèrent encore, se sentirent comme autrefois quand elles se retrouvaient ensemble, le soir, sous la même couverture et parlaient longtemps dans le noir, à voix basse, les yeux ouverts, tandis que le monde dormait.

– Héléna ?

– Oui, petite.

Anna hésita un moment. Elle dit enfin, à voix basse :

– Nous avons été heureuses.

– Peut-être bien. Je ne sais pas.

– Est-ce que tu l'es, avec Luka ?

Héléna ne répondit pas. Anna, écoutant son silence, se sentit le cœur alourdi. Elle dit encore :

– Je te ferai porter des nouvelles de Mathias. Ne crains pas, je veillerai sur lui.

Elle sentit sa joue caressée. Elle pencha la tête de côté, s'appuya sur la main aimée. La voix de sa sœur lui parvint, appliquée, nette, réfléchie.

– Tu lui diras que tu t'es mariée après qu'il est venu nous voir, et que ton homme t'a donné ce pauvre enfant avant d'aller périr dans les batailles de ces jours. Tu lui diras qu'il était bon catholique. Soldat de la Ligue des Princes, c'est mieux. Sa Carla est bigote. Garde la vérité pour toi.

– Oui, ma sœur.

– Ne dis pas « ma sœur », je déteste.

Héléna lui pinça l'épaule. Elles remuèrent, elles rirent.

– Il faudra que Mathias te trouve un vrai mari. Je lui fais confiance, il saura. Il doit avoir des amis riches.

– Oh non, je ne veux pas cela.

– Et que veux-tu donc ? Rester fille ?

Anna sourit pour elle seule et dit, paisible, ensommeillée :

– Je veux qu'un homme vienne à moi, que j'aille à lui, qu'on se rencontre, et qu'il s'arrête en me voyant, que je m'arrête, moi aussi, que je sache au premier regard qu'il est là parce que j'y suis, et que depuis notre naissance nous avons marché vers ce jour.

Sa sœur soupira.

– Rêve encore, petite, rêve, fais-moi pleurer, fais-moi du bien.

– Je ne rêve pas, Héléna. Cela sera, je le sais, j'en suis sûre.

– N'oublie pas, tu es veuve, avec un enfant au berceau. Tu obéiras à Mathias. Chance pour toi s'il te déniche un homme qui ne t'abîmera pas trop.

Luka ronflait sous l'escalier. Héléna dit, tendre, plaintive :

– Seigneur Jésus, écoute-le. Comment croire aux chansons d'amour sur une pareille musique ?

Elle sentit contre son jupon s'appesantir le front d'Anna. Toutes deux dormirent ainsi devant l'âtre aux braises mourantes.

Elles furent réveillées par un courant d'air froid et le bruit des bottes de Luka qui s'en revenait essoufflé d'une course à la laiterie du bas de la rue. Il sortit un pot de sous sa pelisse, le posa au bord du feu, puis d'une caresse glacée, rieur comme à son habitude, il ranima les joues d'Anna. Jan se mit à gesticuler, à s'agripper à ses cheveux. Elle n'avait pas le cœur à jouer avec lui. Elle avait fait des cauchemars et se sentait d'humeur rageuse. Quel diable de devoir la forçait à fuir la ville où elle avait toujours vécu pour la sauvegarde de ce petit être qui ne lui était rien, et qui pesait si lourd ? Que devait-elle ? À qui ? Rien, à personne au monde. « Je gâche ma vie », se dit-elle. Et comme elle dénouait les couches de l'enfant : « Hé, cesse donc de gigoter, sinon je te mène à l'église et te laisse là, sur un banc ! » Quand elle releva le front après qu'elle l'eut changé, elle s'aperçut qu'Héléna avait entortillé, autour de la bride du sac préparé pour le voyage, un chapelet de bois, son seul trésor d'enfance. Le curé Marten qui avait quelque temps nourri les trois abandonnés et qu'elle avait veillé sur son lit de mourant l'avait mis dans sa main avant de trépasser. Anna voulut protester qu'elle ne pouvait accepter un cadeau aussi précieux, mais elle était trop émue pour dire le moindre mot. Elle se mit fébrilement à le défaire pour le rendre à sa sœur. L'autre lui tapa sur les doigts en la regardant d'un air de gronderie si sévère qu'elle ne sut que baisser la tête et se détourner pour cacher les larmes qui lui montaient aux yeux. Il ne restait qu'à nourrir l'enfant avant d'affronter le dehors. Héléna exigea de le faire seule.

– La paix ! dit-elle. Laissez-nous.

Elle se blottit auprès du feu ranimé, murmura au petit des bénédictions inaudibles tandis qu'il buvait son lait, puis elle se leva, le tendit à sa sœur et lui dit brusquement :

– Prends-le. Va vite, il vaut mieux que tu sois sortie de la ville avant le jour.

Anna voulut la serrer dans ses bras, mais elle se déroba.

– Comprends, dit Luka, elle ne veut pas pleurer devant toi. Je t'accompagne jusqu'au rempart.

Ils s'en furent sans autre mot. Au coin de la ruelle Anna se retourna. Le volet demeura fermé.

La brume pâlissait à peine sur les toits. Le long des rues désertes ils ne rencontrèrent, de loin en loin, que de rares charretiers et des femmes hâtivement emmitouflées qui vidaient leur seau de nuit au large des portes.

– Je ne risquais rien à m'en aller seule, dit Anna. Tu aurais pu rester auprès de ta femme.

Il ne répondit pas et la prit par l'épaule. Elle en fut gênée. Elle lui demanda :

– N'es-tu pas heureux avec elle ?

Il hocha la tête, l'air sombre.

– Bien sûr, dit-il. Elle est vaillante.

Ils cheminèrent encore un moment en silence, puis tout tremblant, riant un peu :

– J'aimais que tu viennes nous voir, le dimanche, après déjeuner. J'attendais ce jour toute la semaine. C'était bien.

Elle répondit étourdiment :

– Je reviendrai. La vie est longue.

– Trop longue quand on n'attend plus.

Elle s'étonna. Elle n'avait jamais pensé que sa présence puisse être en quelque lieu désirée. Elle se sentit frémir, soudain fragile, déconcertée, contente. Luka la regarda d'un coin d'œil pointu.

– Aimerais-tu que je vienne te voir à Osek ?

– C'est trop loin, lui dit-elle, et tu sais qu'Héléna déteste les voyages.

– Je pourrais venir seul.

Elle ne répondit pas. Jusqu'à ce qu'ils parviennent au bord de la Vltava, ils ne parlèrent plus. Comme ils allaient le long du brouillard qui recouvrait les eaux, Luka s'évertua à ralentir leur pas. Le rempart et la tour de guet étaient encore invisibles dans la grisaille, mais tous deux savaient qu'ils n'en étaient guère éloignés. Anna s'arrêta la première. Elle fit face à son compagnon. Elle dit d'un souffle, éperdument :

– Luka, souhaite-moi d'être aimée.

Il eut l'air tout à coup d'un enfant stupéfait. Ses yeux s'agrandirent, brillèrent, il rougit, il prit dans ses mains le visage tendu vers lui.

– Aimée, dit-il, aimée plus que tout être au monde.

Il tourna les talons et partit en courant.

5

Elle resta un moment pantoise à le regarder disparaître dans les pâleurs du petit jour, puis elle assura son fardeau d'enfant sur le dos et s'en fut vers les tours de la Porte du Sud d'où venaient des rumeurs de foule, des cliquetis ferrés et des éclats de voix. Elle y découvrit un tohu-bohu de gens pressés de fuir les cruautés de Prague, de chariots débordants de ballots et de meubles, d'appels, de claquements de fouets, de soldats débraillés, bouffis, mal réveillés d'ivresse qui traînaillaient partout, prompts à railler les hommes, à effrayer les femmes et à botter les sacs qui encombraient leurs pas. Elle se faufila vivement dans ce bruyant désordre, agile et discrète comme une renarde, indifférente à tout, même aux quelques farauds à la cuirasse ouverte qui l'accompagnèrent jusqu'au seuil des remparts en lui proposant grassement d'équivoques services. Elle était à d'autres émois. Luka était amoureux d'elle. Son regard l'avait dit et ses paroles presque. Elle pensa : « Allons donc, ma fille, tu divagues. » Et aussitôt après, horrifiée, ravie : « Le mari de ma sœur ! Et je n'en savais rien ! Le fou, le monstre, le pauvret ! » Jusque vers le milieu de la matinée, tandis qu'elle s'éloignait de la ville, elle ne cessa d'imaginer les pleurs, les rires et les beautés de leurs impossibles amours. La Vltava charriait encore des cadavres. Elle n'en voulut rien voir. Elle resta farouchement enfoncée dans sa rêverie, tant pour se protéger des horreurs sur l'eau grise que pour garder intact à l'abri de son front ce désir de bonheur exaltant et déraisonnable qui aide les simples à survivre aux méchancetés des chemins.

Malgré ses sursauts effrayés quand un cavalier la frôlait ou que d'envahissants convois déferlaient soudain derrière elle, personne en vérité ne semblait prendre garde à cette voyageuse chargée d'enfant qui trottinait le long des hautes herbes. Elle en fut peu à peu assez tranquillisée pour à nouveau s'intéresser aux agitations du monde et chercher à se joindre à quelque charretée. Comme le vent dispersait les derniers lambeaux de brouillard elle courut un moment auprès d'un long chariot, fit un signe au vieil homme qui menait l'attelage. C'était un grand-père soldat, rougeaud, placide, rassurant.

– Où allez-vous, ma bonne dame ?

Elle désigna la route, au loin. Elle dit :

– Au village d'Osek.

Il lui proposa une place, à côté de lui, sur le banc. Elle accepta son offre avec une agréable fierté. Il l'avait appelée « bonne dame ». Par la grâce de cet enfant qui lui ballottait sur le dos elle n'était plus « ma fille », ou « la petite Anna », elle était devenue une femme honorable et regardait de haut, maintenant, les piétons. Le bonhomme n'allait pas loin, à deux heures de mule à peine, chercher quelques ballots de foin pour les troupes du roi français qui avaient combattu sur la Montagne Blanche. Comme ils dépassaient des pendus et d'autres morts sanglants affalés contre un arbre, ils durent se ranger dans les herbes du bord pour éviter les éclaboussements d'une violente chevauchée qui faisait s'égayer dans les champs alentour des bandes de fuyards. Le vieux soldat se mit alors à rogner contre ses semblables et les malfaisances du temps. Anna ne put s'apitoyer avec la distinction qui convenait aux bonnes dames, tant l'épouvantèrent ces pauvres corps aux bagages abandonnés au vent et cet ouragan de cavaliers qui environnaient encore le chariot de feuilles mortes tandis qu'ils s'amenuisaient au loin entre la terre et le ciel bas. Quand ils reprirent la route, elle arrangea fébrilement ses cheveux sous sa coiffe et pour chasser la peur qui la tenait encore elle s'efforça de minauder en bourgeoise de bon aloi. Avec une tendre indulgence elle se plaignit de son mari. Il avait exigé, dit-elle, l'air contrit, qu'elle se retire à la campagne, le temps que cessent les combats. Il était resté seul à Prague. Elle s'inquiétait beaucoup de lui par ces temps d'abominations quotidiennes. Elle se surprit à préciser qu'il était maître cordonnier. Elle faillit ajouter qu'il s'appelait Luka, mais retint le nom dans sa bouche. À mentir ainsi, elle éprouva peu à peu une sorte de volupté qui fit rosir ses joues et illumina si vivement ses yeux que l'homme, à l'instant de se séparer d'elle, lui fit compliment pour sa beauté et lui dit qu'il se souviendrait de leur rencontre comme d'un moment de grâce dans les désespoirs de ces jours.

Peu après l'heure de midi elle fit halte à l'abri d'une grange ruinée et nourrit Jan de la bouillie qu'Héléna avait préparée, de grand matin, pour le voyage. Comme elle lui murmurait des sottises d'amour après qu'il eut mangé, des gens encombrés de gros sacs s'arrêtèrent à quelques pas d'elle et sans souci de sa présence déballèrent leurs provisions. Parmi eux était une femme aussi forte qu'un bûcheron mais Anna, croisant son regard, lui vit des yeux si noirs, si lumineux et d'une si vaillante ardeur qu'elle en oublia de babiller ses chansonnettes. Elle l'observa discrètement, envia sa beauté majestueuse et simple, s'émut enfin de découvrir qu'elle avait, elle aussi, un fils. Il devait avoir six à huit ans d'âge. Elle le vit soudain s'éloigner des jupes de la voyageuse qui s'affairait parmi ses compagnons de route et s'en aller trotter le long de la bâtisse. Il aperçut Jan, s'arrêta, puis il s'approcha prudemment, timide, hésitant, captivé. Sa mère l'appela. Il ne l'entendit pas. Elle s'en vint le chercher, mais il refusa de la suivre. Apparemment, il désirait plus que toute autre chose au monde jouer avec ce nourrisson qui le regardait fixement, à demi couché dans les bras d'une encourageante inconnue.

– Toujours prêt à partir, brigand ! dit la femme, les poings aux hanches, et l'œil tant aimant que grondeur. Cesse de déranger les gens, et viens-t'en manger ton croûton !

– Laissez donc, répondit Anna. Voyez, il a trouvé un frère. C'est le contraire d'un péché.

Elle sortit de son sac du pain, de la viande sèche et du lait, déposa tout devant l'enfant et dit encore :

– Bienvenue.

– Grand merci, murmura sa mère.

Elle paraissait déconcertée par cet accueil inattendu. Elle sourit un peu, hésita, puis se détourna brusquement, s'en fut à grandes enjambées au cercle d'hommes et de femmes qui mangeaient en silence austère, jeta son bagage à l'épaule et s'en revint en hâte, du même pas puissant. Elle attira son fils contre son flanc, et désignant ces gens qu'elle venait de laisser :

– Je suis leur dernière servante. Ils sont protestants. Ils ont peur des papistes. Ils fuient. Ils possèdent des terres quelque part vers le sud. Moi, j'étais seule avec mon fils. Je ne savais pas où aller. Je les ai donc suivis. Voilà toute l'histoire. Il fallait que je vous dise cela pour ne pas vous embarrasser au cas où vous seriez catholique et peu portée à vous lier avec de simples domestiques.

– Servante, je le suis aussi, dit Anna, riant de bon cœur.

Elle caressa la joue de Jan.

– Ou du moins je l'étais avant qu'un fils me vienne. Asseyez-vous, mangeons ensemble.

La femme demanda, le regard espérant :

– Pouvons-nous vraiment être amies ?

– Le temps que Dieu voudra, lui répondit Anna.

Elle lui tendit la main et l'attira près d'elle.

Elles se contèrent, en déjeunant, leurs bonheurs et malheurs de mères.

– Le nom de mon fils est Baptiste, dit la voyageuse. Le mien ? On m'appelle « Messe ». En latin.

Anna rit, la main sur la bouche.

– Missa ?

– Tout juste, et rien de plus. Je n'ai pas la moindre famille. J'ai peut-être été baptisée, mais j'ignore qui s'en souvient.

Elle dit encore que ses maîtres l'avaient toujours nommée ainsi, par moquerie, assurément, car elle n'avait jamais servi que dans des maisons calvinistes et elle allait pourtant aux messes des grands jours. Anna, par amitié, ne lui mentit qu'à peine. Elle lui parla de son service chez le teinturier Hanusak, de la magnifique passion de ce brave homme pour la mer qu'il n'avait jamais vue, des sécheresses de sa femme qu'elle estima, à l'évidence, indigne d'un pareil époux, du pillage de leur maison, de l'assassinat de son maître et de sa fuite avec ce fils qu'elle avait eu, prétendit-elle, d'un mari cordonnier fournisseur attitré d'évêques et de cardinaux. Comme elle s'apprêtait à vanter les mille bontés de cet époux fictif elle se tut, et Missa aussi. Toutes deux se dressèrent et, l'œil aux aguets, se renfoncèrent dans l'ombre, au coin du portail de la grange. Une troupe de cavaliers bardés de fer, armés de lances, venait de faire halte sur le bord du chemin.

Au milieu d'eux était une voiture noire. Apparurent à la portière un visage ombreux, une main, un poignet orné de dentelle. Un des sergents vint s'y courber, il tendit l'oreille à son maître puis il fit virer sa monture et la poussa tranquillement jusqu'à ces protestants qui avaient abandonné leur déjeuner sur l'herbe pour s'agripper les uns aux autres et se serrer, tout effarés. Le plus vieux d'entre eux s'avança au-devant de l'homme à cheval. Il lui dit, le front haut, qu'il désirait parler à monsieur le marquis. L'autre s'en amusa. Il eut un ricanement nasillard, puis se pencha sur le vieillard, cracha une insulte bravache et soudain, d'un revers de gant, gifla sa face éberluée. Une femme accourut. Tous les autres s'enfuirent. Alors le cavalier se tourna vers ses hommes et désignant les gens qui couraient, éperdus, dans les avoines hautes :

– Tuez, cria-t-il, tuez tout!

Anna prit la main de Missa, l'entraîna au fond de la grange où étaient un tas de vieux foin et une charrette bancale aux squelettes de bras tendus vers les nuages au travers des lambeaux du toit. Elles s'enfouirent à l'abri des roues. Pelotonnées ensemble, le souffle retenu, elles écoutèrent, au-dehors, les bruits confus de cavalcades, les hurlements lointains, les halètements proches, les prénoms appelés, emportés par le vent, les moqueries aussi, les rires. Anna, dans son creux d'herbe sèche, se surprit bientôt à penser que ces criaillements, ces courses, ces appels étaient semblables à ceux des jeux de garnements qu'elle avait connus, autrefois, dans les terrains vagues de Prague. Elle ne pouvait imaginer qu'on tuait à quelques pas d'elle, tant cet abri était tranquille, ensommeillé dans sa poussière et ses restes de vieille vie. Elle serra Jan sur sa poitrine. Elle lui murmura:

– N'aie pas peur, ils vont s'en aller, n'aie pas peur.

Mais il n'était pas effrayé, il tentait d'attraper ses lèvres tandis qu'elle lui parlait tout doux. Les cris peu à peu s'éteignirent, les piétinements s'apaisèrent. On entendait toujours des voix, mais plus rien maintenant qui ne soit ordinaire. Alors Missa s'aventura jusqu'au bord de l'ombre, au coin du portail. Son garçon trotta derrière elle.

– Ils éventrent les sacs, dit-elle calmement.

Anna la rappela à voix basse, pressante. Missa s'en revint. L'enfant, non. Il sortit dans l'air gris et contempla ces gens qui fouillaient leurs bagages.

Quand sa mère s'aperçut qu'il ne l'avait pas suivie elle tournoya, les mains devant, comme une aveugle sans chemin, puis courut droit dehors. Anna posa Jan dans la paille, s'en fut elle aussi vers le seuil. Elle s'arrêta avant la lumière du jour, pétrifiée, les mains aux joues. La portière de la voiture, au bord du champ, était ouverte. Le noble aux poignets de dentelle, à demi sorti de son ombre, palpait fiévreusement le visage et le corps de l'enfant tenu debout par un poing de sergent. Missa, hurlant son nom, s'avança au travers des cadavres dans l'herbe, des sacs çà et là déchirés et des ricanements des hommes qui déjà remontaient en croupe et s'en retournaient au chemin. Le petit appela sa mère, essaya de tourner sa tête malgré les mains du gentilhomme qui se posaient partout sur lui. Il fut soudain saisi au col d'un coup de griffe de voleur, violemment attiré dedans. Le sergent ferma la portière. Son maître d'un geste léger lui désigna la grande femme qui leur déboulait droit dessus.

– Je te l'offre, dit-il.

Et à ses gens :

– Allons, mes agneaux, il est temps.

La troupe se remit en route dans un épais fracas de piques, de cuirasses, de chevaux lourds, tandis que Missa s'égosillait et s'acharnait à franchir le poitrail de l'escogriffe qui la retenait à l'écart. Dès que ses compagnons se furent éloignés, il lui prit la croupe à deux poings, fourra son mufle entre ses seins et poussa rudement du ventre en marmonnant des paillardises, sans se préoccuper des coups qui tambourinaient sur son dos. Son casque lui glissa du crâne et rebondit contre un caillou. Missa lui saisit les cheveux, l'écarta furieusement d'elle. Un instant ils se regardèrent en rugissant comme des fauves, puis l'homme s'effondra dans un soupir plaintif. Anna venait de l'estourbir d'un coup de planche de charrette. Le soudard, assis, s'ébroua, chercha du bout des doigts sa tête. Il ne put la trouver. Missa d'un coup de pied la lui ôta des mains, puis elle empoigna son épée, elle la leva haut par la garde comme une croix offerte au ciel, poussa un cri d'âme arrachée, mit tout le poids de son grand corps à clouer le soldat couché, et leurs deux râles se mêlèrent, et elle resta sans plus bouger, voûtée, les poings sur le pommeau, comme une vieille sur sa canne.

– Partons, lui dit Anna.

Elle lui tira la manche. L'autre la repoussa, cracha sur les yeux sans regard.

– Laisse-le donc, vois, il est mort.

– Pas assez, gronda sa compagne.

– Par pitié, Missa, par pitié.

Jan pleurait, là-bas, dans la grange. Anna courut à lui, le chargea sur son dos, revint, traînant les sacs, vit Missa tituber, s'éloigner du cadavre. Sa rage était tombée. La figure dans les cheveux, le manteau à demi défait, elle n'était plus qu'un corps aux mains découragées, aux yeux qui ne semblaient plus voir partout qu'une peine inimaginable. Anna lui prit le bras, l'entraîna sur la route, la força à courir aussi longtemps qu'elle put. Et tandis qu'elles allaient ainsi :

– Missa, ton Baptiste est vivant. M'entends-tu ? Il vit. Tu dois vivre.

Et sa compagne, sanglotant, trébuchant au moindre caillou :

– As-tu vu comme il le touchait ?

– N'y pense pas.

– Je le tuerai.

– Oui, Missa.
– Baptiste, oh, mon fils !
– Marche, Missa, marche.
– Où est-il ? Oh, Seigneur, où l'ont-ils mené ?
– Nous allons où ils sont allés. Ils sont partis par notre route.
– Es-tu sûre, Anna ? Jure-le.
– Ils vont à Osek, comme nous.

Alors Missa se tut. Elle cessa de courir, jeta son sac sur son épaule et sans plus rien voir que le ciel, au loin, qui embrumait la terre elle s'en fut de son long pas sec, le manteau grand ouvert au vent.

Au soir, après longtemps de lande sans maisons, elles arrivèrent en vue d'une auberge perdue entre les champs et les nuées. Tandis que Missa l'attendait à l'entrée de la cour, Anna murmura un « merci, mon Dieu » d'autant plus fervent qu'elle était à bout de forces. Aucune troupe, apparemment, n'avait posé là ses bagages. Elles entrebâillèrent la porte, tendirent la tête dedans. Le lieu leur apparut désert. Elles entrèrent de quelques pas, s'accoutumèrent à la pénombre. Alors sous le plafond fumeux elles virent au fond de la salle une grosse femme qui tricotait dans la lueur d'une lucarne. Anna lui demanda si elles pouvaient loger pour la nuit sous son toit. L'autre d'abord sembla ni la voir ni l'entendre, occupée qu'elle était, sans cesser son ouvrage, à lancer au-dehors des coups d'œil de renarde à l'affût. Quand enfin elle se décida à se retourner vers les voyageuses :

– Les corbeaux, leur dit-elle, en désignant un arbre que l'on entrevoyait. Ils sont au moins une centaine. Je crois que cette nuit ils vont tenir conseil.

Et comme les autres hésitaient à lâcher leur sac :

– Approchez donc, installez-vous. Bienvenue à la Providence. Nous sommes seules, vous et moi.

Elle se remit à faire aller ses aiguilles et guetter les oiseaux dans l'arbre, puis comme les deux femmes se défaisaient de leurs fardeaux, elle eut vers elles un regard bref, aperçut Jan et s'exclama. Elle laissa là son tabouret, elle accourut, les mains devant, en se dandinant comme une oie. Elle dit, la mine réjouie :

– Je n'avais pas vu ton petit.

Elle jeta sur les bûches une poignée de paille, puis elle se pencha sur l'enfant qui la regardait, ébahi, dans la lumière ravivée.

– Il est beau, dit-elle. Il a des yeux nobles.

Anna répondit, apeurée :

– Certainement pas, c'est mon fils.

L'hôtesse gloussa, s'empressa, émerveillée de voir chez elle un nourrisson si vigoureux, babillant et tout frais des joues. Elle le coucha au creux de ses bras opulents, le berça, baisota son crâne.

– Ta mère est épuisée, dit-elle, et sa sœur est bien misérable. Elle a du sang sur son habit et du grand malheur dans les yeux. Je vais leur faire de la soupe. Toi, mignon, il te faut du lait. Dieu merci, je n'en manque pas. J'en pourrais remplir mille ventres, mais personne ne vient ici.

Missa, affalée devant l'âtre, contemplait le feu, hébétée.

– Avez-vous vu passer une voiture noire avec des cavaliers de fer, dit-elle, des sortes de diables ?

Sa voix était rauque, inquiétante. Chaque mot lui avait coûté. Anna, craintive, s'empressa entre sa compagne et l'hôtesse.

– Ils ont tué ses compagnons, voilà pourquoi elle est tachée.

– La paix sur les morts, dit la femme sans autrement s'apitoyer. Les voilà à la bonne auberge, celle où l'on se trouve si bien qu'on y dort pour l'éternité.

Anna s'approcha d'elle, l'éloigna de Missa, lui murmura :

– Ils ont aussi pris son enfant.

L'autre gronda :

– Malheur.

Elle soupira. Elle dit encore :

– Ils ne se sont pas arrêtés. Ils ont sûrement fait étape au château du vieux Synovy.

Elle s'en fut à la cuisine avec le petit sur le bras. Anna la suivit, proposa son aide. L'autre lui demanda où elle comptait se rendre.

– Chez mon frère, à Osek.

– Ton fils ne te ressemble pas.

Puis, remuante, à voix de matrone bourrue :

– Puisqu'il te plaît de travailler, ma fille, épluche les légumes et tranche quelques bouts de lard. Je vais voir où en est l'assemblée des corbeaux.

Elle s'en alla guetter la nuit à la lucarne. Anna, déconcertée, se mit à son travail. Elle n'entendit pas revenir l'hôtesse. Sa voix, dans son dos, la fit sursauter.

– Moi, on m'appelle Providence, comme l'auberge. Et toi, ton nom ?

– Anna Marten.

– Tu es pauvre, à ce que je vois. Ce n'est pas comme le petit.

Elle lui chatouilla le menton, lissa le col de sa chemise.

– Linge doux, brodé d'initiales. Je sais lire ces lettres-là. Fils de riche. Tu l'as volé ?

Anna se dressa, lui fit face. Elle empoigna des épluchures avec le manche du couteau.

– Calme-toi, je sais bien que non. Tu n'as pas l'air d'une brigande. Et puis à quoi bon, par ces temps, s'encombrer d'un petit garçon ?

– Ses parents sont morts.

– Protestants ?

– On l'a dit. Ce n'était pas vrai.

– Nourrice ? Non, tu es pucelle. Tu étais servante chez eux, et tu as sauvé leur petiot.

Anna, pétrifiée, affronta son regard. Il était aigu mais songeur. Elle y vit un vague sourire. L'hôtesse caressa l'enfant. Elle lui murmura :

– La vie t'aime. Tu as de la chance, petit.

Puis elle le tendit à Anna, tourna les talons et s'en fut parmi les tables et les bancs.

– Je vais dire aux corbeaux d'aller rassurer Dieu. Le pauvre, ces temps, désespère. Il nous croit tous devenus fous !

Le juron qu'elle poussa, la tête à la lucarne, fit accourir Anna. Missa était dehors, sous l'arbre. Elle l'étreignait à pleines mains, plantée sur ses jambes ouvertes, livide, grimaçante, la tête renversée, et elle le secouait avec une fureur d'ogresse échevelée. Ses branches geignaient, grelottaient, elles semblaient se débattre et se plaindre au ciel noir comme des proies vivantes. Dans d'assourdissants froissements de feuillage et d'ailes battantes les oiseaux s'envolaient partout, plus ténébreux que la nuit même, ils s'éparpillaient en silence, et la folle s'égosillait à s'en déchirer gorge et ventre :

– Je les tuerai, tuerai, tuerai, corbeaux, portez-leur la

nouvelle ! Allez dire à ces chiens du pape que Missa crèvera leur peau et leur arrachera le cœur, et le jettera aux ordures ! Et le marquis, ce grand monsieur, ce crochu, ce crachat du diable, prévenez-le que Missa vit, et qu'elle vivra pour le voir mort, et qu'elle trouvera ce qu'il faut de peurs, de poisons, de tortures pour qu'il lui demande pitié, et qu'elle se couchera sur lui jusqu'à ce que ses yeux s'éteignent, Missa le jure, entendez-vous, Missa le jure sur son fils, sur son Baptiste, sur sa vie !

Quand tous les oiseaux eurent quitté l'arbre elle cessa de le tourmenter. Elle l'enlaça étroitement, posa la joue contre l'écorce, se laissa glisser à genoux. Elle resta ainsi un moment, parut peu à peu s'apaiser, se releva, revint en parlant à la nuit.

– Missa n'est plus rien à présent, ni femme, ni homme, ni bête, mais elle a beaucoup de travail, dit-elle, tranquille, appliquée. Missa, il faut que tu t'en ailles.

Elle entra dans la salle et s'approcha des femmes qui l'attendaient, intimidées, sans trop savoir que faire ou dire. Elle semblait maintenant si simple et sûre d'elle qu'Anna en éprouva autant de pitié que d'effroi.

– Avez-vous une arme et un vêtement d'homme ? demanda-t-elle à Providence. Une hache, un couteau, qu'importe. Qu'importe aussi l'habit.

Anna gémit :

– Que veux-tu faire ?

Elle ne répondit pas, mais Providence, oui.

– Elle te l'a dit. Tuer des soldats catholiques.

Et sans autrement s'offusquer elle s'en alla sous l'escalier plonger sa tête dans un coffre. Anna s'écria :

– Folle, tu te perds, tu vas en mourir !

Elle voulut toucher sa compagne, prendre ses épaules, ses bras. L'autre recula, ricana :

– Perdue, ma fille, je le suis.

– Mais Dieu ne veut pas que l'on tue !

Providence revint avec une brassée de linge. Elle lui lança, bougonne :

– Allons, se prive-t-Il Lui-même de faucher chaque jour toutes sortes de vies ?

Et à Missa :

– Prends ce costume. Il a vêtu un vieux compagnon charbonnier trépassé là, devant ce feu, il y a une vingtaine d'ans. Sais-tu où il est enterré ? Sous l'arbre où étaient les corbeaux. Tu as dû piétiner sa tombe. C'était un homme de bon cœur. Si les morts pouvaient nous parler, il te bénirait, j'en suis sûre. Son couteau est dans quelque poche, avec sa pierre à aiguiser. Si tu te trouves poursuivie, n'aie pas peur de me revenir. Ici, tu seras à l'abri. Les cachettes de Providence, même Dieu ne les connaît pas.

Missa hésita, se raidit, demanda :

– Pourquoi m'aides-tu ?

L'autre répondit, droite et rude :

– Je hais le monde autant que toi. Il ne m'a pas fait assez mal pour me sortir de ma tanière, mais je n'en suis pas moins ta sœur.

Missa lui sourit pauvrement, fourra les habits dans son sac. Anna accourut devant elle.

– Pourquoi partir ce soir, dans la nuit, toute seule ? Où iras-tu ? Dors quelques heures, demain matin il sera temps.

Sa compagne la contempla. Un bref instant, dans son regard, brillèrent deux éclats de larmes. Elle murmura :

– Tu m'es sacrée. Jan et toi, gardez-vous du mal, qu'il me reste au moins deux vivants à qui penser sans honte ou sans trop de douleur.

Elle se détourna et sortit.

Anna et Providence dînèrent ce soir-là comme deux femmes en deuil. Anna, à petits mots précis, raconta son malheureux voyage, puis la grosse hôtesse reprit son tricot et voulut qu'elle parle de sa vie. Les rêves maritimes de maître Hanusak la firent sourire et l'émurent. Elle demanda mille détails sur l'épouse du teinturier, sa façon de se vêtir, le son de sa voix, les tournures de phrases dont elle aimait user. Elle dit enfin :

– Elle se remariera avec un catholique et fera quatre ou cinq garçons. Si Dieu le veut, elle oubliera.

Elle lui fit aussi le reproche de n'avoir pas pensé à changer les vêtements de Jan.

– Tu aurais pu tromper ton frère, lui dit-elle, les hommes ne voient pas les choses importantes, mais ta belle-sœur n'aurait pas attendu deux jours pour te traîner chez son curé.

À parler avec son hôtesse, tranquillement, devant le feu, Anna se raviva tout doux. Providence, pourtant, l'intriguait, la troublait, l'effrayait même un peu.

– Missa va tuer, lui dit-elle, et tu ne l'as pas retenue.

– Il m'a plu de l'aider. Je suis une sauvage.

– Oh, certes non, tu as bon cœur, tu es tendre, tu sais aimer.

– J'aime avec ça, dit l'autre en désignant son nez, en se prenant les seins, le ventre. Je flaire, j'éprouve, je hais, j'enrage, je désire et je fonds d'amitié pour ce qui me vient sans défense. Providence est ainsi.

Anna lui demanda, naïve, rougissante :

– N'as-tu pas de mari ?

L'autre haussa les épaules.

– Aucun homme chez moi ne s'arrête longtemps. Je me frotte à qui veut de moi, un voyageur de loin en loin, le vent, la pluie, la peau des arbres, celle de mon chien, les corbeaux. Sais-tu qu'ils ont, dans le gosier, soixante-quatre intonations ? Un jour, je saurai leur langage. J'ai aussi mon bon Dieu secret. Il n'est qu'à moi, c'est mon chéri. Je ne le prie jamais, nous sommes trop intimes. Je m'occupe de lui, je le gronde, je le cajole, parfois même je le déteste, en somme je suis avec lui comme on est avec un époux.

Anna lui répondit après un long silence :

– J'aimerais être comme toi.

– Le petit t'apprendra, ma fille. Allons, il est temps de dormir.

Elle bâilla, roula son tricot et monta pesamment aux chambres.

Au matin, sur le seuil :

– Vous auriez pu rester, ton Jan et toi, dit-elle. J'en aurais été bien contente. Mais tu préfères aller t'enfouir sous l'aile de ton grand Mathias.

Elle l'accompagna au chemin, agita sa main dans la brume.

– Va donc, fille, tu reviendras !

Anna ne se retourna pas.

Elle parvint à Osek avant la fin du jour. Comme elle entrait dans le village, une averse soudaine fit en un instant ruisseler les toits. Elle s'abrita sous le porche de l'église. À une vieille femme qui attendait comme elle en regardant la pluie, elle demanda où était la ferme de Mathias Marten. L'autre lui désigna du bout de sa canne le chemin qui longeait le lavoir et se perdait dans le brouillard. Comme elle allait s'élancer parmi les flaques d'eau, elle vit une sorte de diable sortir de l'ombre du dedans. Il se pencha sur elle, il dit :

– J'ai faim, Anna.

Elle sursauta. C'était Missa, vêtue en homme. Anna fouilla son sac en hâte, lui tendit le pain qu'elle avait, murmura :

– Dieu te garde.

Elle s'en fut en courant. Quand elle arriva chez son frère, le ciel était pâle, limpide, et le soleil au fond de l'ouest s'enfonçait dans le feu du soir.

6

Anna se planta droite sur la pierre du seuil, lissa la couverture qui enveloppait Jan, ferma les yeux et murmura :

– Dieu Tout-Puissant, faites que mon frère Mathias soit bon avec le petit, faites que sa madame Carla ne s'avise pas de le détester, faites qu'ils gobent mes mensonges et qu'ils les croient dur comme fer. Amen.

La porte était ornée d'une croix peinte. Elle la baisa, puis frappa trois coups à l'endroit où s'étaient posées ses lèvres. Quelqu'un, dedans, fit taire les chiens. Une vieille grosse femme entrebâilla le battant, tendit le cou dehors, une chandelle haute au-dessus de sa tête. Ses manches étaient troussées jusqu'au coude. « Manie de cuisinière », se dit Anna. Elle la salua. L'autre, la bouche arquée, ne lui répondit pas. Dans les profondeurs de la salle que l'on devinait derrière elle une voix acide et vaguement inquiète demanda :

– Qui est-ce, Esther ?

Anna s'efforça de sourire à la vigoureuse aïeule qui l'examinait de pied en cap et la pria de prévenir Mathias Marten que sa sœur était à sa porte. La vieille tourna la tête à demi et cria :

– Je ne sais pas, madame. Elle dit qu'elle est une parente de monsieur.

Il y eut, dedans, un brusque remuement. Anna vit se dresser le corps massif et ombreux de son frère sous des lueurs de lampe. Son cœur s'emballa. Elle l'entendit qui s'exclamait, surpris, tandis qu'il s'approchait :

– Héléna ?

Et comme la vieille s'écartait :

– Oh, c'est Anna, c'est la petite !

Il lui ouvrit les bras, il la serra sur lui sans souci de l'enfant. Il ne l'avait pas vu.

– Attention, lui dit-elle, tu vas l'écraser.

Elle dégagea le visage de Jan qui se mit à grimacer et se frotter les yeux.

– Bonté divine ! Il est à toi ?

Elle fit un « oui » hâtif, d'un hochement de tête. Il jeta un coup d'œil, alentour, dans la nuit.

– Je suis seule, dit-elle.

Il la prit par l'épaule et l'entraîna dans la chaleur odorante de la maison.

L'épouse de son frère et deux ouvriers de la ferme occupaient les bancs le long de la table. Ils dînaient. Anna reconnut le domestique bossu qui avait accompagné Mathias, l'année passée, à la foire aux volailles de Prague. Elle lui fit un signe d'amitié. Madame Carla posa sa cuillère au bord de son assiette, vérifia qu'elle était exactement parallèle à son couteau, observa un court moment la nouvelle venue et dit :

– Ainsi, vous êtes Héléna.

Le frère et la sœur répondirent ensemble, en accord parfait :

– Non, Anna.

Ils se regardèrent. Ils rirent. Carla, pincée, sourit et pria qu'on l'excuse. Esther tout à coup empressée aux bons soins de la voyageuse lui servit un grand bol de soupe, lui prit l'enfant, s'assit sur la pierre de l'âtre et se mit à le dorloter.

Mathias s'inquiéta d'abord de la bonne santé de sa cadette et des dangers mortels qu'elle avait dû risquer le long de son chemin. Il avait eu vent de pillages, de cadavres dans la Vltava et d'arbres chargés de pendus au bord de la route de Prague. Il s'émerveilla que sa sœur, frêle et naïve comme il la croyait, ait pu traverser sans dommage d'aussi terrifiants périls. Elle répondit avec entrain aux questions de son frère. Elle lui parla du vieux soldat qui lui avait offert une place, à son côté, sur son chariot, du massacre de protestants qu'elle prétendit avoir à peine vu, de loin, de Providence aussi qui l'avait hébergée, mais elle ne dit rien de Missa, de l'enlèvement de son fils ni du meurtre de l'homme d'armes. Trahir cette terrible amie lui paraissait impossible et son nom même imprononçable dans cette paisible maison où son aîné la regardait, tandis qu'elle contait son voyage, avec une amitié si tendre et soucieuse. Quand enfin il fut rassuré, il se servit un pot de bière et voulut tout savoir des dernières années de sa sœur à la ville, de son enfant qu'il découvrait, de son mariage, de son époux dont il ignorait l'existence. Anna lui fit alors un récit de sa vie qu'elle-même jugea, tandis qu'elle s'empêtrait, d'une agaçante maladresse. Elle dit qu'elle avait épousé un maraîcher du marché aux Foins dont elle exagéra complaisamment la bonté et les prévenances.

Elle prétendit qu'il lui avait demandé sa main, un matin de brouillard, au bord de la Vltava et s'entendit décrire avec enthousiasme le lieu même où Luka lui avait fait ses surprenants adieux. En vérité, elle se sentait poussée à ces enjolivements par l'air condescendant, quoique courtois et attentif, de la maîtresse de maison. Il lui vint à l'esprit, tandis qu'elle s'appliquait à orner ses sornettes, que cette femme-là ne tarderait pas, si elle n'y prenait garde, à la traiter en fille de maison, d'autant qu'elle lui avait déjà demandé son âge et qu'elle s'était vue forcée d'avouer ses dix-huit ans. Si bien que lorsque madame Carla s'enquit de la santé de ce mari parfait, et elle insista sur ce « parfait » avec une détestable ironie, Anna se prit d'envie de lui clouer le bec. Elle lui répondit étourdiment que Dieu merci, il se portait fort bien. Elle se mordit la lèvre et se sentit rougir, mais il était trop tard pour se prétendre veuve. Plus volubile que jamais, elle se mit donc à raconter que son époux, soucieux de la sauvegarde de leur fils, lui avait ordonné de s'éloigner des désordres de Prague et lui avait promis de venir la rejoindre dans deux ou trois semaines, quand les troupes de monseigneur Maximilien auraient assaini la ville. Carla lui dit alors qu'elle était impatiente de recevoir son mari. Elle lui demanda son nom. Anna resta la bouche ouverte, s'avisa qu'elle n'avait pas pensé à lui en trouver un, eut un instant d'affolement, chercha secours dans sa mémoire, balbutia, répondit enfin :

– Josef. Il s'appelle Josef.

Elle poussa un soupir tremblant, pensa que son maître Hanusak, qui venait de lui souffler son propre prénom, veillait sans doute sur sa vie. Elle le revit en habit bleu, eut un éclair de gratitude. Elle dit encore :

– Josef Han. Je suis madame Anna Han.

Elle trouva ce nom ridicule.

– Et je me sens tout épuisée.

Elle l'était en effet, plus par ses éprouvants mensonges que par les dernières heures de son voyage.

– Esther, dit madame Carla, va préparer une chambre pour notre bel enfant et sa charmante mère.

Elle se leva, s'approcha de l'âtre, prit le petit des mains de sa servante, le coucha au creux de son bras, puis comme tout le monde restait planté à la regarder :

– Qu'avez-vous donc ? dit-elle. N'est-il pas mon neveu ?

Elle haussa les épaules, tourna le dos à la maisonnée et s'en fut promener Jan le long de la salle sans cesser de le bercer avec une maladresse qu'Anna se surprit à trouver touchante. Elle se sentit même tout ébahie de tendresse quand Carla se mit à lui chantonner une berceuse. Sa voix était juste, limpide, infiniment mélancolique. Anna, sans la quitter des yeux, se pencha vers son frère et agrippa sa veste comme elle le faisait autrefois quand un spectacle la captivait. Il la serra fort contre lui. Tandis qu'elle se tenait ainsi à contempler sa belle-sœur et Jan qui l'écoutait, muet, les yeux immenses, elle se reprocha d'avoir trop hâtivement détesté cette femme qu'aucun bonheur d'enfant n'avait jamais émue. « Et Mathias, se dit-elle, peut-être lui aussi souffre-t-il de n'avoir personne à qui chanter de belles sottises. » Elle eut envie de se blottir plus fort encore dans la chaleur rugueuse de son embrassement, mais elle n'osa pas. Elle dit pauvrement :

– Ils s'entendent bien.

Il répondit d'un grognement, baisa sa joue et s'en fut vers l'escalier des chambres.

Le lendemain matin, quand Anna descendit, Esther qui s'occupait au ménage lui dit que monsieur Mathias s'en était allé avec ses hommes couper du bois dans la forêt, et que madame Carla était encore dans sa chambre. La vieille servante avait aménagé un berceau dans une corbeille à linge. Elle voulut elle-même avant de l'y coucher laver le petit à l'eau chaude et lui faire boire son lait.

– Tu es venu à la bonne heure, lui dit-elle en l'installant auprès du feu. Cette maison mourait d'ennui. Puisque tu dois rester jusqu'à la fin des batailles, j'espère qu'à la ville on s'étripera tout l'hiver, tout le printemps aussi, et si Dieu veut, la vie entière. Je parierais que cet enfant est le portrait craché de son père.

Anna pensa : « Mon Dieu, c'est vrai. Le portrait craché de son père. Exactement les mots de madame Hanusak, tant pour s'en réjouir, d'ailleurs, que pour s'en plaindre. »

– Qu'en savez-vous ? dit-elle, hérissée, rougissante.

L'autre rit, les poings sur les hanches.

– Il faut bien, ma belle, dit-elle, puisqu'il ne vous ressemble pas.

Et se remettant à l'ouvrage, les manches troussées haut, sa serpillière au poing :

– Allons, ne soyez pas fâchée. Qu'il pousse droit et soit aimé ! Demander plus dans ce malheureux monde serait un affront à la vie.

Madame Carla apparut en haut de l'escalier. Elle s'était vêtue pour sortir. Tandis qu'elle descendait les marches, pimpante, en enfilant ses gants, elle dit à Anna, sans même lui souhaiter le bonjour, qu'elle se proposait de l'accompagner à l'église et de la présenter à son curé.

– Si vous devez rester quelque temps chez nous, lui dit-elle, il convient qu'il vous accueille dans sa paroisse et qu'il vous entende en confession.

Anna se renfrogna. Elle pensa : « À l'église ? » Son cœur un instant s'emballa. « Et si j'y rencontre Missa ? » Elle se raidit, chassa rageusement l'effroi qui menaçait de l'envahir. « Eh bien, je l'aiderai comme je le pourrai à retrouver son fils. Carla doit savoir (elle sait tout) si le marquis loge à Osek et s'il va parfois à la messe, avec combien de ses soldats. Elle me le dira, j'en fais mon affaire, et je trouverai quelque coin où je pourrai sans qu'on nous voie informer cette pauvre sœur qui doit errer dans le village, seule, perdue, sans feu ni pain, avec son malheur sur la tête. » Tandis qu'elle ruminait ainsi, Carla vint se pencher sur la corbeille où Jan jouait avec ses doigts. Elle lança :

– Esther a raison, votre fils ne vous ressemble en rien. Peut-être l'avez-vous mal aimé quand vous étiez grosse de lui. Hâtez-vous donc, ma pauvre fille. A-t-on attelé la jument ?

L'autre, excédée, singea ses mines et marmonna, l'œil assassin :

– Bien, madame, j'accours, madame.

Elle baissa le front, grimaça. La plus ordurière des insultes de sa turbulente enfance lui vint entre les dents à l'instant où madame Carla, trop pressée pour l'entendre, franchissait le seuil dans un envol de manteau noir.

Anna, tout au long du chemin, s'efforça de l'interroger le plus aimablement du monde sur les grands seigneurs de passage, l'envahissement des soldats, les malfaisances calvinistes et les soucis des bons chrétiens.

Carla se plut à lui répondre que la garnison était saine et les hommes d'armes polis, qu'ils avaient certes fait un ménage de protestants assez sanglant pour qu'on l'espère définitif, et que c'était bien ainsi, quoique assez dérangeant. Elle ajouta, la bouche arquée, que l'on s'inquiétait surtout de ces errants incontrôlés qui avaient fui la grande ville et traversaient Osek sans respect pour quiconque, insultant ceux qui refusaient de leur donner un sou d'aumône, piétinant les champs clôturés et laissant derrière eux des vieillards et des malades que personne n'osait soigner.

– J'ai entendu parler, dit Anna, d'un marquis, arrivé l'autre jour de Prague.

– Vraiment ? lui répondit Carla, intéressée, piquée aussi de se trouver soudain prise en flagrant délit d'ignorance mondaine. Il a dû faire étape au château Synovy.

Elle dit encore, nostalgique :

– Les personnages importants ne s'attardent guère chez nous. Notre village, en vérité, n'a rien qui puisse les séduire.

Elle se tut, demeura rêveuse. Jusqu'au bout du voyage elles ne parlèrent plus.

À peine dans l'église, Anna, le cœur battant, chercha des yeux Missa. Le lieu lui apparut désert. Seul le vieux curé Jost Kurcin s'occupait çà et là à changer quelques cierges sous des statues de saints. Madame Carla, dès le seuil, lui lança un salut si pétulant qu'il sembla se voûter encore sous le bruit de sa voix. Elle examina l'alentour et fit remarquer au vieil homme qu'il n'avait pas changé l'eau du vase de fleurs et qu'il avait laissé faner ces merveilles de chrysanthèmes qu'elle s'était escrimée à préserver pour lui du froid. Comme il tentait malaisément de mettre quelques pas entre eux, elle lui demanda s'il avait rassemblé son linge sale qu'elle voulait emporter et faire laver par Esther. Il lui répondit plaintivement qu'il n'en avait pas eu le temps. Il s'en excusa. Elle leva les yeux au ciel en soupirant avec cette commisération excédée dont on accable les enfants stupides, puis elle fit signe à Anna de s'approcher. Elle la présenta comme la plus proche parente de son époux, précisa qu'elle arrivait de Prague et ajouta dans un élan d'enthousiasme familial qu'elle était aussi précieuse à son cœur qu'une sœur cadette. Jost Kurcin serra les mains de la nouvelle venue avec une amitié de bon vieux. Il lui demanda des nouvelles de la grande ville. Anna eut tôt fait de s'apercevoir qu'il était indifférent aux malheurs qu'elle s'efforçait de lui décrire. À peine hocha-t-il de temps en temps la tête, un sourire distrait aux lèvres, tandis qu'elle lui parlait feu et sang. Madame Carla l'interrompit pour dire à l'un et l'autre, avec des airs d'entremetteuse satisfaite, qu'elle avait quelques visites à faire dans le village et qu'elle les laissait lier plus ample connaissance. Anna comprit alors que le moment était venu où elle allait devoir se confesser.

Le prêtre l'invita à le suivre, mais comme elle faisait mine de ne pas l'entendre, il la prit par le bras et l'amena vers un renfoncement de la nef où était une statue de la Vierge pauvrement éclairée d'une flamme de lampe que tourmentait un courant d'air. Elle n'osa pas lui résister, malgré son cœur qui s'emballait, mais elle estima impossible, quoiqu'il puisse lui en coûter, de confier la vérité à ce vieillard qui baissait le nez devant sa détestable belle-sœur et semblait considérer comme des peccadilles l'assassinat de monsieur Hanusak, le massacre de tant de gens que son maître avait fréquentés et le saccage de la maison de Jan. Assurément il ordonnerait que ce fils de calviniste lui soit livré. Sans doute le confierait-il à un couvent de nonnes en attendant qu'il meure de négligence ou grandisse assez pour être vendu à quelque grand clerc. Et elle-même, si elle avouait, ne risquait-elle pas de révoltantes pénitences, outre la honte insurmontable de voir ses mensonges révélés à son frère? Elle craignait Dieu pourtant. Depuis l'enfance elle Lui parlait, tous les soirs, avant de s'endormir. Elle Lui racontait sa journée. Elle L'aimait en secret comme un père inventé. Certes, elle ne Lui confiait rien de ses pensées intimes, de ses rêves, de ses désirs, mais c'était par pudeur, point par mauvaise foi. Et voilà qu'elle se trouvait forcée de mentir en confession, de défier Sa Face. Elle pensa au curé Marten qui l'avait autrefois nourrie. Avec le souvenir presque effacé de son visage lui revint la terrible histoire, qu'il lui avait souvent contée, d'un menteur devant Dieu emporté en enfer par des diables cornus à la porte même de son église. Elle ne croyait plus à ces sottises mais elle ne pouvait s'empêcher d'en être encore confusément effrayée. Elle entendit près d'elle un bourdonnement de paroles. Elle se vit agenouillée sur un prie-Dieu, sans trop savoir comment elle était arrivée là. Le prêtre était à son côté, il avait revêtu son étole. La Vierge en bois, au-dessus d'eux, leur souriait, les bras ouverts. Anna lui demanda son aide, puis elle ferma les yeux, s'enferma dans son cœur et prévint son Dieu qu'elle allait tromper le prêtre Jost Kurcin, mais que c'était pour sauver ce fils que Lui-Même, le hasard ou sa propre folie lui avait confié. À ce père secret pour la première fois elle parla avec une bravoure de femme, et non point en enfant craintive. « Désormais, Lui dit-elle, c'est la vie de Jan qui m'importe. Si pour la protéger il me faut Vous fâcher, j'en souffrirai peut-être jusqu'au désespoir, mais ce sera tant pis pour notre vieil amour. » Elle Le pria, pour finir, de lui épargner la foudre, puis elle se tourna vers le vieil homme qui respirait près d'elle comme un ensommeillé et lui dit qu'elle était prête.

Quand madame Carla revint la chercher avec un nouveau bouquet de fleurs d'automne pour l'église, Anna l'attendait depuis un grand moment. Elle avait sèchement résumé à l'oreille du prêtre son histoire de mari soucieux de mettre leur fils à l'abri des folies du temps, puis comme le récit de ses péchés ordinaires lui semblait manquer de piment elle s'était accusée d'avoir maudit la Sainte Église après les massacres dont elle avait été le témoin. Son confesseur, qui jusque-là n'avait cessé de contempler pensivement le dallage, s'était mis à remuer de haut en bas la tête avec une franche vigueur. Elle s'en était étonnée. Il lui était venu à l'esprit que le bonhomme partageait la catastrophique opinion qu'elle avait de leurs maîtres catholiques. Elle s'était alors prise d'une envie de rire que l'absence de raison et l'austérité du lieu n'avaient fait qu'aggraver. Elle était encore dans cette humeur bizarre quand sa belle-sœur apparut. Carla, toute fraîche de vent, était dans un état d'extrême énervement. Elle planta ses fleurs dans un vase, puis se tournant vers Jost Kurcin :

– Je vous l'avais dit ! lança-t-elle.

L'autre haussa les sourcils, étonné qu'on l'accuse et prêt à balbutier, craintif, qu'il n'était coupable de rien.

– On vient de trouver mort, le ventre grand ouvert, un sergent de l'escorte du marquis de Wallen qui nous a fait l'honneur de séjourner chez nous. Cela devait nous arriver avec ces vagabonds hérétiques qui vont et viennent librement. Ne vous ai-je pas prévenu ? Heureusement, si j'ose dire, monseigneur de Wallen a repris son voyage, tout à l'heure, de bon matin avec une nouvelle troupe. Il n'a rien su de ce malheur. Au moins gardera-t-il d'Osek un souvenir décent.

Elle soupira abondamment, plus mécontente que contrite, et tandis qu'elle contait les détails de l'affaire, « Missa, Missa, se dit Anna, les yeux grands, la bouche tremblante, Missa, oh, pauvre, qu'as-tu fait ? ».

– Débraillé, la ceinture ouverte comme un paillard chez les putains, poursuivait Carla. Tout près du château Synovy, à portée de voix des sentinelles. La nuit dernière, évidemment, quand on croit que Dieu ne voit rien.

Et le curé hochait la tête, la mine point trop affectée, tandis qu'Anna priait son Dieu : « S'il vous plaît, ne la grondez pas, disait-elle, ne l'accablez pas. L'avez-vous vue, folle de peine ? Ayez pitié d'elle, Seigneur. » Et prise de rogne, tout à coup : « Rendez-lui donc son fils vivant, Vous qui pouvez tout, sinon je Vous crache à la face. Nous saurons bien marcher sans Vous. » Un sanglot déborda de ses yeux, de ses lèvres. Carla la regarda, s'étonna, s'émut, s'empressa.

– Quoi, Anna, vous pleurez ? Pardonnez-moi, je suis stupide, je parle à tort et à travers. Comme vous êtes sensible ! Ce monde est trop méchant pour vous, et j'oubliais votre voyage, il vous a fait grand mal, allons, je le sens bien. J'aime que vous soyez ainsi, toute simple et compatissante. Allons, ne craignez plus. Ne craignez rien. Chez nous vous serez à l'abri de tous les malheurs de la terre.

Et au curé, éloigné d'elles, qui donnait à boire à ses fleurs :

– Dieu vous garde, maître Kurcin, je dois ramener la petite.

Elle prit sa belle-sœur par le bras et la reconsuisit au chariot avec des précautions de garde-malade. Comme elles revenaient à la ferme au petit trot de la jument, Anna, ravigotée par la brise mouillée, dit à Carla qu'à son avis le vieux Kurcin éprouvait de la sympathie pour ces malheureux calvinistes qu'on massacrait un peu partout. L'autre s'en offusqua. L'aurait-on elle-même accusée d'adultère spirituel, elle n'en aurait pas protesté avec une fougue plus vive. Son caquetage scandalisé, tout au long du chemin, réjouit sa compagne assez sournoisement pour la distraire un peu du crime de Missa.

Elle ne put pourtant l'oublier. Tout au long de ce jour, qu'elle prenne soin de Jan ou s'occupe au ménage, elle ne cessa de ruminer de catastrophiques pensées. Elle seule savait qui avait tué le soldat. Voilà qui la plongeait dans une exaltation ténébreuse et sauvage. Elle seule au monde savait. Certes, elle ne dirait rien, à personne, jamais. Mais elle se sentait là comme au bord d'un abîme. « Même désespérée je ne pourrais tuer, se disait-elle, mais en vérité je suis fière, je suis contente qu'elle l'ait fait. Je suis autant enragée qu'elle. » Cette pensée l'épouvantait, elle lui rôdait sans cesse en tête. « Et pourtant, pensait-elle encore, je crains le mal, j'ai un enfant, je sais aimer, mon cœur est simple. » À l'heure du dîner, tandis qu'Esther servait la soupe, Mathias, qui s'inquiétait de la voir assombrie, l'interrogea sur son travail chez ce richard de teinturier dont il avait oublié le nom.

– Hanusak, lui dit-elle.

Elle faillit prononcer le prénom de son maître qu'elle avait emprunté pour s'en faire un époux, bafouilla, ajouta précipitamment qu'elle n'était plus au service de cet homme depuis son mariage avec son maraîcher, et qu'elle n'avait de lui aucune nouvelle récente. Elle s'empressa après cela de parler d'Héléna dont ils évoquèrent un moment les humeurs, en complices enfantins, sous l'œil poliment ennuyé de madame Carla. Anna resta pourtant nerveuse tout au long du repas. Ce soir-là, éreintée, enfermée dans sa chambre, elle demanda secours à ce Dieu familier qu'elle appelait son Père. Elle lui dit que pour l'heure elle se sentait de force à porter sans son aide le secret de Missa, mais elle Le pria fermement d'alléger son poids de mensonges. Elle avait encore failli, tout à l'heure, devant son frère, se prendre à ses propres filets. Elle ne pourrait longtemps cacher son état de servante enfuie de Prague avec le fils d'un protestant assassiné. Elle n'était à l'abri de rien dans cette prison d'impostures où elle s'était enfermée, et de toute façon, à trop accumuler les fables, elle en viendrait un jour à s'empêtrer dedans sans espoir de salut. Comme elle s'abandonnait à la fatigue qui lui fermait les yeux, il lui apparut tout à coup qu'un être, assurément, pouvait tenir sa tête hors de cet étouffoir. Mathias, personne d'autre. Si quelqu'un était digne de sa confiance, c'était lui. Il ne la trahirait pas. Il la conseillerait sans doute utilement. Ils partageraient un secret. Cela lui plut. Elle décida donc, malgré la crainte qu'elle avait de ses silences et de sa haute taille, de lui confier la vérité.

Elle ne dormit guère. À l'aube elle bondit hors de son lit, convaincue qu'il était tard et que Mathias était parti sans elle, mais il était encore à déjeuner. Il faisait un froid piquant. Elle enlaça les larges épaules de son frère et lui dit qu'elle avait envie de l'accompagner au bois. Il en parut content. Esther, qui s'occupait à rallumer le feu, lança :

– N'ayez pas de souci, je m'occuperai du petiot. Allez donc avec notre maître, cela le changera de ses ruminations. Je me demande à quoi il pense. Ce monsieur-là ne rit jamais.

Mathias eut un sourire amusé, puis comme il passait derrière la grosse servante qui s'affairait encore, la tête dans l'âtre, il laissa tomber sur sa croupe une tape de vieil ami. L'autre joua les offusquées, le poursuivit jusqu'à la porte en brandissant son tisonnier. Anna, rieuse, s'ébahit. Elle n'aurait jamais cru son frère capable d'un geste pareil, aussi simple, aussi déluré. Mathias cachait, sous ses airs calmes, d'insoupçonnables libertés. Elle se suspendit à son bras. Tous deux ravigotés par le froid du matin traversèrent la cour en courant et riant comme des enfants amoureux.

Elle n'avait pas pensé aux deux ouvriers qui les accompagnèrent sous les feuillages clairsemés du bois. Tout au long de la matinée elle tenta d'éloigner d'eux son frère sous prétexte de champignons ou de serpents imaginaires. Elle ne fit qu'amuser les trois qui besognaient.

Mathias lui proposa, si elle voulait aider, de lier le bois en fagots. Elle prétendit ne pas savoir. Ce fut le bossu qui vint à son aide, et point celui qu'elle espérait. Au soir, les joues rougies par l'air piquant, elle se laissa tomber sur un tronc couché et dit qu'elle se sentait trop lasse pour rentrer avec le chariot. Son frère ordonna à ses hommes de ramener le chargement. Ils étaient seuls, enfin, dans la paix crépusculaire des arbres. Mathias s'assit près de sa sœur. Elle s'était recroquevillée, elle était toute grelottante. Il lui frotta le dos. Elle murmura :

– J'ai menti.

Puis elle le regarda d'un air si puéril, si suppliant, si éploré, qu'il partit d'un rire surpris. Comme il allait l'interroger elle reprit vivement son souffle et lui dit encore en grande hâte qu'elle n'avait pas de mari, que Jan n'était pas son fils, mais celui de son maître assassiné et de son épouse Antonie qui avait fui chez son père sans se soucier de l'enfant. Il fronça les sourcils, répondit :

– Calme-toi. Je n'ai rien compris. Recommence.

Elle reprit son récit cahotant, misérable. Il l'écouta l'œil fixe, massif, accoudé sur ses cuisses. Il lui posa, çà et là, des questions brèves, s'étonna qu'elle ait été si mal reçue chez le père de madame Hanusak, lui demanda enfin ce qu'Héléna pensait de tout cela.

– C'est elle qui m'a conseillé de venir chez toi, lui dit-elle. Elle pensait que tu saurais que faire.

Il resta longtemps à contempler les feuilles mortes entre ses pieds. Il dit soudain :

– Il faut rentrer.

Il se leva, sa sœur aussi. Il lui prit l'épaule. Ils s'en furent.

– Si tu dois me chasser, Mathias, fais-le tout de suite, dit-elle.

– Te chasser ? Et où irais-tu avec ce petit sur le dos ?

Elle se sentit si soulagée qu'elle rit menu comme un oiseau. Elle répondit :

– Dans la forêt. Je m'y construirais une hutte et je parlerais aux corbeaux. Je ferais peur aux bûcherons.

Il haussa les épaules. Il bougonna :

– Allons, il nous faut réfléchir.

Comme ils parvenaient au seuil de la cour où les deux ouvriers déchargeaient le bois, ils s'arrêtèrent, circonspects. Dans la nuit du chemin d'Osek quelqu'un venait, le pas traînard, le souffle vaguement plaintif. Une femme apparut, une errante voûtée sur un bâton qu'elle tenait à deux poings. Elle dit :

– J'ai froid, dehors.

Mathias l'examina, hésita un instant, se pencha vers sa sœur. Il ne vit pas, dans l'ombre, ses yeux pétrifiés.

– Ouvre-lui la grange, dit-il. Tu lui porteras de la soupe, elle a l'air de mourir de faim. Pas un mot à Carla, elle en ferait des phrases.

Il alla rejoindre ses hommes.

Quand il fut assez éloigné :

– Missa, gémit Anna, dans quel état tu es !

Elle voulut la toucher, retint sa main tremblante, partit devant, revint pour l'aider à marcher.

– Conduis-moi sans trop de façons, il ne faut pas qu'on nous remarque, murmura l'autre. Marche, petite sœur, je te suis.

Dès qu'elles eurent franchi le portail de la grange elles s'étreignirent violemment, se prirent le visage, se baisèrent les joues, la bouche, les cheveux.

– J'avais tant besoin de te voir, Anna, ma bonne, tu

es là, tu vis, je te touche, tu me donnes envie de pleurer.

– Missa, quelle folie ! Quelle peine j'ai eue, quelle peur, quel souci !

– Rajuste ta coiffe, va vite. On ne s'attarde pas avec une mendiante. Reviens quand ils seront couchés.

Elle était maintenant impérieuse et droite. Son regard noir étincelait. Et tandis qu'Anna s'enfuyait :

– Autant que tu pourras de pain avec la soupe, dit-elle. Je t'attends.

Anna s'empressa de dîner, puis attendit impatiemment que Carla soit montée dans sa chambre. Mathias s'attarda un moment. Elle fit mine alors de se souvenir de la mendiante dans la grange. Elle remplit un panier de ce qu'elle put trouver de restes, alluma la lanterne et s'en fut en courant. Missa ne voulut pas toucher à son repas.

– Quand je serai seule, dit-elle.

Elles s'affalèrent dans le foin, les regards proches, les mains jointes.

– Je connais le nom du marquis, lui dit Anna. De Wallen. Il a quitté Osek.

– Je le sais, répondit Missa. De nouveaux soldats l'accompagnent. Les diables qui riaient quand il posait les mains sur mon fils sont restés au château. Il m'en reste quatorze à tuer avant lui.

– Ils vont te prendre, dit Anna. Ils vont te torturer, ils vont te brûler vive.

Missa lui caressa la joue. Elle ronronna, extasiée, les yeux brillants à faire peur :

– Tu es simple, toi, tu es belle, tu as un cœur de bon secours.

– Pauvre, pauvre, comment t'aider ?

– Tu m'aides, tu essuies mes larmes. Serre-moi fort, protège-moi, protège-toi, reste vivante.

– Je ne peux rien pour toi, Missa !

L'autre empoigna ses épaules et rugit sourdement :

– Tu es mon amie, tu l'as dit. Tu le seras, souviens-toi, aussi longtemps que Dieu voudra. Ces mots sont sortis de ta bouche.

Et tout aussitôt gémissante :

– Je n'ai jamais eu que des maîtres, un pauvre fils et toi, Anna. Les uns sont morts, je pleure l'autre. Aime-moi un peu, par pitié.

Anna lui demanda, à voix menue, à peine audible :

– Comment fais-tu, dis, pour tuer ?

– J'ouvre mes cuisses aux hommes seuls.

Longtemps elles ne parlèrent plus, puis :

– Suis-je encore ton amie ? dit Missa contre son oreille.

Anna se défit d'elle, se leva, reprit la lanterne. Leurs ombres envahirent les murs. Elle s'éloigna jusqu'au portail, se retourna vers sa compagne et lui répondit fièrement :

– Aussi longtemps que Dieu voudra.

Elle s'en fut dans la nuit tranquille vers la maison où tout dormait.

7

Peu de jours avant Noël, le chevalier de Muyn, commandant de la garnison, ordonna que l'on rassemble devant l'église l'entière population du village d'Osek et des hameaux environnants. Il y voulut même les enfants et les vieilles femmes afin que l'on mesure, à l'ampleur des dérangements, la gravité de l'heure. Tous, poussés sur la place par une cohorte de fantassins, apprirent donc de cet aristocrate flegmatique mais courroucé qu'un quatrième soldat avait été, la veille, découvert éventré dans un buisson de bord de route. Il se tut un moment, la main haut levée, le temps que s'apaise la sourde rumeur qui parcourait la foule, puis il prévint les gens que sa troupe inspecterait tout à l'heure chaque maison du bourg, grange, écurie, boutique ou hutte de jardin. Après quoi il tint un discours d'une sévérité d'autant plus intraitable qu'il la savait dérisoire. Il était convaincu qu'on ne trouverait rien dans les maisons fouillées et que ces villageois aux regards effrayés ignoraient comme lui qui étripait ses hommes.

Le curé Jost Kurcin était à son côté et Missa, vêtue des habits du vieux mort que lui avait donnés Providence, se tenait derrière son cheval. Elle avait caché ses cheveux sous un capuchon de gros sac et s'était chaussée de sabots qui alourdissaient son allure. Anna, du milieu de la place où elle se trouvait avec Mathias, hésita à la reconnaître, puis s'ébahit de la voir si proche du prêtre et de cet éminent soldat qui ordonnait qu'on la recherche. En vérité, Missa n'avait usé que de modestie pour s'imposer où elle était. La veille du troisième meurtre, Jost Kurcin, de grand matin, avait découvert dans son église un pauvre hère silencieux qui s'affairait à nettoyer, mettre de l'ordre et dépoussiérer les statues. L'abbé, d'abord surpris, s'était bientôt senti touché par cette apparence de vagabond qui prenait un soin si minutieux à raviver les couleurs des saintes figures. Il lui avait demandé son nom. L'autre avait répondu que de vieux compagnons l'avaient autrefois baptisé Missa, sans doute parce qu'il n'aimait rien tant que le rassurant parfum de l'encens et des cierges. Le prêtre avait apprécié son humilité. Il lui avait proposé de l'engager, quoiqu'il n'ait guère de moyens, comme domestique à tout faire. Le bonhomme n'avait demandé, en échange de ses services, qu'une paillasse dans un débarras proche de la sacristie et les restes des repas de son nouveau maître. Peu s'en était fallu que le curé d'Osek ne considère cet émouvant miséreux comme un envoyé du Ciel.

Après l'assemblée sur la place, tandis que chacun s'en retournait à ses affaires, le chevalier de Muyn accompagna dans l'église Jost Kurcin et son serviteur. Il demanda au curé s'il n'avait pas eu vent, parmi ses paroissiens, d'un retour du baron Synovy. Cet hérétique seul, selon son opinion, avait pu recruter quelque brigand capable d'assassiner ainsi les hommes de la garnison catholique qui occupaient son château. Kurcin lui répondit que ce mauvais seigneur, à ce qu'il avait entendu dire, combattait en Bohême auprès du comte Thurn, et qu'en tout cas, après le massacre de protestants que l'on avait fait, il ne connaissait plus, dans son village et ses hameaux, que des âmes rigoureusement propres. Le commandant soupira et s'avoua déconcerté. Comme il ne se décidait pas à prendre congé, l'abbé estima convenable de lui offrir à déjeuner. L'autre s'empressa d'accepter. Le repas, cuisiné et servi par Missa, fut d'abord laborieux. L'invité voulait tout savoir de ceux qui venaient peu aux messes et se confessaient sans entrain. Il questionna obstinément son hôte jusqu'à la poule au pot, qu'il dégusta en silence, après quoi, lâchant la bride à ses penchants mondains, il se laissa aller à disserter sur la guerre qui enfiévrait l'Empire et donna enfin à l'abbé Kurcin des nouvelles fraîches de Prague.

C'était ce qu'avait espéré madame Carla. À la fin de cette éprouvante assemblée qu'elle avait patiemment subie, malgré les bousculades, auprès de son époux, elle avait vu entrer le noble et beau soldat dans l'ombre de l'église derrière son curé. Elle s'était alors mis en tête qu'ils avaient sans doute à se confier de ces informations majeures inaccessibles aux simples gens. Dès le matin du lendemain elle accourut donc aux nouvelles en compagnie d'Anna et du valet bossu. Il neigeait, ce jour-là, à ne plus voir fumer les toits. Elle n'en avait pas moins coiffé un chapeau de haute volée que saluèrent insolemment, à son arrivée sur la place, quelques soudards transis aux sourcils floconneux. Sans souci d'eux ni de sa belle-sœur qui peinait à la suivre elle franchit le portail, s'enfonça vivement sous la voûte sonore, s'en fut vérifier d'un sévère coup d'œil la santé des fleurs sur l'autel puis exigea du vieil abbé qu'il lui conte précisément ce qu'avait dit son invité. Anna, tandis qu'ils conversaient, chercha Missa dans la pénombre. Elle l'aperçut au loin qui débarbouillait un saint Jean. Elle hésita à la rejoindre, puis décida d'aller l'attendre, agenouillée sur le prie-Dieu, devant la statue de la Vierge où Kurcin l'avait confessée. Sa compagne, alourdie par ses habits d'homme, s'en vint discrètement à elle, la contourna sans paraître la remarquer, et tandis qu'elle époussetait le voile bleu de la sainte mère :

– J'ai grand mal, Anna, dit-elle à mi-voix, les diables ne sortent plus seuls, ils se méfient même des femmes.

– Laisse-les donc. Poursuis Wallen.

– Le curé dit qu'il est à Vienne.

– Ton fils est avec lui, Missa.

– Je dois d'abord tuer les autres. Tous les autres. J'en ai besoin.

– Besoin de tuer ? dit Anna.

Elle se raidit, soudain glacée. Missa gémit :

– Sinon, vivre me fait trop mal. Je t'en supplie, petite sœur, ne t'en va pas, parlons encore, ne me laisse pas toute seule. Reviendras-tu me voir ?

Anna ne lui répondit pas, elle était déjà éloignée, grelottante, tout égarée, voûtée dans son vaste manteau. Elle sortit en hâte, oppressée, respira goulûment l'air froid. Elle prévint le bossu qui battait la semelle sous le porche qu'elle avait envie de marcher. Elle se sentait tout à coup incapable de supporter, le long du chemin du retour, les inévitables caquetages de sa belle-sœur. Elle s'en revint seule à la ferme.

Ce fut le soir venu, à l'heure du dîner, que madame Carla se plut à commenter sa journée à Osek. Elle dramatisa peu les meurtres de soldats. On allait trouver l'assassin, c'était une question de jours. Le chevalier de Muyn était, outre bel homme, un enquêteur précis, pugnace, compétent. Cela se voyait à son air. On pouvait lui faire confiance. Mais elle avait plus grave à dire. Après l'assemblée sur la place, monsieur le commandant avait tenu conseil avec l'abbé Kurcin. Il lui avait donné (c'était là l'important) des nouvelles fraîches de Prague. L'ordre catholique y régnait. Les hérétiques protestants qui jusqu'alors avaient infecté la ville étaient soit morts, soit en prison, soit sur les chemins de l'exil. Certes, on bataillait un peu partout en Bohême, mais la route d'Osek était sûre, et ceux qui n'avaient rien à se reprocher (elle insista fermement sur ce point) pouvaient y circuler sans crainte.

Tandis qu'elle palabrait, Anna n'avait cessé de jouer distraitement avec Jan sur la pierre de l'âtre. Elle lui chantonnait des sottises. Il riait aux éclats. Elle souriait à peine. Son esprit bourdonnait. Elle pensait à Missa.

– Ma fille, dit Carla, je m'inquiète pour vous et pour votre mari. Voilà un mois passé que vous êtes chez nous, et que vous avait-il promis ? De venir vous chercher dès la paix revenue. Or, j'ai eu tout à l'heure l'assurance formelle qu'elle était rétablie depuis au moins dix jours.

Elle s'assit auprès d'elle, et lui prenant la main, l'air soudain alarmé :

– Êtes-vous bien sûre de lui ? Est-il absurde de penser qu'il soit, mon Dieu, assez fantasque pour avoir oublié sa femme et ses devoirs envers son fils ? Tous les hommes, ma bonne amie, ne sont pas comme votre frère. La plupart ne méritent pas l'amour que nous savons donner.

Anna lança comme un appel à l'aide un coup d'œil à Mathias que la neige empêchait de s'occuper dehors et qui allait sans cesse interroger le ciel sur le pas de la porte.

– Laissez-la donc tranquille, gronda Esther. Que nous importent les hommes et leur tête brûlée, et leurs folies de ventre ? Que son mari reste où il est, nous n'en serons que plus heureuses ! Cette maison n'est-elle pas assez grande pour que notre petiot y pousse à son aise ?

Carla, le menton haut, répondit sèchement :

– Esther, tu ne peux pas comprendre. Savoir, quoi qu'il en coûte, est nécessaire à notre dignité. Si, Noël passé, nous n'avons aucune nouvelle, nous enverrons quelqu'un à Prague. Nous ne pouvons rester ainsi à imaginer mille morts, ou Dieu sait quelles lâchetés !

Anna baissa la tête, l'air contrit, la bouche boudeuse, comme si elle aussi doutait de la fidélité de cet époux inexistant. Elle pensa posément qu'elle avait devant elle, avec un peu de chance, presque un mois de sursis, et qu'il lui fallait rompre aussitôt que possible avec Missa, cette perdue, qui maintenant l'effrayait trop.

Depuis qu'elle avait avoué la vérité à son frère, les jours s'étaient écoulés comme à l'ordinaire sans que rien ne soit dit ni fait pour la sauver des mensonges qui embarrassaient sa vie. Elle s'était accoutumée à aider Mathias aux travaux de la ferme. Elle y prenait un plaisir jamais éprouvé à la ville et se sentait d'une santé de jour en jour plus vigoureuse. Au bois, à la grange, à l'étable, ils s'étaient plusieurs fois trouvés seuls, mais ils n'avaient jamais parlé que de l'ouvrage, des menus soucis quotidiens ou des humeurs de Carla. Anna avait découvert, surprise, émue, émoustillée, que Mathias vouait à son épouse un grand amour inquiet, malgré ses manies persifleuses et ses vertueuses raideurs.

– Certes, lui disait-il avec une gaucherie qui la faisait fondre et sourire, je sais qu'il lui arrive d'être exaspérante, mais tu n'imagines pas à quel point elle se soucie de toi. Souvent elle me demande si tu te trouves bien chez nous. Elle voudrait que tout soit parfait, la maison, les gens qui l'habitent. Et tu le sais, elle aime Jan au point que je crains son chagrin, quand il faudra que tu nous quittes.

Il lui avouait aussi parfois la peur que lui inspiraient les possibles débordements de celle qu'il appelait « la patronne », avec une ironie pudique, quand il évoquait ses rigueurs.

– Si elle apprenait que tu lui as menti, petite sœur, elle s'évanouirait dans les bras d'Esther puis, ses sens revenus, elle se changerait aussitôt en dragon de l'Apocalypse. Alors, que Dieu nous vienne en aide. Je n'ose pas penser à ce qu'il adviendrait.

– Mathias, que ferait-elle ?

– Elle te dénoncerait.

– Et Jan ?

– Je ne sais pas. Elle voudrait tant un fils !

Et ils soupiraient, le cœur alourdi, ils plaisantaient aussi pour se fouetter les sangs puis se remettaient à l'ouvrage.

Le premier samedi de l'an, comme Mathias rangeait le chariot sur la place d'Osek où ils allaient souvent ensemble, on leur annonça à grand bruit que l'on avait encore trouvé un soldat affalé dans son sang. C'était un garde du château. Il s'était un moment éloigné de son poste pour se vider les tripes à l'abri d'un buisson. Ses compagnons disaient avoir vu fuir quelqu'un, une femme peut-être, ils n'en étaient pas sûrs. Le meurtre avait eu lieu, cette fois, en plein jour. Anna, du coup, n'avait pas osé affronter Missa, qu'elle avait décidé de rencontrer une dernière fois pour la chasser de sa vie. Mais elle craignait qu'elle vienne, une nuit, à sa porte si elle l'évitait trop longtemps. Le samedi suivant elle s'en fut au village avec la solide intention de ne pas rentrer à la ferme avant de lui avoir parlé. Or, tandis que Mathias s'occupait à vendre son lait, elle rencontra devant l'auberge un soldat apparemment novice qui lui proposa de l'aider à porter son linge jusqu'au lavoir. Elle avait posé la corbeille sur sa coiffe et s'exerçait à marcher sans la tenir, comme faisaient les femmes du pays. Elle n'osa pas tourner la tête vers le jeune homme, de peur de perdre son fardeau, mais un coup d'œil suffit à la faire rougir. Elle le trouva timide et beau. Il l'accompagna sans rien savoir lui dire, puis comme elle rejoignait les lavandières sous l'auvent, il la regarda droit aux yeux, lui baisa la main et s'en fut en courant. Elle s'en trouva troublée, confusément ravie, inquiète aussi tout le matin. Son ouvrage fini, elle se rendit à l'église, s'assura d'un coup d'œil que Missa y était seule et l'attira au fond de l'ombre, derrière la croix de l'autel. Elle la prévint, rageuse, qu'elle la dénoncerait si elle tuait encore, car elle avait ce jour rencontré un soldat dont elle était peut-être amoureuse. Ces derniers mots, à peine dits, lui parurent extravagants, mais après tout, peu importait. Sa compagne lui chuchota, le geste caressant, les yeux illuminés par une effrayante tendresse :

– Me dénoncer ? Oh non, tu ne le feras pas. Tu connais ta Missa depuis son premier mort. Nous en sommes à cinq. Que diras-tu au juge quand il demandera pourquoi tu es restée muette aussi longtemps ? Que nous ne sommes plus amies ?

Elles étaient toutes deux complices. Éberluée, la bouche ouverte, voilà ce que comprit Anna. Elle dit enfin :

– Séparons-nous. Va ton chemin, que Dieu te garde, et laisse-moi suivre le mien.

Elle baissa le front, murmura :

– Je prierai pour toi tous les soirs. Pour ton fils aussi. Surtout lui.

Missa lui répondit, rieuse, confiante :

– Tu t'inquiètes ? Il ne faut pas. Quand j'aurai fini mon ménage de diables, nous reprendrons notre chemin. Nous irons tous les trois à Vienne, Anna, Missa, le petit Jan, et nous retrouverons Baptiste, et nous ne nous quitterons plus.

Anna la regarda et se prit de pitié. « Elle ne sait plus ni ce qu'elle dit, pensa-t-elle, ni ce qu'elle fait. » Elle lui baisa la joue, murmura un adieu. Tandis qu'elle s'éloignait sous les statues des saints, elle l'entendit qui chantonnait.

Au soir, sur le chemin du retour, comme ils longeaient au petit trot de la mule la haute muraille du château de Synovy, Mathias dit à sa sœur qu'il avait réfléchi au bon moyen d'ordonner sa vie. Elle attendit qu'il s'explique plus avant, mais il resta muet.

– Il faudrait que je me marie, lui dit-elle.

Il l'approuva d'un hochement de tête, enfonça son chapeau contre le vent glacé.

– Je le crois aussi, dit-il, mais avec un mort.

Elle pensa qu'il se moquait d'elle. Elle le traita de mauvais frère, se perdit un moment dans la contemplation des champs, des arbres noirs, au loin, sous le ciel bas, puis elle lui dit qu'elle trouvait le village plaisant, et qu'elle aimerait y venir plus souvent. Il l'examina, l'œil luisant.

– Oublie donc les hommes d'Osek, lui dit-il. Carla y connaît tout le monde.

Elle sourit, gênée, haussa les épaules, serra son châle sur sa gorge et se tut jusqu'à la maison.

Le lendemain de l'Épiphanie, Mathias invita sa sœur à l'accompagner au bourg de Strakonice où il avait à vendre un veau. Carla, qui était ce jour-là d'humeur pimpante, dit tout de go qu'elle avait envie d'y aller aussi. Mais quand elle entendit le nom du maquignon avec qui son époux devait traiter et probablement déjeuner à l'auberge, elle prétendit avoir à ranger la maison. Elle haïssait ce personnage. Il était sale, quoique riche, velu, énormément ventru. Il avait autrefois osé la demander en mariage. Elle frémissait encore d'horreur, quand elle y pensait. Mathias savait tout de son aversion pour ce rondouillard effectivement répugnant. En vérité, il n'avait pas à le rencontrer. Il ne l'avait nommé que pour décourager la velléité voyageuse de sa femme. La raison en était simple, et majeure. Il voulait être seul avec Anna.

Dès qu'ils eurent quitté la ferme, à peine la mule fouettée, il lui dit qu'il avait trouvé l'homme qu'il cherchait. Elle lui demanda, le cœur soudain emballé, s'il voulait parler de son prochain mari. Il lui répondit que oui. Il dit :

– Un charbonnier. Il est mort. Enfin, presque.

Elle se sentit pâlir.

– Mon Dieu, Mathias, dit-elle.

Il lui ordonna de se taire. Il se tut lui-même un long moment, puis il lui parla avec une sourde rudesse, plus massif que jamais sur le banc du chariot, sans un instant la regarder, comme si ce qu'il avait à lui dire était un lourd fardeau de mots qu'il lui fallait démêler seul. D'ordinaire, quand ils voyageaient, elle aimait se serrer contre son épaule, mais cette fois elle se tint à distance pour l'écouter, toute crispée, les mains enfouies dans la chaleur de ses cuisses.

Il lui dit que dans la forêt dont ils apercevaient la ligne d'arbres, le long des collines au-delà des champs, était la charbonnerie d'un certain Simon Carlotti. Il ne savait rien de cet homme, sauf qu'il était tombé malade à l'entrée de l'hiver, et qu'il était mourant. Après ces quelques mots malaisément lâchés Mathias, la mine inquiète, attendit de sa sœur une quelconque réaction qui l'aiderait à poursuivre, mais comme elle demeurait muette il dit encore qu'il avait rencontré par hasard à Strakonice la vieille mère de ce charbonnier qui mendiait sur le marché des restes de viande et de pain, car depuis que Carlotti ne pouvait plus travailler elle était démunie de tout. L'idée lui était alors venue de proposer à la pauvre femme, contre un mariage sans questions, assez d'argent pour vivre décemment jusqu'à sa propre mort. Elle avait évidemment accepté. Elle lui avait même baisé les mains. Ils avaient donc convenu qu'Anna épouserait son moribond de fils. On n'avait pas à se soucier du consentement de l'époux. Si l'on en croyait les pleurnicheries de la vieille, il ne savait même plus comment il s'appelait. Mathias se tut encore, jeta un coup d'œil au visage impassible d'Anna qui ne cessait de contempler le lointain, puis il ajouta hâtivement qu'elle n'avait pas à s'inquiéter, car dès le mariage conclu il la ramènerait à la ferme. Après quoi ne resterait plus qu'à patienter jusqu'à l'enterrement du bonhomme et attendre le certificat de décès, signé du curé de Strakonice, qui affligerait grandement la maisonnée, mais donnerait un corps définitif à ce fantomatique mari qui commençait à faire jaser (Carla le lui avait dit avec inquiétude) les paroissiennes d'Osek.

Anna, désemparée, ne put tenir longtemps les mots qui lui faisaient trembler la bouche. Elle s'étonna d'abord violemment que son frère, d'ordinaire si mesuré, ait pu concevoir un plan aussi tortueux et déraisonnable, puis elle lui dit pêle-mêle que le nom de son époux, autant qu'elle s'en souvienne, était Josef Han, et non point Simon Carlotti, que Carla, elle, ne l'avait sûrement pas oublié, que cette forêt-là n'était pas sur le chemin de Prague et que bref, on ne pouvait se marier ainsi, sans la moindre bénédiction.

– J'ai aussi acheté le prêtre, dit Mathias. C'est un homme discret et simple. Rien ne le surprend ni ne l'embarrasse. Il sait que l'épousé ne tient pas sur ses pieds. Il viendra donc à la charbonnerie. Nous irons le chercher. Il inscrira sur le registre le nom que je lui donnerai. Josef Han sera mort en traversant le bois, et nous pourrons vivre tranquilles le temps que passe l'an de deuil. Puis nous te trouverons, à Osek ou ailleurs, un homme, un vrai vivant qui fera quelques frères à notre petit Jan. Fais-moi confiance. Cette occasion est notre seule chance de tout aplanir sans souci. C'est un cadeau du Ciel, Anna. Tu es belle, jeune, d'une santé irréprochable, et ta famille est fortunée. Je te promets que tu seras dotée comme il faut. Je ne peux faire mieux. Qu'as-tu donc ? Tu pleures ?

Il s'emporta.

– Pourquoi, bon sang de Dieu ?

Elle renifla, elle dit :

– Je ne sais pas, je n'imaginais pas me marier ainsi. J'espérais je ne sais trop quoi, une grande tablée d'amis, des fleurs, des rires, des chansons. Et voilà que je vais m'engager devant Dieu tristement, en robe ordinaire, sans m'être seulement coiffée. J'attendrai que mon homme meure pour pouvoir enfin respirer. J'ai peur que tout cela ne nous porte malheur.

Il répondit, buté :

– Pas moi.

Elle le regarda à la dérobée. Il mentait. Il était penaud. Elle se raidit, sécha ses larmes. Elle dit encore, bravement :

– Quand cela doit-il se passer ?

– Tout à l'heure. À quoi bon attendre ? Nous allons chercher le curé.

Anna baissa le front et se mit à prier.

Le prêtre de l'église Saint-Jean de Strakonice les fit attendre un long moment devant la porte de la sacristie où il s'était enfermé avec un artisan. À ce qu'ils purent entendre du recoin obscur et glacial où ils se tenaient, la discussion, vive, sonore, remuante, portait sur la restauration de la charpente et le prix exorbitant des travaux. Anna, écoutant avec une attention d'animal à l'affût, chercha passionnément à se faire une idée de l'apparence et du caractère de cet homme qui allait la marier et qu'elle redoutait de rencontrer. Elle l'imagina sec, assez jeune, sévère. Elle le découvrit corpulent, d'un âge grisonnant et d'une bonhomie bourrue. Comme il raccompagnait son visiteur en le tenant par l'épaule, il passa devant eux. Il fit mine de ne pas les voir. Il tarda longtemps à revenir, au point qu'ils se crurent oubliés. Mathias, fâché d'être ainsi négligé, partit, l'enjambée longue, à sa recherche. Anna le suivit. Elle se sentait aussi agacée qu'espérante. Ces épousailles bizarres lui répugnaient encore, mais elle commençait à convenir qu'il lui fallait passer par là pour que ses mensonges s'effacent et que son avenir soit enfin défriché. Ils trouvèrent leur curé sous le porche de l'église où il conversait avec des femmes. Comme ils venaient à lui il se tourna vers eux et leur dit en se frottant les mains avec une vigueur frileuse qu'il fallait se hâter car il n'avait pas beaucoup de temps. Sa désinvolture laissa Mathias ébahi et Anna plus rieuse que surprise. Elle trouva le bonhomme si désordonné et tant embarrassé de son corps qu'elle l'estima de bon aloi et somme toute fréquentable.

Le soleil commençait à décliner quand ils entrèrent dans la forêt. La lumière se fit d'un coup presque crépusculaire sous les grands arbres défeuillés, et l'avancée du chariot brusquement cahotante. Le prêtre, tout au long du chemin, n'avait cessé de bavarder avec Anna. Pas un instant il n'avait évoqué cette cérémonie déshonorante où ils allaient, mais il lui avait abondamment parlé, avec une jovialité touchante, de la pauvreté de son père, de son enfance d'affamé perpétuel et de sa satisfaction d'être parvenu, à force de veilles studieuses, à l'enviable état de curé. Comme ils cheminaient dans le sous-bois qu'aucune brise ne troublait, il lui avoua en riant qu'il n'aimait pas ses paroissiens.

– Trop mornes, lui dit-il, trop résignés, trop peu vivants. Ils baisent peu, et mal. Ils craignent le plaisir. Ils fuient tous les bonheurs possibles de peur de déplaire à l'idée qu'ils se font de leur Créateur.

Anna lui dit, riant aussi :

– Êtes-vous sûr d'être un vrai prêtre ?

L'autre lui répondit en écartant les branches qui menaçaient de leur griffer les joues :

– Je rends service quand je peux, j'entends les gens en confession, je leur donne ce qu'ils attendent, une pincée d'Ave Maria, une cuillerée de Pater, je dis la messe aux heures justes et le reste du temps, je vis.

Elle en oubliait son mariage tant ce curé la surprenait. Elle lui dit, joueuse, amusée :

– Ne croyez-vous donc pas en Dieu ?

Il lui répondit rudement :

– Je ne sais de qui vous parlez. D'ailleurs, vous l'ignorez aussi. Misère, c'est toujours ainsi. Chaque fois que l'on dit Son Nom, la rage me monte aux cheveux !

Sa figure, en effet, vira au rouge vif. Il cogna son genou. Il se mit à gronder :

– Savez-vous bien que l'on se tue un peu partout dans le pays, que l'on s'étripe et se torture, que l'on embroche des enfants, que l'on pille et brûle des villes en croyant que l'on fait la volonté du Ciel ? N'est-ce pas, dites-moi, la plus diabolique des absurdités ? Allons, pas de quartier ! Il faudrait raser les lieux saints, tous les lieux saints de ce bas monde, que les hommes n'aient plus la moindre citadelle, ni la moindre Jérusalem, ni le moindre temple où tenir Dieu emprisonné. Qu'Il aille nu sur les chemins ! Ainsi, sans feu ni lieu, gelé, mourant de faim, peut-être viendrait-Il frapper aux portes basses, peut-être chercherait-Il refuge dans le cœur des vivants, et nous pourrions enfin parler de nos mystères, Lui et moi, Lui et tous les autres. Mais non, on s'escrime à Lui plumer les ailes, à Le réduire à la dimension de nos cages, et l'on se dispute Sa garde à grands coups de sabres et de bombardes, sans savoir qu'Il est de ces êtres qui se laissent mourir de désespoir quand on les prive de liberté !

Il rit, soudain, énormément.

– Voilà ce que je prêcherais si j'avais assez de courage. Heureusement, je n'en ai pas. Il me mènerait au bûcher. Ainsi donc, vous vous mariez. Je vous en suis reconnaissant. Vos fantaisies paieront environ la moitié d'une poutre de ma charpente. Votre frère me l'a promis.

– J'ai là l'argent, lui dit Mathias.

– J'ai là l'étole, l'eau bénite et le registre paroissial, répondit l'autre en tapotant son sac. Allons, au travail, jeune femme. Le bois sent la vieille fumée. La charbonnerie n'est pas loin.

Ils firent halte au seuil d'une clairière étrangement paisible où ni le vent ni les oiseaux ne semblaient être jamais venus. Au milieu était un énorme dôme de terre, d'herbe sèche et de branches. Derrière lui fumait le toit d'une cabane aux murs noircis. Elle paraissait minuscule sous les arbres aux branches célestes qui veillaient sur elle. Des outils gisaient, çà et là, depuis longtemps abandonnés. Le prêtre descendit le premier du chariot et lança un coup de sifflet stupéfiant dans le silence qui les environnait. Une vieille vêtue d'innommables lambeaux apparut sur le pas de la porte. Elle leur fit signe d'approcher. Le prêtre la désigna, et se tournant vers Mathias :

– J'espère que vous l'avez payée, elle aussi, et grassement, sinon je ne marie personne.

Anna lui répondit, la tête haute et fière, que malgré les apparences elle et son frère étaient d'honnêtes gens. L'autre poussa un grognement dubitatif et empoigna son sac d'ustensiles sacrés. Tandis qu'ils s'avançaient vers la misérable demeure, elle s'efforça de penser que l'affaire était plus banale qu'elle ne l'avait imaginé. Elle mit pourtant sa main dans celle de Mathias à l'instant de franchir le seuil.

La seule chandelle du lieu brûlait au bord du lit de paille où était couché Carlotti. Il était pelotonné contre le mur. Anna ne pouvait voir sa figure. Elle en fut soulagée. Son regard, au moins, lui serait épargné. Elle en remercia Jésus, Marie, Joseph en litanie fiévreuse. La vieille mère, les doigts croisés sur son ventre, désigna le gisant d'un bref coup de menton. Tandis que le curé ouvrait son sac sur la table et baisait son étole, elle fit prestement disparaître sous ses haillons la bourse que lui tendait Mathias, puis resta un moment captivée par le gros bonhomme qui emplissait un bol d'eau bénite sous la lucarne d'où venait la seule lueur du dehors.

– Allons, dit-il dans un soupir.

Il vint se planter devant le lit, se pencha de côté,

demanda à Mathias le nom du marié. Ce fut Anna qui répondit. Elle dit fermement :

– Josef Han.

– Josef Han, tonna le prêtre (il semblait s'amuser à faire peur aux murs), acceptez-vous de prendre pour épouse la délurée ici présente qui se frotte contre son frère et qui cherche, je crois, un père pour son fils ? Faites tinter vos sous, grand-mère !

La vieille, l'air égaré, s'empressa d'obéir. Elle agita son sac de pièces comme elle aurait fait d'un grelot.

– J'ai entendu « oui », dit le prêtre. Et vous, jeune chrétienne, ce compagnon suffira-t-il à vous faire oublier cet autre qui vous a si bien engrossée ?

Il prit dans sa poche la bourse que lui avait remise Mathias, la froissa contre son oreille.

– Fort bien, dit-il, elle est d'accord.

Carlotti n'avait pas bougé. Il l'aspergea d'une croix d'eau bénite, il fit de même avec Anna, s'en revint à la table, ouvrit son grand cahier, et tandis qu'il rédigeait l'acte de mariage sous le regard méfiant de Mathias, il jeta un coup d'œil à la vieille d'un bref haussement de sourcil et grommela :

– Quand votre fils aura quitté ce monde, vous viendrez me voir. J'aurai un logement pour vous.

À l'instant de partir Anna voulut saluer la mère du moribond qui les raccompagnait, lui dire peut-être un mot d'amitié, mais l'autre la poussa dehors, ferma derrière elle la porte et tira le verrou.

Le prêtre retrouva la clairière avec un soupir satisfait. Il aida Mathias à allumer des lanternes aux batflanc du chariot, car il faisait nuit et il s'était remis à neiger. Tandis qu'ils s'en retournaient à Strakonice il ne cessa de chanter haut et fort, en cognant du talon, des chansons d'amour paysannes. Comme ils faisaient halte devant le perron du presbytère, il saisit soudain Anna par le bras, l'attira contre lui et lui dit à l'oreille :

– N'aie pas peur de Dieu. S'Il est quelque part, tout cela L'amuse. Bon vent, jeune femme.

Il baisa sa joue et rentra chez lui en battant les longs pans de son manteau neigeux.

Anna et son frère logèrent ce soir-là à l'unique auberge du bourg où ils dînèrent d'une tranche de pain au lard et d'une chope de bière. Ce fut là le repas de cette étrange noce. Il fut lourdement silencieux.

8

Un matin du mois de février, tandis qu'Anna et Esther s'échinaient à laver le plancher de la grande salle aux fenêtres illuminées par la neige, madame Carla descendit de sa chambre, s'en vint droit à la pierre de l'âtre sans saluer sa belle-sœur et se pencha sur la corbeille où Jan jouait avec sa boule de bois. Elle resta si longtemps à le contempler que les deux ménagères cessèrent un instant leur ouvrage. Elles la regardèrent, les sourcils froncés. Alors Carla, se voyant enfin observée, remua la tête comme pour chasser un papillon de malheur, prit l'enfant contre sa poitrine et soupira distinctement, quoique d'un souffle de martyre :

– Pauvre petit oiseau perdu.

– Pourquoi le plaignez-vous ainsi ? lui dit Esther, les yeux aussi ronds que ses joues. Croyez-vous que nous l'ayons laissé mourir de faim ? Il a bu son saoul, et roté. Il est propre comme un sou neuf. Et si vous l'éloignez du feu, gardez-le dans sa couverture.

Carla ne lui répondit pas. Son regard paraissait errer dans de douloureuses pensées. Elle se mit à promener Jan de long en large, en chantonnant avec un chagrin ostensible. Elle s'arrêta dans la lumière de la fenêtre. Mathias fendait du bois dans la cour.

– Regarde ton oncle, dit-elle.

Elle le lui désigna, lui baisa les cheveux, puis haussant à nouveau la voix :

– Grâce à Dieu, tu auras un père, si l'autre ne veut pas de toi.

Anna, agenouillée, sa serpillière aux poings, laissa aller entre ses dents un juron de quartier voyou qu'Esther s'empressa de couvrir d'un remuement de seau.

Depuis quelque temps, Carla boudait. Elle ne parlait plus guère à sa belle-sœur, et quand elle ne pouvait éviter de le faire c'était du bout des lèvres, et d'un air extrêmement las. Anna, jusqu'alors, ne s'en était pas souciée. La pensée de Missa, souvent, la tracassait. Elle avait peur de sa folie et ne quittait ses idées lourdes que pour se donner tout entière au bonheur innocent, enfantin, sans questions, de jouer avec Jan et s'occuper de lui. La rogne qui la prit ce matin-là lui fit bâcler son ménage en quelques énergiques frictions de torchons et d'ustensiles, après quoi elle rejoignit son frère à l'étable et lui demanda, furibonde, s'il connaissait la raison des méchantes humeurs de la patronne. Mathias qui s'affairait à changer la litière des bêtes hésita un moment à répondre, puis comme sa sœur insistait il lui avoua, par bribes confuses, que si son épouse était contrariée, il en était seul responsable.

– L'autre nuit, lui dit-il, elle ne pouvait dormir, et quand elle est ainsi, elle raisonne et rabâche. Je ne sais pas pourquoi c'est toujours dans le noir, quand le sommeil me prend, qu'elle veut tirer les choses au clair. Elle m'a au moins dix fois prié d'envoyer le bossu à Prague chercher le père du petit.

Anna sentit son cœur s'emballer. Elle lui demanda ce qu'il avait répondu. Il cessa son ouvrage, s'épongea le front, grommela :

– Je lui ai dit que la ville était vaste, qu'on aurait grand mal à le trouver, que je t'avais interrogée mais que tu ignorais où il logeait en ton absence. J'ai eu tort. Je ne savais comment sortir de ses questions.

En vérité, Mathias était de jour en jour plus taciturne et soucieux. La nouvelle de la mort de Carlotti aurait dû leur parvenir depuis au moins une quinzaine. Or, ils ne voyaient rien venir. Il soupira pesamment et dit encore que Carla s'était aussitôt agrippée à la pauvre réponse qu'il lui avait faite. Elle l'avait accusé d'aveuglement naïf et s'était appliquée à le convaincre que si sa belle-sœur ignorait où était son mari, c'était assurément qu'il n'existait pas. Elle s'était mise alors à échafauder des soupçons qu'il refusa de préciser. Anna, toute hérissée, voulut savoir ce qu'ils étaient.

– Elle pense que tu nous as menti, lui dit-il, et que tu dois être je ne sais quoi, une sorte de fille perdue.

– Une putain ?

Il haussa les épaules et le front bas, lent, obstiné, il se remit à son travail. Elle ricana, la mine haute :

– Je veux bien l'être. Pourquoi pas ? Ces temps-ci c'est de meilleur goût que de passer pour calviniste.

– À Prague, peut-être. Ici, non. Carla te jetterait dehors, et je ne pourrais rien pour toi.

– Et Jan, qu'en ferait-elle ?

Elle serra les poings, elle gronda :

– La garce, elle me le volerait.

Il haussa les sourcils. Il resta un moment la mine stupéfaite.

– Jan n'est pas ton fils, lui dit-il. Tu pourrais t'estimer contente si elle voulait bien le garder.

Les joues en feu, les yeux en larmes, la bouche tremblante, elle cria :

– Je n'ai que lui pour me garder vivante. Il n'a que moi pour le garder vivant.

Son frère la prit dans ses bras, lui murmura qu'elle était folle, la berça et la consola.

– Demain matin, dit-il, j'irai à Strakonice. Notre curé a sans doute négligé de nous faire porter l'acte de décès du charbonnier. Il est assez écervelé pour cela. Je reviendrai avec de bonnes nouvelles, et nous oublierons nos tracas.

Le lendemain, quand il quitta la ferme, le jour au fond de l'est ouvrait à peine un œil. À l'instant de passer la porte il avait prévenu Esther, seule à bâiller dans la maison encore froide et silencieuse, qu'il serait de retour à la mi-journée. Anna l'attendit dès midi, puis harcela la vieille bonne, se fit mille fois répéter ce que Mathias lui avait dit, et se tint devant la fenêtre jusqu'à ce que Carla grince négligemment, le nez dans ses travaux d'aiguille :

– Écartez-vous de la lumière, ma fille, j'en ai grand besoin. Qui espérez-vous ? Votre époux ?

Elle lui répondit d'un soupir, s'en fut au coin de l'écurie chercher une brassée de bûches dont on n'avait aucun besoin. Comme elle s'attardait dans la cour à guetter le bout du chemin, elle vit venir sous le ciel bas une troupe de cavaliers. Elle courut aussitôt dedans, cria dès le pas de la porte qu'une vingtaine de soldats arrivaient droit sur la maison. Esther, revêche, s'exclama qu'ils allaient salir le plancher. Carla laissa là son tricot, s'arrangea les cheveux en hâte et dit, autant émoustillée que si lui venait à dîner le fringant chevalier de Muyn :

– Des patrouilleurs, probablement. Ils recherchent cet assassin dont a parlé le commandant. Ils vont nous poser des questions et tout fouiller de haut en bas. C'est superflu, mais obligé. Il faut les comprendre, que diable. Ils ne doivent rien négliger. Allez les accueillir, ma fille.

Anna s'en retourna dehors. Les hommes mettaient pied à terre le long du muret de la cour. Elle les attendit à la porte, et soudain ouvrit grands les yeux. Elle avait déjà vu ce sergent blond, rougeaud, qui s'avançait devant les autres. Il avait bousculé Missa quand elle courait à son enfant que palpait partout le marquis au bord de la voiture noire, et tandis que la pauvre mère hurlait, suppliait, implorait, il avait ricané d'ignobles insultes pour amuser ses compagnons. Dieu du Ciel, c'était lui, ce soudard répugnant qui venait vers elle, tranquille, une paille à la bouche. Elle serra les poings. Elle se raidit pour maîtriser ses tremblements. « Quoi, pensa-t-elle, quoi, bandit, tu n'es pas encore étripé ? Tu le seras, je te le dis, comme tous ceux de ce jour-là, et tu reconnaîtras Missa quand elle te fendra la bedaine. » Elle eut un bref ricanement. L'autre s'arrêta devant elle, les pouces dans le ceinturon. Il avait l'air d'un brave bougre, un peu faraud, un peu gêné.

– N'ayez pas peur, ma jeune dame, lui dit-il en clignant d'un œil. Nous venons inspecter les lieux. Nous devons le faire partout. C'est l'ordre de monsieur le chevalier de Muyn.

Carla apparut sur le seuil, guillerette, pimpante. Elle dit, le geste large :

– Entrez donc, messieurs, visitez. Tous les ans, le lundi de Pâques, la maison et ses habitants sont bénis par l'abbé Kurcin. Nous n'avons rien à vous cacher.

Le rougeaud la remercia, et tandis que ses hommes d'armes montaient aux chambres, au grenier, couraient de l'étable à la grange :

– Eh bien, sergent, dit-elle encore, quand ces meurtres cesseront-ils ?

L'autre se réchauffait, les mains tendues au feu. Il les frotta. Il répondit :

– Bientôt, madame. Nous recherchons une diablesse.

– Une femme ? Seigneur !

– Humaine ou démone, on ne sait. N'avez-vous pas vu traîner par chez vous quelque vagabonde suspecte ?

– Des vagabonds, certes, on en voit, répondit madame Carla. Suspects ? Ils le sont tous.

– Hélas, dit le soldat.

– Mais aucun n'est venu chez nous. Je l'aurais su. N'est-ce pas, ma fille ? Eh bien, parlez, ne soyez donc pas si timide !

D'un grognement sec, tête basse, Anna répondit :

– Non, aucun.

Elle s'était renfoncée dans l'âtre et regardait Jan sommeiller. « C'est dit, pensa-t-elle, c'est fait. Missa et moi, Anna Marten, nous voilà seules contre tous. » Une joie sourde l'échauffa. Comme les soldats revenaient de leurs inspections inutiles, « mes bougres, se dit-elle encore, vous cherchez partout, je suis là, vous ignorez que je sais tout, et pas un de vous ne me voie ». Elle en eut presque envie de rire. Et observant, le front baissé, le sergent qui faisait des mines en prenant congé de Carla, elle s'étonna de se trouver aussi paisible, aussi contente dans la haine qu'elle lui vouait. Elle l'imagina dans son sang, enfin muet, le regard blanc, et cette effrayante pensée ne la troubla aucunement. Il la salua de la porte et lui fit encore un clin d'œil en l'appelant « ma jeune dame », mais elle ne lui répondit pas.

Quand ils furent partis, seule à nouveau dans la maison avec les femmes silencieuses, elle se reprit bientôt à penser à Mathias. Elle s'inquiéta. Il tardait trop. Elle sortit, s'en fut au chemin. Elle décida soudain d'aller à sa rencontre et de ne pas s'en revenir sans lui. Elle marcha, courut, s'essouffla jusqu'à ce que le ciel, à l'horizon, tourne du rouge au mauve. Il soufflait un vent coléreux, il lui bourdonnait aux oreilles, il lui faisait pleurer les yeux. Elle n'entendit pas le chariot. Il sortit de la nuit naissante et devant elle il s'arrêta. Mathias s'étonna de la trouver là, si loin de la maison. Il l'aida à se hisser auprès de lui, la gronda de s'être aventurée seule, par ce mauvais temps, couverte à peine d'un fichu. Elle était transie. Il se défit de son manteau et le lui mit sur les épaules.

– J'étais impatiente, dit-elle. As-tu bien tout ce qu'il nous faut ?

Il lui répondit :

– Mauvaise journée. J'ai dû attendre que le curé descende de la charpente de son église où il se disputait avec des ouvriers. Il n'avait aucune nouvelle de Carlotti. Alors je suis allé à la charbonnerie.

Il se tut, remua la tête.

– Ton mari n'est pas mort, Anna. Je l'ai trouvé devant le

feu, à manger son pain et sa soupe. Il m'en a proposé un bol. Il est encore un peu pâlot, mais la vieille est contente, il va de mieux en mieux. Il m'a remercié de ce que j'avais fait pour sa mère, puis il m'a prié de te donner le bonjour. Il m'a dit qu'il viendrait bientôt te rendre visite.

– Mon Dieu, Mathias, que me veut-il ? gémit Anna, les yeux grands, les mains sur les joues.

Le toit neigeux de la ferme apparut sous la lune, entre deux nuages fuyants.

– Fais bonne figure, dit-il, et sois patiente avec Carla, nous avons assez de soucis.

Le bossu accourut au seuil de l'écurie. Mathias lui confia la mule et entraîna sa sœur dedans.

Le charbonnier ne tarda guère à leur donner de ses nouvelles. Aux derniers jours de février, un soir, on entendit au loin chanter une voix d'homme dans le vent vif du crépuscule. Anna et Esther sortirent sur le pas de la porte. Un colporteur apparut à l'entrée de la cour. Il tirait par la bride un petit âne gris chargé de babioles bringuebalantes. Il cria :

– Hé, le monde !

Il s'avança parmi les chiens. Mathias, sa fourche sur l'épaule, apparut au seuil de la grange. Les deux femmes le bousculèrent en riant, pressées qu'elles étaient de courir au marchand. Le bonhomme souleva son chapeau et demanda la sœur du maître. Anna, étonnée, regarda son frère. Mathias dit :

– Que lui voulez-vous ?

Et tandis qu'Esther plongeait ses bras aux manches troussées dans les paniers de mercerie, de rubans, d'almanachs, de fards et de ceintures :

– Quelqu'un de sa connaissance aimerait la rencontrer après-demain midi au lavoir de Strakonice, répondit le colporteur. Il prie instamment votre parente de s'y trouver à l'heure dite. Pour son plus grand bien, sachez-le, car je n'accepte de porter que des nouvelles agréables.

Il salua Anna cérémonieusement, enfonça son chapeau au ras de ses sourcils, se détourna d'elle et se mit à faire danser sa marchandise au nez d'Esther extasiée.

Mathias prit sa sœur par l'épaule. Tous deux au travers de la cour errèrent un moment côte à côte.

– Je t'accompagnerai, dit-il.

Elle lui répondit :

– J'irai seule.

En vérité, elle était autant émue qu'effrayée. La pensée du jeune soldat qui lui avait baisé les doigts sous l'auvent du lavoir d'Osek échauffait tout à coup son sang si joliment qu'elle baissa la tête et haussa son châle pour cacher à son frère le feu vif de ses joues. Elle avait vu passer des cavaliers, un matin, devant la ferme. Ils avaient pris le chemin de Strakonice. « Peut-être y est-il, pensa-t-elle. N'est-il pas de ma connaissance, comme l'a dit le colporteur ? N'est-il pas le seul qui le soit ? Le lavoir ! Peut-être me donne-t-il rendez-vous à cet endroit du bourg afin que je sache que c'est lui, et point un autre, qui désire me voir. » La voix de Mathias la fit sursauter. Il voulait savoir ce qu'elle comptait dire. Elle répondit étourdiment :

– Je ne sais pas. Oh, peu importe.

Il lui parlait de Carlotti. Elle avait failli l'oublier. Elle sentit son cœur s'effondrer. Une peur d'oiseau pris au piège l'envahit, la fit bafouiller.

– Je lui rendrai sa parole, dit-elle. Il ne peut pas m'aimer, il ne m'a jamais vue.

– Il peut avoir envie d'une femme chez lui.

Elle grimaça.

– Qu'il aille au diable. Je suis sûre qu'il est brutal, grossier de cœur, laid de figure.

– Je ne sais pas juger de la beauté des hommes, dit Mathias, mais de leur force, oui. Je ne dormirais pas tranquille si je l'avais pour ennemi.

Esther, les doigts ruisselants de rubans, appela madame Carla. Elle sortit enfin sur le seuil. Alors Anna se redressa, se prit de hargne vigoureuse, laissa son frère planté là, s'en vint droit devant la patronne et fière comme un jeune coq :

– Mon mari est à Strakonice, lui dit-elle. J'irai le voir après-demain.

L'autre en resta éberluée. Anna la toisa, jubilante, l'écarta d'un revers de main, entra dans l'ombre du dedans, s'en fut à la corbeille où l'enfant, captivé, contemplait des reflets de flammes. Elle le prit dans ses bras, le serra contre sa poitrine et ne retint plus ses sanglots.

La nouvelle de la résurrection et de la prochaine arrivée de ce mari que l'on n'espérait plus ensoleilla toute une journée la maison et changea subitement Carla en sœur émoustillée, complice et babillante. Au matin du surlendemain, tandis que le bossu se hâtait de nettoyer la mule des oreilles aux sabots, elle enveloppa sa belle-sœur dans son propre châle de voyage et Esther lui mit aux mains les mitaines qu'elle avait tricotées pour elle. Mathias l'accompagna au chariot en lui recommandant d'écouter ce que le charbonnier avait à lui dire, de lui répondre prudemment, de ne s'engager en aucune façon et surtout de ne pas s'attarder en sa compagnie. Elle s'en alla, anxieuse et décidée, comme un soldat à la bataille. Dès la ferme disparue derrière la première courbe du chemin, elle poussa son attelage au grand galop. Elle était pressée de s'éloigner des présences, des regards, des mains agitées, d'aller vers l'inconnu avec sa seule peur, sa seule déraison et sa seule confiance. Le temps s'était beaucoup radouci. Ne subsistaient du froid passé que de rares plaques de neige à l'ombre des collines. Elle ne croisa sous le ciel gris que le vent, quelques cavaliers éclaboussants et de lentes charretées de paille. À Strakonice, elle confia sa mule à l'écurie de l'auberge puis s'en fut sans hâte à son rendez-vous.

Dès que le lavoir lui apparut au bas de la ruelle elle s'arrêta, s'enfonça sous une porte cochère et observa de loin l'abri de partout ruisselant où s'affairaient les lavandières. Son cœur tonna quand elle vit l'homme. Il se tenait contre un pilier d'angle, les poings aux poches, le front penché sous le chapeau. Elle eut une pensée éperdument mélancolique pour le jeune soldat d'Osek et sa rencontre aussi fugace qu'un émouvant parfum trop vite évaporé. On ne pouvait imaginer deux êtres plus dissemblables. D'où elle était, elle ne parvenait pas à distinguer les traits de son époux (ce mot-là eut du mal à traverser sa tête), mais il lui parut vieux, quoique de haute taille et d'envergure large. Elle pensa : « C'est un ours. » Elle resta un long moment à l'examiner, espérant peut-être qu'il se lasse de l'attendre et s'en aille, ou qu'il remonte la ruelle et passe devant elle sans savoir qui elle était, mais il ne bougea pas. Elle se sentit soudain dévisagée par son regard ombreux. Ils s'épiaient l'un l'autre. Il l'avait découverte. Depuis combien de temps ? Peut-être jugeait-il sa mise, ses défauts. Elle se lissa fébrilement la jupe, rajusta sa coiffe, fit une brève prière et sortit de son encoignure. Elle s'avança, l'esprit bourdonnant comme une ruche, s'arrêta à deux pas du grand corps impassible et lui dit bravement :

– Je suis Anna Marten.

Il puait la fumée mouillée et son grand manteau, vu de près, était aussi crasseux qu'usé. Sa barbe courte, noire et drue, grimpait jusqu'en haut des pommettes. Un pied appuyé au pilier, les mains enfoncées dans les poches, un vague sourire dans l'œil, il la regarda longuement. Il dit enfin :

– Bonjour, ma femme.

Sa voix était rauque, feutrée. « Miracle, se dit-elle, la bête sait parler. » Elle sourit d'un air de défi. Il dit encore :

– Vous ne ressemblez pas à celle qu'il m'arrivait d'imaginer.

Elle répondit, tout sec :

– Vous, oui.

Les mots lui avaient échappé. Elle se reprocha ce qu'elle estimait être une insolence, elle sentit ses joues s'échauffer, mais Carlotti ne parut pas affecté, au contraire, sa lumière dans l'œil s'en trouva ravivée.

– Vous avez un fils, n'est-ce pas ?

Et comme Anna restait muette :

– Il sera bien dans ma maison.

Elle lui répondit :

– Nous n'y viendrons pas.

Il bougea enfin, soupira. Il paraissait las tout à coup.

Il désigna d'un geste la ruelle qui grimpait vers le cœur du bourg. Sa main était grise et velue.

– Allons à l'auberge, dit-il.

Il s'éloigna dans ses vieilles bottes, un peu voûté, comme le sont parfois les gens de haute taille. Elle le suivit à contrecœur. Elle se répéta, renfrognée : « Un diable, un ours, un diable d'ours. » Elle s'imagina seule avec lui dans la forêt. « Son mufle sur ma bouche, oh, misère de Dieu ! » Elle en eut un frisson d'effroi. Elle dit derrière lui à voix forte, rageuse :

– Vous n'avez pas besoin d'une femme chez vous. Pour la cuisine et le ménage, votre vieille mère suffit.

Il ne se retourna même pas. Ils arrivèrent sur la place, franchirent le seuil de l'auberge. Elle était vide. Ils s'assirent face à face près d'une lucarne. Il commanda une pinte de bière. Anna ne voulut rien. Quand il fut servi :

– Vous parliez de ma mère ? Elle est morte, dit-il.

Il but une lampée. Il dit encore :

– Tous les soirs elle priait son Dieu de prendre sa vie, plutôt que la mienne. Tant que je n'ai pas pu sortir de la maison, elle a vécu. Le jour où j'ai retrouvé mes arbres elle s'est couchée à ma place, elle a fermé les yeux et elle s'en est allée rejoindre son homme. Mon père était Josef Carlotti. Il était maître charbonnier. Ses amis l'appelaient Milan. Ceux qui ne l'aimaient pas, le diable.

Il sourit, malicieux, content. Anna, l'esprit perdu, s'entendit lui répondre :

– Vous lui ressemblez, sûrement.

– Je ne sais pas, dit-il, je n'ai pas de miroir.

Il se tut. Il semblait aimer les silences, même pesants. Il en jouait. Anna dit enfin, la gorge nouée :

– Nous ne pouvons pas vivre ensemble.

L'effort qu'elle avait fait pour sortir ces mots-là lui fit monter des larmes. Elle les retint, serra les poings sur la table et se raidit comme Carla quand lui venait un grand souci. Elle ne se croyait pas capable de parler posément, sans trembler, rager ou se plaindre. Elle le fit pourtant. Elle dit à Carlotti qu'elle ne l'aimait ni ne le détestait, qu'il lui paraissait être un homme bon, mais qu'elle n'avait jamais songé à honorer son mariage, qu'elle s'était résignée à l'épouser pour que son enfant ait un père, même faux, peu lui importait, et qu'elle ne voulait rien de lui, sauf son nom. Il sourit avec une étrange douceur. Elle s'en trouva déconcertée. Il lui dit :

– Josef Han, est-ce là mon nom ? Ne vous effrayez pas, Anna. Je suis allé voir le curé.

Il posa la main sur la sienne. Elle la retira vivement.

– C'est mon secret, répondit-elle. Je ne vous dirai rien de plus. Je n'ai pas de dette envers vous. Mon frère vous a bien payé.

Il l'approuva d'un hochement de tête et resta un moment pensif à faire jouer des reflets de jour dans son fond de bière.

– Nous avons fait connaissance, dit-il. C'est bien. Pour le reste, nous en parlerons quand vous l'aurez décidé. Soyez tranquille, je ne veux pas vous forcer.

Elle répondit, butée :

– Merci, j'en suis contente.

– Je viendrai vous chercher aux environs de Pâques, quand la forêt aura retrouvé des couleurs. Je suis sûr que vous l'aimerez. L'enfant s'y trouvera heureux. Il s'appelle Jan, n'est-ce pas ? Il vous faut rentrer maintenant. Votre frère s'inquiéterait si la nuit vous surprenait en route.

Il se leva. Anna aussi. Elle voulut lui dire qu'elle ne le craignait pas et qu'il ne pouvait rien contre elle, mais il était trop grand, trop calme, trop massif, et rien ne l'empêchait, s'il en avait envie, de la prendre au poignet, de la traîner dans la forêt, de l'enfermer dans sa maison. Il était son mari. Il en avait le droit. Il toucha de l'index le bord de son chapeau, eut un bref salut de la tête, se détourna d'elle et s'en fut.

Elle se rassit. Des hommes s'attablaient çà et là dans l'auberge. Elle resta, l'air mauvais, les poings sous le menton à les regarder sans les voir. Elle pensa : « Il ne m'aura pas. » Elle se mit à échafauder d'extravagantes manigances pour tenir hors d'elle l'effroi qui menaçait de l'envahir. Aller chez le curé, lui voler le registre où son mariage était inscrit, arracher la page et courir, poursuivre Carlotti, debout sur le chariot, le fouet sifflant, pousser la mule au grand galop sur son chemin, lui rompre le crâne et le dos. Elle soupira. Pauvres folies. Elle avait voulu être seule à affronter ce jour, se confier à la grâce de Dieu, sûre qu'Il ne pouvait l'abandonner, qu'Il trouverait pour elle une porte, un soleil, et qu'Il la ferait rire des peurs qu'elle avait eues. Seule, elle l'était, infiniment. « Seule avec mon fils », se dit-elle. Penser à Jan la réchauffa. Elle regarda par la lucarne la place de l'église où le curé gesticulait, entouré de femmes rieuses, et lui vint soudain comme une évidence la décision de fuir son charbonnier d'époux, la ferme, les regards de Carla, la chaleur de son frère, Missa, ses meurtres et sa folie, de les oublier tous et de revivre ailleurs.

Elle prit au petit trot le chemin du retour. La journée était douce et les voyageurs lents, mais elle resta méfiante et l'œil aux aguets tant qu'elle longea, au bout des champs, la lisière de la forêt. Dès qu'elle l'eut laissée derrière elle, « j'irai vers le sud, se dit-elle, en Italie, jusqu'à la mer ». Elle pensa à maître Hanusak, à ses habits bleus, à ses rêves. « Je m'engagerai au service d'un de ces marchands fortunés qui regardent partir et venir leurs bateaux à leur fenêtre grande ouverte. Je m'occuperai des enfants. » Elle imagina Jan trottant dans des couloirs au carrelage frais. Elle se prit de joie frémissante et d'inquiétude sans objet. Elle se traita de sotte à s'entendre prier Dieu de protéger son fils, d'ôter tout fardeau de son dos, de lui épargner tout malheur, tout chagrin, toute maladie et de n'en charger qu'elle seule s'il fallait qu'ils soient supportés. En vérité elle éprouvait la folle espérance des mères, leur force inépuisable et leur inguérissable souci. Que pesaient Carlotti et ses exigences sournoises auprès de ce petit être qui ne lui avait rien demandé ? Elle se sentit ragaillardie. Un rire lui vint à la gorge. Elle n'aurait même pas besoin de conter à Carla ses mensonges habituels. Elle lui dirait qu'elle avait rencontré son époux, qu'il était en bonne santé, qu'il était maintenant charbonnier dans la forêt de Strakonice et qu'il viendrait la chercher aux environs de Pâques. Rien qui ne soit strictement vrai. « Sauf qu'il sera trop tard, monsieur, quand on vous ouvrira la porte. Où est ma femme ? Elle est partie. » Elle aperçut soudain le bossu dans un pré. Elle n'avait pas vu passer le voyage. Mathias l'attendait, assis sur le muret à l'entrée de la cour. « Je le préviendrai, pensa-t-elle. À lui seul je dirai adieu. Il en sera sans doute aussi triste que soulagé. » Elle le regarda se lever et s'avancer vers le chariot. Elle fit halte sur le chemin, elle sauta dans l'herbe du bord.

– Il nous veut chez lui, Jan et moi.

– Iras-tu ?

– Non.

Et comme son frère s'éloignait, tirant la mule par la bride :

– Il viendra bientôt me chercher. Je ne peux plus rester chez toi. Je partirai demain matin. Il faudra que tu me réveilles au moins une heure avant le jour. J'irai vers le sud, vers la mer. Je trouverai à me placer, je suis une bonne servante.

Il ne répondit pas. Le bossu approchait, un fagot d'outils sur l'épaule. Il lui donna des ordres secs. Anna courut à la maison, prête à affronter les questions et les curiosités des femmes.

Carla était au coin du feu. Elle tenait l'enfant couché dans ses bras. Il semblait sommeiller, ses joues étaient en feu.

– Il ne va pas bien, dit Esther. Il vomit tout ce qu'on lui donne et il est chaud comme un chaudron.

Carla demanda pauvrement, sans quitter le petit des yeux :

– N'as-tu pas ramené son père ?

– Seigneur Jésus, gémit Anna.

Elle s'en vint à sa belle-sœur, en hâte, les mains en avant.

– Oh, dites, vous me faites peur.

Leurs deux fronts penchés se joignirent au-dessus du pauvre visage au souffle rauque, aux yeux mi-clos.

– La tisane de blé sera bientôt tiédie, j'espère qu'il

voudra la boire, dit Esther. Je connais ces maladies-là. Si dans trois jours il vit encore, il reviendra plus fort qu'avant, mais il faudra de la patience.

– Je prierai s'il le faut jour et nuit, dit Carla.

Avec une tendre patience elle mouilla des heures durant la bouche de Jan de tisane. Elle demeura jusqu'au matin à le veiller auprès d'Anna. Elles furent là comme deux sœurs à sursauter aux moindres plaintes. Elles ne parlèrent pas du voyage du jour. Elles ne parlèrent pas du tout.

9

Trois jours, trois longues nuits passèrent. Jan était encore vivant mais il était toujours fiévreux et ne picorait guère plus qu'un oisillon exténué. Quand il ouvrait les yeux, il ne regardait rien. Quand il dormait, il gémissait et semblait voir partout des monstres. Le bossu, un soir, apporta un sachet de poudre de plantes que sa mère lui avait donné pour le pendre au cou de l'enfant. Il le posa sur sa poitrine, se signa et s'en retourna dans son coin, près de la fenêtre. Il ne sut rien faire de mieux, malgré l'inquiétude qu'on lui sentait. Mathias ne parlait presque plus. Il interrogeait Carla du regard, quand il rentrait des champs, puis il allait s'occuper au grenier ou à l'étable. Il n'aidait pas aux soins de Jan. Il semblait ne savoir que faire. En vérité, il n'osait pas s'aventurer dans cet entre-deux-mondes où les femmes se tenaient à l'affût des lueurs d'espoir et des ombres. Elles avaient établi autour de la corbeille où gisait le petit une sorte de campement peuplé de parfums d'herbes, de murmures, d'affairements, de gestes, de regards. Elles n'auraient pas admis Mathias, même s'il l'avait désiré, dans l'intimité de leur cercle. Il n'était plus, d'ailleurs, maître dans sa maison. Celui dont on craignait les plaintes, qu'on servait au moindre soupir, c'était l'enfant, personne d'autre. Il avait effacé autour de son berceau les jours, les gens, le temps dehors, et les trois veilleuses de vie semblaient à son chevet souffler sur lui sans cesse comme sur la dernière braise du monde. Elles lui racontaient des histoires, bien qu'il ne puisse les entendre, elles lui fredonnaient des chansons, elles s'efforçaient même de plaisanter entre elles pour rassurer cette âme qui semblait hésiter à rester dans son corps. C'était là leur ouvrage, et elles l'accomplissaient comme seules savent le faire les servantes des nouveau-nés et des morts, avec leur humilité animale et leur tendresse d'une impudeur insoupçonnée des hommes.

Jusqu'au douzième jour, rien ne fut décidé. Au soir d'un dimanche pluvieux, tandis qu'il sommeillait, la vieille Esther lui murmura en bordant à ses pieds le drap :

– Es-tu bien, mon fils ? As-tu chaud ? Aimerais-tu un conte ou une devinette ? Oh, je sais. Une devinette.

Elle s'assit au plus près de lui, croisa ses doigts sur ses genoux. Elle dit, riant des yeux :

– Devine. Quel est de ses enfants le chéri de sa mère, son bien-aimé, son préféré ?

Elle attendit, puis chantonna :

– L'absent jusqu'à ce qu'il revienne, le petiot jusqu'à le voir grand, et le malade dans son lit jusqu'à ce qu'il reprenne vie. Reviens, grandis, guéris, mon fils, je t'en prie, pour l'amour de nous.

Jan remua soudain la tête, fit une grimace agacée, puis se mit à geindre, haleter. Anna gronda :

– Il ne veut pas.

Un instant elle sembla perdue, regarda Carla, puis l'enfant. Il était à nouveau paisible. Alors elle tomba à genoux, agrippa rudement le bord de la corbeille.

– Mon Jan, murmura-t-elle à voix rauque, pressante, je sais que tu m'entends. Alors écoute-moi. Nous ne sommes pas seules, Carla, Esther et moi, à te vouloir vivant. Quelqu'un d'autre est là, qui te garde, quelqu'un qui t'a déjà sauvé, ton père mort peut-être, ou peut-être un ange du Ciel, ou un Jan Hanusak que tu ne connais pas, qu'importe. Souviens-toi. Quand les cosaques sont venus dans la maison de tes parents, ils ont tout brisé, les portes, les meubles. Leurs piques ont troué les tableaux, leurs bottes ont renversé les chaises, et sans doute as-tu vu leurs sabres traverser l'air autour de toi. Ils n'ont pas touché ton berceau.

Elle posa la main sur sa tête.

– Rappelle-toi, Jan, je t'en prie. Vois celui qui t'a protégé, ne te détourne pas de lui, je sais qu'il veut t'aider encore pour peu que tu le veuilles aussi. Dis-lui qu'Anna le remercie d'avoir défendu qu'on te blesse, Anna, la servante, dis-lui, je suis sûre qu'il me connaît, il m'a gardée en vie pour toi, pour que je te trouve et te sauve. Oh, moi je n'oublierai jamais. Quand je t'ai découvert vivant, il restait un peu de lumière dans le lustre au-dessus de toi, et tu dormais, petit, aussi beau qu'un Jésus au milieu des décombres. Ta mère était partie avec son sac de perles. Il fallait bien quelqu'un pour te donner du lait, te torcher, te bercer, te conter des histoires. Les anges ne savent pas faire. Ils ont de grands, de beaux pouvoirs, mais ils n'ont pas celui de tenir la cuillère ni de laver les vêtements. Alors le tien, quand il m'a vu, a pensé qu'il pouvait se reposer sur moi, que je m'occuperais de toi, et c'était vrai, je suis restée. Oh, je ne le regrette pas. Tu n'as eu qu'à me regarder pour m'engager à ton service. Ils étaient si simples, tes yeux, si tranquilles, si confiants ! Comment aurais-je pu te tourner le dos, m'en aller ? Et pourtant, quelle peur j'avais ! Je t'ai pris dans ta couverture et j'ai couru, il faisait nuit, j'avais sous le manteau le fils d'un protestant, un bâtard d'hérétique, un diable. Toi, mon trésor vivant. Sais-tu qu'on nous aurait embrochés tous les deux si nous avions croisé des cosaques moins saouls ? Je t'ai mené chez Héléna mais elle n'a pas voulu de toi. Tu l'effrayais tant ! Pauvre femme, elle me disait : « Ils nous tueront s'ils le trouvent dans ma maison. » Que pouvions-nous faire ? Partir. J'aurais pu servir chez des riches, épouser, oh, je sais bien qui, mais non, petit, tu m'as forcée à prendre la route d'Osek, à mentir pour ne pas te perdre, à craindre, la nuit, pour ta vie quand je n'entendais plus ton souffle. Je ne t'ai pas porté dans la peau de mon ventre mais sur le dos, oui, jusqu'ici. Ne va pas croire, Jan, tu ne m'as pas pesé. Depuis que je vis avec toi tu es mon souci, ma lumière, tu es l'espoir dans mes prières, tu es ce que je fais de mieux. Et tu voudrais me laisser là ? Aller où je ne peux te suivre ? Quitter la vie, qui t'aime tant ? Dis-moi, petit, tu n'as pas honte ?

Elle dit ces derniers mots avec une fureur à peine retenue, essuya les larmes qui lui brouillaient la vue, s'apaisa enfin, soupira :

– Voilà, fils, tu sais presque tout, quoique je n'aie rien dit qui vaille. Les mots sont de drôles de gens, on leur donne toutes nos forces, on ne sait pas ce qu'ils en font. Peut-être que, puisque tu dors, tu entends mieux que je ne parle. Je ne veux pas être payée pour ce que j'ai pu te donner, mais si tu meurs, tu me trahis, et tu blesses ton ange aussi. Ne fais pas cela, mon petit.

Comme elle restait le front enfoui au creux du bras sur le bord du berceau, elle sentit une main se poser sur sa nuque. Le feu dans l'âtre crépita. Elle risqua un œil, vit dans la pénombre Carla se pencher. Elle l'avait oubliée. Elle gémit, effrayée, renfonça son visage. Elle l'entendit lui murmurer :

– Vous avez dit ce qu'il fallait. Je suis sûre qu'il a compris. Il ne faut pas craindre, parfois, de parler sec aux fortes têtes. Soyez tranquille, il reviendra.

Esther hocha la tête et d'un air d'évidence :

– J'en mettrais ma main à couper. On croit que les enfants sont des êtres stupides, mais à leur façon, ils entendent. Leur âme, à ce qu'on dit, est pareille à l'abeille. Elle butine la chair des mots, et au-dedans, elle fait son miel.

Elle se torcha le nez, dit encore :

– N'empêche, voilà une émouvante histoire. Je m'en sens toute remuée.

Elle poussa une bûche au feu. Carla s'en fut tremper un linge au seau d'eau fraîche et s'en revint s'agenouiller pour mouiller la bouche de Jan. Elle dit soudain :

– Surtout, pas un mot à Mathias. Il serait gravement fâché s'il apprenait que vous avez menti. Certes, il ne vous chasserait pas, c'est un homme compatissant, mais il est un peu trop, comment dire ? Moral.

Elle se remit debout. Elle était toute rouge. Elle cligna de l'œil, puis dressant l'index :

– Tout cela doit rester strictement entre nous, inutile de vous le dire.

Malgré sa raideur de patronne, elle avait l'air presque pimpant. Anna se planta devant elle, voulut parler, n'y parvint pas, et tout à coup, riant, pleurant, elle la prit aux épaules et baisa bruyamment ses joues. Carla joua les offusquées. Elle grimaça, la repoussa, gronda :

– Tenez-vous donc, ma fille.

Elle n'était pas vraiment fâchée.

Le lendemain, Jan n'avait plus guère de fièvre. Il but un demi-bol de tisane de blé, rota et s'endormit repu. La maison se remit à bruire. Anna sortit chercher du bois, s'enivra de vent retrouvé. Le bossu, au soir, s'en revint des champs avec une branche d'amandier en fleur qu'il planta dans le pot à eau sans oser rien dire à personne. Mathias, depuis longtemps muet, parla du trop beau temps et des bourgeons à peine nés qu'il redoutait de voir geler si venait un regain d'hiver. On oublia d'un coup les peines que l'on venait de traverser. L'enfant était faible pourtant, pâlot, amaigri, silencieux, mais comme Esther le fredonnait à chaque heure de ses repas il ne lui fallait désormais, pour qu'il retrouve sa vigueur, que du bon pain trempé dans du lait de patience. Anna, son mauvais sang passé, hésita quelques jours à parler à son frère de la bienheureuse soirée où la patronne avait appris que Jan était fils d'hérétique. Elle ne trouva pas le moment, puis estima plus honorable et mieux accordé à son cœur de ne rien dire du secret qu'elles s'étaient promis entre femmes.

Madame Carla paraissait avoir tout oublié de ces heures intimes. Elle avait promptement retrouvé sa sécheresse persifleuse et son goût du commandement, mais Anna n'en était plus guère affectée. En vérité, plus un jour ne passait sans qu'elle s'émeuve et s'éberlue de l'étrange bonté dont cette femme aux angles vifs avait fait preuve à son égard. Parfois, quand elle se trouvait seule, elle jubilait au souvenir de son « pas un mot à Mathias », de son « strictement entre nous » et de ses raideurs frémissantes. Elle se sentit, un soir, assez insouciante pour décider de lui conter ses embarras de faux époux. Quand les hommes furent couchés :

– Vous croyez tout savoir de moi, mais non, dit-elle à ses compagnes.

Chacune s'occupait devant la cheminée, Esther à trier des légumes, une marmite entre les pieds, Carla à tricoter un châle, Anna à repriser un drap. Elle les regarda à la dérobée, autant maligne que timide, puis lança :

– Je suis mariée.

Carla lui répondit :

– Je sais.

Anna, la bouche bée, en resta son aiguille en l'air.

– Je ne suis pas si sotte que vous l'imaginez, dit-elle encore, l'air pincé. À la réflexion, ma petite, j'ai pensé que notre Mathias savait sans doute quelque chose qu'il ne voulait pas m'avouer. Je le connais, ce misérable. Il ne me regardait pas droit quand je me souciais de vous, de votre enfant, de votre époux. Je lui ai tiré les vers du nez. Je m'entends bien à ce jeu-là. Il ne m'a guère résisté. Je sais donc tout, ma pauvre amie, de vos simagrées conjugales avec ce charbonnier mourant. Vous êtes à lui maintenant. Dieu l'a voulu. Grand bien vous fasse. Quant à Mathias, il est puni. Il m'a caché la vérité. Il m'a refusé sa confiance. Jusqu'à la fin du mois, carême. Il est privé d'amour de lit.

Esther gloussa. Anna rougit.

– Pardonnez-le. Pardonnez-nous. Vous nous faisiez si peur, dit-elle.

Carla faillit manquer de souffle. Elle répondit :

– Moi ? Allons donc ! Ai-je vraiment l'air d'un dragon ?

Esther risqua :

– Eh, quelquefois.

Elle n'avait parlé qu'à mi-voix. Sa maîtresse sursauta, comme piquée par un frelon. Elle s'exclama :

– Quelle insolence !

Elle baissa le nez, toute rouge, tenta en vain de s'apaiser, marmonna, tremblante, boudeuse :

– Depuis les aveux de Mathias, je garde ma peine pour moi. Je me confie, et l'on m'insulte.

Elle essaya de retenir une crue soudaine de larmes, perdit les points de son tricot, s'énerva, ne put les reprendre, s'enragea, explosa enfin.

– Je tente de faire le bien. Chaque fois que quelqu'un de nous tarde à rentrer, je ne vis plus. Je me ronge les sangs pour tout. Du matin au soir je m'efforce d'être ce qu'on attend de moi, et j'épouvante ceux que j'aime. Voilà. Et maintenant, je pleure. C'est bien là ce que vous vouliez ?

Anna lui murmura quelques mots consolants, lui sourit et lui prit les mains.

– Lâchez-moi donc, petite peste !

Elle se dressa si violemment qu'elle renversa son tabouret. Elle s'en fut droit à l'escalier, grimpa en hâte furibonde et fit claquer si fort la porte de sa chambre que la flamme de la chandelle, en bas, en fut tout affolée.

– Elle s'en remettra, dit Esther avec une placidité féroce.

Les deux femmes restèrent un moment à bâiller dans la chaleur du feu mourant, puis Anna enveloppa Jan, le prit tout chaud dans sa corbeille et dit qu'elle allait se coucher. Ce fut alors que dans la cour éclata un tohu-bohu de chiens et de bruits de sabots. On cogna du poing à la porte. Esther saisit un tisonnier et demanda qui était là. Une voix répondit parmi les aboiements. Elle était confuse, haletante. Anna la reconnut. Elle s'empressa d'ouvrir. Elle dit, éberluée :

– Missa.

Et se retournant sur Esther, qui, dans son dos, cherchait à voir, hissée sur la pointe des pieds :

– C'est le serviteur du curé.

C'était elle, vêtue en homme, apparemment bouleversée, mais le vieux sac qui la coiffait cachait mal l'obscure lumière qui lui dévorait le regard.

– L'abbé Kurcin est mort, dit-elle.

Mathias, à moitié rhabillé, parut en haut de l'escalier. Son épouse ne tarda guère. Anna lui répéta ce qu'elle venait d'apprendre.

– Mort ? dit Carla. Le cœur. Hélas, je n'en suis pas surprise. Il s'en plaignait, ces jours derniers. Et quand est-il passé ?

– Oh, le temps de venir, lui répondit Missa. Après vêpres, il n'a pas dîné, il a traînaillé dans l'église, il m'a dit « va, laisse-moi seul ». Je suis parti puis revenu, j'avais les chandelles à moucher. Je l'ai vu couché sur un banc, tout livide, sans yeux, sans souffle. Je ne savais qui prévenir. Il me parlait souvent de vous. À l'entendre, pardonnez-moi, vous étiez presque sa parente. C'est donc à vous que j'ai couru.

– Allons, dit Mathias.

Ils s'en furent. Seule Esther resta près de Jan.

On porta le mort dans sa chambre et l'on alluma des bougies. Mathias et Carla le veillèrent avec quelques femmes du bourg qu'ils avaient prévenues en route. Anna resta avec Missa près de la Vierge, dans l'église. Elles avaient dit vouloir prier. Elles avaient envie d'être seules et de se parler en secret.

– Missa, dis-moi la vérité.

– J'ai bien vu qu'il allait mourir, il avait mal à la poitrine, il ne pouvait plus respirer. Je lui ai dit : « L'abbé, je veux me confesser. » « Tout de suite ? » « Oui, tout de suite. Qui sait si nous verrons demain ? » Il m'a regardé droit aux yeux comme il ne l'avait jamais fait, et je ne me suis plus cachée. Alors il a su qui j'étais et je m'en suis trouvée contente, j'avais honte de le tromper, c'était un homme simple et bon. Il s'est accroché à mon bras, et nous sommes venus ici, à l'abri de la Sainte Mère, et je lui ai tout raconté, le marquis, mon fils et mes diables, les cinq que j'ai déjà tués, le ménage qui reste à faire. Et j'ai même parlé de toi. J'ai dit que tu étais la seule vraie bonté que la vie m'ait donnée. Il a fallu que je le tienne, il tombait, il n'en pouvait plus, mais il a tout bien entendu. À la fin il m'a pris le col, il m'a tiré contre sa bouche et il m'a dit : « Pardon, pardon. » Puis le souffle lui a manqué. Il est mort là, sur mon épaule. Que veut dire « pardon », Anna ?

– Aime, sois bonne, oublie le mal.

Missa lui dit timidement, comme l'on refuse un cadeau :

– Oh non, Anna, je ne peux pas.

Et presque plaintive soudain :

– Pourquoi dit-on que j'assassine ? Je fais la guerre, voilà tout, comme la font les protestants, les catholiques, les empereurs. Suis-je plus folle que ces gens ?

Elle se tourna vers sa compagne qui cherchait elle ne savait quoi sur la figure de la Vierge.

– Tu pries ? C'est inutile, Anna, le ciel est vide. Si quelqu'un s'y trouvait, il m'aurait entendue. J'ai appelé si fort ! Il n'y a, là-haut, ni jugement, ni punition, ni récompense. Il y a de l'air et des étoiles qui n'ont jamais rien su de nous.

– Si je souffrais ce que tu souffres, dit Anna sans la regarder, je ne tuerais pas. Je mourrais.

Elle se tut un moment, sourit.

– Ou peut-être je chanterais.

– Tu chanterais ? Pour quoi ? Pour qui ?

– Pour rien, parce que je sais chanter, et que le ciel, lui, ne sait pas.

Elles restèrent longtemps côte à côte en silence, puis Missa soudain se leva.

– Je vais à l'ouvrage, dit-elle.

L'autre lui agrippa la manche. Elle savait que c'était en vain. Elle supplia pourtant, rageuse :

– Pour l'amour de moi, reste ici.

– Je reviendrai avant le jour, mais tu me gardes, je suis là, je ne bouge pas de la nuit. As-tu compris ?

Anna gémit. Elle posa les mains sur sa face et se voûta sur le prie-Dieu. Missa revint après une heure. Elle dit qu'elle n'avait rien trouvé. C'était faux. Au petit matin, près du cimetière, on découvrit un homme d'armes cloué par son propre poignard dans la mousse d'un arbre creux. Il était désormais interdit aux soldats d'aller seuls au village, c'était l'ordre du commandant. Ils étaient donc deux en vadrouille, mais selon ce qu'il raconta, son compagnon était si saoul qu'il n'avait rien vu de suspect.

Pendant quelques semaines Anna refusa de retourner à Osek où elle accompagnait Mathias, d'ordinaire, chaque matin de samedi. Elle resta obstinément à la ferme, travaillant plus que de raison, discrète, rechignée, préoccupée par les devoirs qu'elle ne cessait de s'imposer et surtout soucieuse d'être à ses propres yeux d'une irréprochable vertu. Elle redoutait à nouveau Missa. Elle estimait urgent de se défaire d'elle, de l'emprise de son malheur, de l'obscure fascination où la tenait sa barbarie. Elle se représentait ses meurtres, s'horrifiait de bonne foi, se promettait cent fois par jour de ne plus jamais se mêler de ses abominables affaires, et ne pouvait pourtant s'empêcher de penser à cette pauvre sœur avec une infinie pitié. Ses inquiétudes et son labeur eurent au moins un avantage. La crainte qu'elle avait de revoir Carlotti lui sortit de l'esprit. En vérité, avec le temps, elle s'était peu à peu convaincue qu'il l'avait oubliée et qu'il avait probablement déniché une autre compagne, à Strakonice ou ailleurs. La semaine sainte passa sans visite notable, sauf celle du nouveau curé d'Osek. Carla en son honneur fit un repas de fête et du coup retrouva sa verve, ses impatiences ménagères et son souci d'ordre parfait. Au matin du lundi de Pâques, Jan goba un œuf frais pondu et se fit vaillamment les dents sur un croûton de pain rassis. Pour la première fois depuis le soir d'esclandre, Anna et Carla se sourirent, contentes de le voir fringant et goulu comme un petit ogre. Vers midi, comme on s'amusait du costume neuf du bossu, les chiens, dans la cour, aboyèrent. Carla s'en fut ouvrir la porte. Un flot de soleil éblouit la salle.

– Anna, dit-elle, venez voir.

Elle accourut, puis recula. Carlotti, son sac à l'épaule, s'avançait à travers la cour. Quand il vit paraître sa femme, il s'arrêta parmi les poules et mit son chapeau sur son cœur.

Madame Carla l'accueillit avec une bienveillance excessive. Comme il hésitait, circonspect, elle l'encouragea d'un sourire, lui offrit ses mains en l'appelant « cher parent » et lui dit qu'il était depuis longtemps espéré dans sa demeure. Avant même qu'il ait eu le temps de saluer la maisonnée, elle ordonna qu'on le débarrasse de son manteau, que l'on époussette la table et qu'on lui serve du vin cuit.

– Votre épouse est émue, dit-elle. Voyez comme elle reste plantée. Allons, ma fille, approchez-vous. Avez-vous peur qu'il vous dévore ?

Le bossu se glissa dehors. À peine le vit-on sortir. Esther se renfonça dans l'âtre pour épier à son aise la mine des uns et des autres. Mathias, au bord de la fenêtre, attendit que le charbonnier vienne à lui, mais il se tourna vers Anna. Elle recula jusqu'au berceau où Jan jouait avec sa boule et se tint là comme pour le protéger des grandes mains et du visage hirsute de ce sauvage qui s'avançait vers elle. Il lui dit sourdement :

– La paix sur vous, ma femme. Me voici donc, comme promis.

Elle baissa la tête et se tut.

– Puis-je saluer votre fils ?

À peine accepta-t-elle de s'écarter d'un demi-pas. Il se pencha. L'enfant lui agrippa la barbe.

– Holà, dit-il, rieur. Vif comme un chat sauvage. Il aimera notre forêt.

– Le pauvret sort de maladie, gloussa Carla. Mathias, mon cher, dois-je vous présenter notre hôte ? Suis-je sotte ! Bien sûr que non, vous le connaissez mieux que moi.

Elle partit d'un rire fluet. Les deux hommes un instant se toisèrent en silence. Carlotti dit enfin :

– Votre mari est un seigneur. Ma mère, grâce à lui, n'est pas morte de faim quand je ne pouvais travailler. Je n'ai pas oublié ce temps. Nous n'avions plus un sou d'espoir. Maître Marten est arrivé, et nos misères ont disparu comme le brouillard au soleil. Béni soit-il. Que Dieu me garde de trahir l'heureuse bonté qui a seule guidé son cœur. J'espère qu'un jour il me jugera digne d'être son frère, mais si ce n'est pas son désir, qu'importe, il restera le mien, car je sais ce que je lui dois.

Il avait parlé droitement, sans hâte, à voix tranquille, mais Anna vit dans son regard de l'incontestable ironie. Elle en eut un sourire acide.

– Bienvenue, répondit Mathias. Soyez ici comme chez vous.

Il était bougon, mais touché. Carla s'en fut en chantonnant trancher du pain et du jambon.

Comme Esther s'apprêtait à desservir, après qu'il eut déjeuné, Carlotti lui prit l'écuelle, s'en fut lui-même la laver au seau d'eau, l'essuya d'un revers de manche et sortit sans se soucier du regard stupéfait des femmes. À peine seules, elles trottèrent à la porte, l'entrebâillèrent. Elles le virent ôter sa chemise, la jeter sur le tas de bois, puis cracher dans ses mains et empoigner la hache. Il se mit à fendre des bûches.

– Quel bel animal ! dit Carla. Il doit avoir la toison rêche. Vous avez de la chance, Anna.

Esther fit la moue.

– Trop velu. Je les préfère un peu plus lisses. Mais le fait est que celui-là doit être long à fatiguer.

Anna grimaça, frissonna et murmura, la rage aux dents :

– Je le hais. Il me fait horreur.

– Cessez de pleurnicher sur votre sort, ma fille, lui répondit Carla. Simon Carlotti est votre époux devant Dieu, et soit dit en passant, il en est de bien pires, croyez-moi.

Elle partit d'un rire pointu.

– Seigneur, il me ferait rêver si je n'étais pas mariée. Bestial au lit, courtois le jour, c'est ainsi que je l'imagine.

– Si j'avais à vivre avec lui, dit Esther, l'air méditatif, je lui couperais les cheveux et je lui raserais les joues. Je les connais, ces gaillards-là. On ne peut les faire plier que si l'on tient la bride courte.

Elles avaient toutes deux le bout du nez dehors. Anna s'en était retournée dans la pénombre de la salle. Elle paraissait désemparée.

– Nous ne nous sommes pas choisis, gémit-elle pour elle seule. Notre mariage ne vaut rien.

Et s'égosillant tout à coup :

– Il ne connaît que sa forêt. Ce n'est pas un mari, c'est un ours, un sauvage !

– Civilisez-le, ma jolie, lui répondit Carla, légère, en revenant à son ouvrage.

Elle était d'excellente humeur. Esther soupira :

– Difficile. Voyez-la à côté de lui. Une aubépine sous un arbre.

Anna prit son châle, sortit.

– Où allez-vous, ma pauvre enfant ?

La porte claqua derrière elle.

– Laissez-la, dit Carla, elle n'ira pas bien loin. Elle ne s'enfuira pas sans son miraculé.

Elle passa devant Carlotti en coup de vent, la mine haute. Il cessa de fendre son bois le temps de la voir s'éloigner puis se remit à son travail sans se préoccuper ni de la coiffe de sa femme laissée derrière elle, envolée, ni de son évidente fureur. Elle s'en fut vers Osek. Mathias lui fit un signe, au loin, dans des labours. Elle n'en voulut rien voir. Elle secoua la tête. Et tandis qu'elle marchait au milieu du chemin, l'échine courbée par sa hâte, débridée de corps et de cœur, « oubliez-moi, se disait-elle, et sa voix hurlait au-dedans, lâchez mes habits, mes cheveux, lâchez mes oreilles, mes yeux, vous m'étouffez, lâchez ma gorge, je vous hais tous, allez-vous-en, laissez-moi partir vers la mer. Maître Hanusak, c'est moi, Anna, la servante, répondez-moi. Y a-t-il des Carla sur la mer ? Y a-t-il des Missa, des soldats, des protestants, des Carlotti ? Simon Carlotti, fils du diable, toi tu ne m'attraperas pas. Je me cacherai dans un arbre, il y en a tant dans la forêt. Des milliers de feuillages, des branches autant qu'on veut. Où me chercher, dis, charbonnier ? Nous nous cacherons, Jan et moi. À Jan tu ne feras pas peur. Prends bien garde, si tu me bats il tranchera ton corps en deux, du crâne aux pieds, comme une bûche, et je verrai fumer ton cœur, et ta cervelle, et ta tripaille, et je te remuerai du pied, et les loups viendront te flairer, et moi je m'en irai. Tranquille. À Osek. Au lavoir d'Osek. Soldat, bel homme, sauve-moi. Femme, tu ne souffriras plus. Soldat, je t'aime, sois béni. Femme, je suis venu t'attendre tous les jours de ma pauvre vie. Soldat, je suis Anna Marten. Tu m'es apparu dans mes rêves, autrefois, quand j'étais enfant. Dis-moi, comment est-ce possible ? Femme, depuis la nuit des temps je suis ton frère et ton amant. Soldat, nous partons en Égypte. Tu seras maître teinturier. Tous les soirs quand tu rentreras je te servirai du vin cuit. J'élèverai nos trois enfants. Femme, dis-moi, d'où te vient-il, celui qui se frotte à ta jupe ? Soldat, il n'est pas né de moi. Grâce à lui, tu me vois vivante. Il a tué le charbonnier. » Et comme le clocher d'Osek apparaissait au bout des champs, « folle, Seigneur, je deviens folle ». Elle s'arrêta, le souffle court. Elle s'assit contre un amandier. Un corbeau croassa sur une branche haute et s'envola, les ailes lentes. Anna le suivit du regard. Elle soupira, se dit encore : « La vérité, ma pauvre fille, c'est que demain matin Carlotti te prendra la main et t'emportera dans ses fumées puantes. Fuir ce soir, avec le petit ? La mule de Mathias sera sur tes talons avant le jour levé. Tu es mariée devant Dieu. Avec le diable. Ainsi soit-il. Ne te remets pas en colère. Quand ton époux l'ordonnera, tu diras adieu à ceux de la ferme. Il faudra que tu pleures un peu, que tu sois émue, émouvante. Tu suivras l'ours, sans protester. Dans la forêt, plus de famille. Un de ces jours prochains, tu lui feras des mines, tu lui diras : mon cher mari, je vais cueillir des champignons, et bien le bonjour, je m'en vais. »

Elle s'en revint au pas de promenade. Elle trouva Carlotti assis sur le muret à l'entrée de la cour. Elle se planta fièrement devant lui.

– Je ne vous aime pas, dit-elle, et je ne veux pas vous servir. Pardonnez-moi.

– Je sais, dit-il.

– Je vous suivrai pourtant. Forcée.

Il sourit tristement, approuva de la tête.

– Je sais aussi cela.

Elle se raidit, le défia.

– Ne répugnez-vous pas à violer une femme ?

– Vous violer ? Pourquoi le ferais-je ?

– Vous êtes mon mari.

– J'espère l'être un jour.

Il la regarda dans les yeux. Elle ne cilla ni ne baissa la tête, ce fut lui qui se détourna pour contempler le ciel, au loin. Alors elle haussa les épaules et s'en fut à la porte ouverte où Esther nettoyait ses pots.

Au soir, madame Carla fit porter un grand matelas de paille dans la chambre d'Anna.

– Vous y dormirez plus à l'aise avec votre époux, lui dit-elle, tout empressée. Ne protestez pas, mon amie. Nous savons recevoir, que diable !

Anna regarda le bossu qui s'échinait dans l'escalier, chargé de son fardeau de lit, puis le charbonnier devant l'âtre. Dans la lueur des flammes elle trouva son visage quasiment satanique. Il jouait avec Jan. Elle n'eut de lui qu'un bref coup d'œil. Elle pensa, frémissante : « Moi, ce soir, avec lui ? » L'envie lui revint de s'enfuir, seule dans la nuit, n'importe où. Elle ne dîna guère, se prétendit fatiguée et monta se coucher. Elle resta longtemps aux aguets. Quand elle n'entendit plus personne dans la maison, elle s'en fut coller son oreille à la porte, craignant le pas de son mari, mais tout demeura silencieux. Elle finit par s'endormir sur le plancher, près de la corbeille de Jan. Au matin, elle s'éveilla seule. Carlotti n'était pas venu.

10

— Pleurer, par un si beau soleil, soupira madame Carla. Quelle sotte je suis, Seigneur !

Elle effleura ses yeux d'un coin de son mouchoir, laissa aller sur ses genoux son ouvrage de broderie et regarda par la fenêtre le ciel d'un bleu parfait, les arbres fleuris, les verdures neuves. Esther qui s'affairait au ménage lui répondit, l'air misérable, qu'il restait de l'hiver dans les soirées d'avril et qu'il faudrait tout de même prendre soin de couvrir l'enfant si l'on ne voulait pas qu'il risque une rechute probablement fatale. Anna apparut sur le seuil avec un torchon plein d'amandes que le bossu avait cueillies pour elle.

– N'ayez pas de souci, dit-elle, Jan sera bien soigné, bien nourri, bien aimé.

– Oh, je sais, il vivra sans moi, répondit la vieille servante, mi-hargneuse, mi-résignée. Les enfants sont ainsi, hélas. Ils viennent, ils nous volent le cœur, et nous restons privées de feu comme des bûches sous l'auvent.

Elle poussa un soupir tremblant. Anna, émue, s'approcha d'elle, prit son visage entre ses mains, balbutia des consolations, de rassurants enfantillages, mais l'autre détourna les yeux de peur d'éclater en sanglots.

Carla les rejoignit. Les trois d'un même élan s'étreignirent ensemble et se bercèrent un moment en gémissant de pauvres mots.

– Allons, il est temps, dit Mathias, impatiemment, la mine sombre.

Il cachait le soleil sur le pas de la porte. Carlotti resta dans la cour à parler avec le bossu. Anna se défit de ses compagnes et grimpa en hâte à l'étage chercher son sac et son enfant. Elle eut tôt fait de redescendre. Il fallait maintenant qu'elle s'en aille au plus vite. Elle dit adieu au feu, au chaudron, à la table, aux parfums de fumée. Les choses alentour lui parurent soudain plus vivantes qu'elles ne l'avaient jamais été. Elle en fut envahie d'affection pitoyable, mais refusa d'y succomber. Elle enveloppa Jan, le serra contre elle et sortit. Carla et Esther, débordantes de recommandations et de sanglots d'amour, accompagnèrent l'enfant jusqu'au-delà du seuil. Anna s'arrêta devant son frère qui l'attendait dehors, et levant bravement le front :

– Tu ne me verras plus, lui dit-elle à voix basse. Je ne resterai pas à la charbonnerie. Je m'en irai dès que possible. Mathias, s'il te plaît, bénis-moi.

Il répondit d'un souffle en remuant la tête :

– Anna, Anna, où iras-tu ?

– Vers la mer. N'importe laquelle.

– Pourquoi la mer ?

Il soupira et posa les mains sur sa coiffe. Elles étaient brûlantes. Elles tremblaient. Elle les prit et baisa ses doigts. Carlotti s'était mis en route, il ne l'avait pas attendue. Elle pensa soudain à Missa. « Abandonnée, même de moi, se dit-elle, le cœur amer. Adieu, adieu, pardonne-moi. » Elle se détourna brusquement, ne vit pas le bossu qui lui tendait une aubépine, et le pas ferme, elle s'en alla.

Vers l'heure de midi, comme elle cheminait depuis le matin à dix pas derrière son homme, une troupe de cavaliers et de chariots leur vint dessus au petit trot. Elle s'enfonça dans les buissons du bord pour les regarder passer. Ils allaient à Osek. Elle chercha parmi eux son soldat de rencontre, espéra follement l'apercevoir, craignit tout aussitôt qu'il la reconnaisse, ainsi chargée d'enfant, et qu'il la devine mariée. Elle crut le voir sans être sûre, pensa que ce n'était pas lui, mais il se retourna sur elle. Il était déjà loin, et la poussière embrumait l'air. Elle cacha Jan sous son manteau, estima son geste stupide, en eut une bouffée de honte. Elle crut Carlotti éloigné. Comme elle se remettait en route elle le découvrit, assis sur un roc dans une courbe du chemin.

– Donnez-moi l'enfant, lui dit-il. Il semble qu'il vous pèse lourd.

Elle refusa d'un grognement, le dépassa sans un regard et jusqu'à la forêt s'échina à marcher devant.

Ils arrivèrent à la charbonnerie aux dernières lueurs du jour. Anna fit halte au bord de la clairière, éreintée, les jambes et les mains brûlantes d'éraflures. Elle avait gardé le souvenir d'un lieu à l'abandon, misérable et sauvage. Elle ne s'était pas préparée à le trouver aussi désespérant. À cette heure du crépuscule où rien ne semblait plus avoir envie de vivre, sauf des ombres sans âme et des hululements désolés de hiboux, elle se vit minuscule, infiniment perdue, oubliée de Dieu et du monde. Comme elle se mettait à prier, la bouche à peine murmurante, un buisson traversé par une bête vive frémit derrière son manteau. Elle sursauta, gémit, se mit à grelotter. Un froid glacial montait de terre. Elle chercha de l'aide alentour, mais partout dans la nuit brumeuse n'étaient que grincements, vagues bruits malveillants et spectres immobiles. Elle leva le front, appela le ciel. On n'en distinguait que des lambeaux passant dans un halo de lune au-dessus des feuillages. Il lui parut à jamais éloigné d'elle. Carlotti était allé ouvrir la porte de la cabane et déposer les sacs. Il s'en revint, à longs pas lents. Elle le trouva plus haut, plus sombre qu'elle ne l'avait vu en plein jour. Il la prit aux épaules, l'écarta du chêne où elle était appuyée et lui désigna, gravée dans le bois, à hauteur de tête, une étoile.

– C'est là mon arbre. Je l'ai marqué un jour d'enfance, et vous vous reposiez sur lui.

Elle lui répondit vivement qu'elle ne l'avait pas fait exprès.

– Je sais, dit-il. C'est bien ainsi.

Il prit sa main et l'entraîna.

Il avait allumé deux chandelles sur la table de la cabane. Le lieu était d'une propreté ascétique. Il l'avait apparemment mis en ordre et balayé avant de partir. Le grabat répugnant où gisait le mourant le jour de son mariage avait disparu. À sa place était un vaste lit de paille enclos de planches lisses cirées à la bougie, et près de lui un berceau creusé dans un demi-tronc d'arbre. Une couverture était pliée dedans, sur un matelas neuf tout gonflé de duvet. Anna en fut troublée. Elle voulut demander à son époux, quoiqu'elle en fût certaine, si c'était pour elle et pour son fils qu'il avait fait cela. Elle n'osa pas. Il ne lui en dit rien. Elle resta un moment plantée sur le seuil à découvrir sa nouvelle maison, tandis qu'il s'occupait à déballer ce qui restait de leurs provisions de voyage, puis elle coucha l'enfant, le couvrit, le borda. Et comme elle fredonnait tout doux pour l'endormir :

– Il aura demain du lait chaud, dit Carlotti. Nous avons une chèvre et une jeune ânesse. Elles vivent dans le bois, mais quand je les appelle, elles viennent.

Il s'en fut frotter son briquet sous les feuilles sèches et le bois amassés dans la cheminée. Une chaleur d'été emplit bientôt la cabane. Anna resta pourtant vêtue de son manteau. Tous deux dînèrent sans un mot. Tandis qu'il mastiquait avec application son pain et son fromage, elle grignota à peine un bout de son croûton. Elle ne pensait qu'au moment proche et redoutable où elle allait devoir se coucher là, près de lui, dans ce grand lit. Il poserait les mains sur elle. Elle ne pourrait le repousser. L'apitoyer ? « Non, se dit-elle. Je ne lui ferai pas le cadeau de me voir trembloter et lui demander grâce. Je serrerai les dents. Je le laisserai faire. Je ne le haïrai que mieux. » Elle resta l'œil fixe soudain, les joues en feu, le cœur tonnant. « Il saura que je suis pucelle, et que Jan n'est pas mon enfant. Que lui dire alors, Dieu du Ciel ? » Elle baissa le front pour examiner à la dérobée le visage de Carlotti. Elle s'aperçut qu'il l'épiait, l'œil luisant, vaguement railleur.

– Ne vous inquiétez pas, dit-il.

Il essuya son couteau sur sa cuisse, se leva, jeta sur l'épaule son long manteau en peau de loup.

– Je vous amènerai demain à la cascade. Pour l'heure, il faut vous reposer. Bonne nuit, ma femme.

Il sortit. Elle balbutia :
– Où allez-vous ?
Il répondit :
– À mes affaires.
Il disparut bientôt sous les grands arbres noirs.

Elle resta un moment sans pouvoir s'occuper, allégée, quoique méfiante, puis comme elle ramassait les reliefs de la table la crainte lui vint qu'il revienne, hirsute, monstrueux, bestial et tonitruant comme un ogre. Elle alla s'assurer que la porte était bien fermée, revint s'asseoir au bord du lit, regarda l'enfant sommeiller, entendit au loin des ricanements de corbeaux. « Tout seul, la nuit, dans la forêt, que peut-il faire ? » se dit-elle. Une pensée lui vint soudain, saugrenue mais terrifiante. « Et s'il était un loup-garou ? » Elle frissonna de pied en cap. « Il l'est. Seigneur, protégez-moi. Comment ne l'ai-je pas compris, dès que je l'ai vu, au lavoir ? On pourrait croire ses yeux bons, ils mentent, on y sent de la braise. Pour un homme, il est trop velu. Il est comme sont les maudits, renfermé, avare de mots. Comment aurait-il pu revenir à la vie, l'hiver dernier, sans ses manigances sorcières ? Je l'ai vu plus qu'à demi-mort ! Certes, il me traite honnêtement. » Elle chercha quelque raison noire à sa conduite inattendue, n'en trouva pas, pensa enfin : « Anna, ma fille, tu divagues. » Elle se coucha, s'apaisa peu à peu, se surprit à jouer rêveusement avec un monstre apprivoisable, prit l'enfant dans le lit près d'elle et s'endormit dans sa chaleur en écoutant bruisser la nuit.

Ce fut Jan qui la réveilla. Il s'était hissé sur son ventre et se tenait là sur ses bras tendus, la tête dressée, le babillage impérieux. Il faisait grand jour. Un rayon de soleil oblique se balançait nonchalamment entre la lucarne et la table. Elle se leva, ouvrit la porte, resta un moment éblouie dans la lumière du matin, découvrit Carlotti assis contre le mur, le chapeau sur les yeux. Il ne répondit pas à son bonjour ensommeillé.

– Si vous partez, dit-il sans remuer d'un poil, n'allez pas vers le nord. Il y a des marécages et de mauvais insectes. Vous pourriez vous y perdre et sans doute y mourir.

Anna sentit soudain son sang cogner aux tempes. Comment avait-il deviné qu'elle avait l'intention de fuir ? Elle retourna dedans détester à son aise ce sorcier qui se jouait d'elle d'aussi méprisante façon, ramena l'enfant sur le lit qu'il venait de quitter à quatre pattes vives et se mit à l'emmailloter si brusquement qu'il partit d'un hurlement d'écorché.

– Tais-toi, gronda-t-elle, tais-toi, sinon je te laisse avec l'ogre.

Carlotti apparut, le soleil dans le dos. Sa grande ombre emplit la cabane.

– Notre chèvre, dit-il, est venue tout à l'heure. Elle m'a donné ce pot de lait. Je l'ai gardé devant la porte, je craignais de vous réveiller. Mélangez-le d'un peu de miel, vous en trouverez dans la huche. Nourrissez le petit braillard, puis nous l'emmènerons visiter nos domaines.

Il posa sur la table une cruche de bois et retourna dehors. Dès qu'il eut disparu :

– Mon Jan, mon fils, murmura-t-elle, pitié, cesse de gigoter. Il n'est plus temps de s'amuser, nous avons besoin de secours. Demande à ton père, à ton ange, à qui tu veux, je t'en supplie. Dis-leur qu'Anna est prisonnière, dis-leur qu'il faut la délivrer.

Ses mains tremblaient. Sa voix aussi. Un ressac de révolte envahit son esprit.

« S'il sait lire dans mes pensées, se dit-elle, l'air rechigné, il a sans doute vu que j'avais décidé d'attendre quelques jours, le temps qu'il lâche un peu la corde. Eh bien, non, c'est pour aujourd'hui. C'est même pour l'heure qui vient. Il croit qu'il me fait peur avec ses marécages. Il me croit stupide. Il a tort. Dès qu'il s'éloigne, je m'en vais. »

Elle nourrit l'enfant sans plaisir, le regarda comme un fardeau, s'imagina s'en allant seule, libre de tout devoir, de tout souci, de tout amour. Puis elle se reprit, s'effraya. Ces sortes d'idées-là pouvaient porter malheur. Elle craignit que Jan les entende, qu'il s'imagine mal aimé, qu'il veuille peut-être en mourir. Elle le prit enfin dans ses bras, baisa ses cheveux duveteux et rejoignit son charbonnier.

À portée de voix de la clairière un ruisseau dévalait en pente raide parmi les arbres et les rocs. Ils le remontèrent jusqu'à la cascade dont ils entendaient, tandis qu'ils cheminaient, le chant presque enfantin parmi les cris d'oiseaux et les bruissements d'ailes dans les feuillages neufs. Ils rencontrèrent la chèvre, elle broutait des fleurs d'arbrisseau. Carlotti, qui allait devant, la prit par une corne, l'entraîna contre son flanc, puis poussa un sifflement bref. Une course feuillue bientôt lui répondit. Comme ils arrivaient au trou d'eau où tombaient, de rocher en rocher, des scintillements d'arcs-en-ciel, l'ânesse vint à leur rencontre.

– Ma famille, dit Carlotti en flattant la croupe des bêtes. Jusqu'à ces derniers jours, je n'en avais pas d'autre.

Il faisait beau, l'air était tiède. Anna déposa Jan dans l'herbe. Il se tint assis, écouta, l'œil fixe, un babil rieur dans des branches hautes. Elle le regarda, s'émut de tendresse, ne put s'empêcher de penser, malgré son obsession de fuir tant cette forêt que cet homme, qu'elle était là au paradis dans le premier matin du monde. Carlotti, à quelques pas d'elle, se tenait droit au bord de l'eau. Il lui dit sans se retourner :

– Tout ceci est à vous, ma femme.

Et comme s'il parlait aux arbres :

– Après notre rencontre au lavoir de Strakonice, j'ai vendu mon dernier charbon. Depuis, je n'ai rien fait qui vaille. Je n'avais pas le goût de rallumer le feu, pas même de couper le bois pour bâtir la nouvelle meule.

Il se tint un moment à contempler les arbres, puis à voix sourde il dit encore :

– J'attendais. J'attends. J'attendrai.

– Quoi donc, pauvre homme ? dit Anna.

Elle avait presque ricané. Carlotti ne répondit pas. L'âne et la chèvre s'en allèrent.

Après qu'ils eurent déjeuné, aussi renfrognés l'un que l'autre, il se leva soudain et prétendit avoir à faire au marché de Strakonice. Il prévint Anna qu'il ne serait pas de retour avant le jour prochain, puis il mit son sac à l'épaule, hésita sur le seuil comme s'il avait encore à dire et s'en alla sans autre mot. Elle l'accompagna jusqu'au coin de la cabane, attendit qu'il ait disparu puis s'en revint dedans en hâte, fit un baluchon de ses hardes, prit son manteau et son fichu. Elle resta tout à coup sans plus oser sortir, l'œil pensif, le geste arrêté. « C'est une ruse, se dit-elle. Il me surveille, il s'est caché. » Elle s'approcha de la lucarne, guetta entre les arbres les ombres, les soleils. Un coup de sifflet troua les feuillages. Elle vit bientôt l'ânesse trotter vers le sentier. Elle s'en trouva déconcertée. Il lui vint à l'idée que son étrange époux avait peut-être renoncé à la garder de force et qu'il s'était résigné à lui laisser le champ libre, mais que par sotte fierté d'homme il ne voulait pas l'avouer. Elle hésita, puis, ravivée : « Si je sors, suis-je en faute ? Non. Je le rencontre, et que dit-il ? Où allez-vous, mauvaise femme ? Je souris, je fais l'innocente. Mon cher mari, cueillir des fruits. » Elle chantonna pour se donner du cœur, enveloppa Jan, le mit sur son dos et s'en fut comme en promenade.

Elle suivit un moment le sentier broussailleux qui menait à la route de Strakonice, guettant, la tête haute, les profondeurs du bois et remâchant les mots d'une imparable réponse si son mari venait à surgir d'un fourré. « Eh bien, monsieur le charbonnier, n'ai-je donc pas le droit de visiter les domaines que vous m'avez aimablement offerts ? » Comme elle s'imaginait fièrement déliée crachant sa réplique cinglante au nez de l'ogre stupéfait, elle s'arrêta, l'œil aux aguets, crut voir sous un trait de soleil le pelage roux de l'ânesse. C'était un cerf. Elle repartit. « Il ne baissera pas les yeux, se dit-elle encore, assombrie. Il me prendra par le poignet et me ramènera chez lui. Et que ferai-je, pauvre femme ? Je le suivrai. Je lui dirai que je sais tout, qu'il est un diable, un loup-garou. Lèvera-t-il le poing sur moi ? Non, Carlotti n'est pas de cette sorte-là. Pourquoi donc me fait-il si peur ? Il est trop silencieux, trop sombre, sa peau sent la vieille fumée. D'une gifle il pourrait tuer. Il doit avoir des secrets lourds. » Le bois s'éclaircit tout à coup. Avait-elle marché si vite qu'elle soit déjà au grand chemin ? À la lisière, elle s'arrêta, contempla le ciel et la plaine, respira enfin amplement, s'enivra de brise, d'espace. « La mer, ce doit être cela, se dit-elle, tout exaltée. Avec, en plus, un ciel parfait jusqu'aux brumes du bout du monde. » Elle s'en alla le long des arbres à l'opposé de Strakonice. Elle ne pourrait plus, maintenant, prétendre qu'elle se promenait.

Elle courut, s'essouffla, reprit sa marche hâtive, baissant le front quand elle apercevait des gens au bord des champs et dissimulant sa figure quand elle croisait des voyageurs. La route passait par la ferme. « Surtout l'éviter, se dit-elle. Mathias, Carla, leurs remontrances, leurs questions, que Dieu m'en préserve. Prague d'abord, la mer ensuite. Marche, Anna, bientôt les bateaux. » Elle se renfonça dans le bois. Elle chemina furieusement par les fourrés et les fondrières, sans souci des ronciers qui l'agrippaient partout. Au crépuscule, elle s'arrêta sur une crête de colline pour contempler au loin la maison de son frère, seule dans le désert des champs. Elle en éprouva une mélancolie qui lui mouilla les yeux de larmes. Elle s'en détourna vite et se remit en route. Il lui fallait trouver un endroit où dormir et du lait pour l'enfant qui ne cessait de pleurnicher que pour gémir à petits coups au rythme sourd de ses talons. Elle descendit jusqu'au chemin d'Osek. Elle savait qu'à cette heure grise elle n'y rencontrerait personne.

Il n'était pas loin de minuit quand elle arriva aux abords du château Synovy. Depuis les funérailles de l'abbé Kurcin, elle n'avait ni revu Missa, ni entendu parler de quelque nouveau meurtre. « Elle est peut-être là, toute proche, cachée, se dit Anna en se glissant le long de l'ombre du rempart. Voilà bien le moment où j'aimerais qu'elle vienne, qu'elle me prenne la main et me déniche un feu, une soupe, un bon lit. » Elle était épuisée, et Jan, la tête renversée, dormait d'un malheureux sommeil. Alors qu'elle parvenait au portail, elle se courba comme une vieille, enfouit son visage sous son grand châle entortillé, exagéra ses tremblements et demanda aux deux gardes qui veillaient là l'aumône d'un logis pour la nuit. L'un d'eux, la mine soupçonneuse, pointa sa pique sur son ventre et voulut savoir quel fardeau elle portait là, dans ses chiffons. Elle entrouvrit la couverture.

– Mon enfant, dit-elle. Voyez.

L'autre, rassuré, ramena son arme. Son compagnon qui s'empiffrait, appuyé dans l'ombre du porche, lui tendit un morceau de pain, comme il aurait fait à son chien. Il lui dit :

– Viens chercher, bougresse.

Il ricana. Elle s'approcha, prit le croûton d'un coup de patte et s'écarta pour faire place à une dizaine de cavaliers fourbus qui venaient de s'arrêter, tout fumants, à quelques pas d'elle. L'officier qui les conduisait considéra de son haut la mendiante chargée d'enfant qu'on écartait de sa monture, puis ordonna qu'on la laisse coucher dans la paille de l'écurie. Elle entra dans la cour derrière les soldats.

D'étroites fenêtres brillaient sur la façade des tours et des bâtiments qui se dressaient en face d'elle. Dans une de ces salles, à portée de sa voix, était sûrement le jeune homme qui aurait pu la sauver de ses malheurs et qui peut-être à cet instant rêvait de leur brève rencontre au lavoir d'Osek. Elle se dit qu'il ne la reconnaîtrait pas s'il la voyait ainsi fagotée en pauvresse. Et peut-être la voyait-il, mais son regard alors devait passer distraitement sur elle tandis qu'il pensait à la lavandière dont il avait baisé la main. Comme elle se hâtait vers l'écurie, entre les chevaux que poussaient les palefreniers, elle observa fugacement les lueurs aux étroites fenêtres percées dans les murailles. Elle se sentit plus misérable qu'elle ne l'avait jamais été. « Je ne vaux plus rien, se dit-elle. Suis-je une femme ? Même pas. J'ai été autrefois une bonne servante, et me voilà tombée plus bas qu'une vieille putain de Prague. Qui pourrait bien me désirer ? Je peux parler, je suis vivante, je saurais aimer. Qui le voit ? » On ferma sur elle une haute porte. Ses deux battants étaient mal joints, on pouvait entrevoir la lune et des étoiles. L'odeur y était suffocante, mais il y faisait chaud. Elle s'affala sur un tas de paille, prit Jan entre ses genoux et se mit à mastiquer le pain qu'on lui avait donné. Elle en fit une pâte molle qu'elle glissa entre les lèvres de l'enfant. Il s'en nourrit de bon cœur. Sa main errante, tandis qu'il mangeait, se mit à caresser la joue d'Anna, puis son nez, puis sa bouche. Elle la baisa, la mordilla. Il partit d'un éclat de rire. Elle lui murmura, attendrie :

– Mon doux perdu, mon beau mendiant.

Elle fit mine de dévorer ses doigts. Il se remit à rire avec la pure liberté des êtres que la grâce de l'innocence tient à l'écart des confusions du monde.

– Voyez-moi ce jeune fou qui s'amuse d'être traité comme un cheval !

Et comme elle lui grognait ces mots, il rit encore à perdre souffle. Elle le serra contre son ventre.

– Oui, ris, mon petit, oh, tu me donnes de la force. Quel fils magnifique tu es ! Ris toujours, quoi qu'il nous arrive, je ne demande rien de plus.

Parlant ainsi, elle le berça. Elle le vit bientôt assoupi. Elle se sentit enfin paisible dans la chaleur de l'écurie traversée de lourds remuements. Missa lui revint à l'esprit. Où était-elle, à cet instant, dans quel fossé ou quel refuge ? Elle se surprit, honteuse, à presque regretter ses folies assassines. Elle lui parla, les yeux fermés, elle lui donna de ses nouvelles, elle lui dit qu'elle l'aimait toujours, « et si tu savais où je suis, si tu savais ! Oui, chez les diables ! ». Elle se prit à rire en secret, puis peu à peu ne pensa plus. Elle soupira et s'endormit.

Quand elle se réveilla, l'aube venait à peine. Le ciel était couvert. Des hommes s'occupaient à seller des montures. Aucun ne l'avait remarquée. Furtive, elle se glissa dehors et s'enfuit comme une voleuse. À peine avait-elle contourné le village qu'une averse soudaine lui voûta les épaules. Elle enfouit à la hâte l'enfant sous son manteau, chercha un abri dans les champs, n'aperçut pas la moindre hutte. Elle s'en fut pataugeant, tête basse, la vue brouillée. Le chemin, déjà, ruisselait. Des cavaliers la dépassèrent. Elle n'en vit que des gerbes d'eau, quelques envols de capes grises. Elle n'aurait pas dû s'entêter. Elle le savait. Elle s'acharna. « Sans cheval, sans ami, se dit-elle, rageuse, sans aide de personne j'irai jusqu'au soleil. Ceux qui veulent m'en empêcher, qu'ils viennent, je leur passerai au travers. Je vivrai, je verrai l'Égypte. Mon fils, tu seras teinturier. Tu seras fier d'Anna Marten. Tu diras aux gens : Regardez, elle m'a nourri de sa salive, elle m'a porté jusqu'à la mer, son souffle était mon souffle, ses pieds étaient mes pieds. Marche, marche. » Elle marcha jusqu'à n'en plus pouvoir. Alors lui vint en tête un possible salut, un havre, un éden, un feu, une soupe, un rire de femme aux grands bras, l'auberge de la Providence, à deux heures de route droite si Dieu voulait ouvrir le ciel et faire taire cette pluie qui l'empêtrait dans ses habits et l'aveuglait et mouillait Jan contre sa peau, malgré sa chemise, son châle, ses mains qui le tenaient serré. « C'est trop loin, trop loin », se dit-elle. Elle se mit à courir, tomba, hurla sa rage, maudit les flaques, les nuées, leur jura qu'elles ne l'auraient pas, voulut se relever, ouvrit grande la bouche, cria, terrifiée. Sa cheville lui faisait mal, et la douleur était si vive qu'elle lui prit le corps tout entier. Elle partit de côté, s'affala sur le flanc dans les herbes du bord. Elle avait perdu un soulier. Elle se prit à deux mains la jambe. Elle grimaça, se redressa. Poser le pied fut un supplice. Elle regarda autour, elle gronda :

– Un bâton.

Elle aperçut un arbre, au loin, sous des lambeaux de brume. Il lui fallait l'atteindre. Elle se remit enfin debout. Jan remua sous ses habits.

– N'aie pas peur, n'aie pas peur, dit-elle sourdement, les dents serrées, à chaque pas. Sois tranquille, ta mère est forte. Des gens vont venir à notre aide, je ne sais qui, mais il le faut.

Elle vit sous le feuillage un âne qui broutait. Elle rit

malgré le froid, la souffrance, la pluie. « Un âne, mieux qu'un homme, mieux qu'un ange tombé. Encore vingt pas et je lui grimpe sur le dos, et nous partons au petit trot, et Providence ouvre sa porte, et je mange devant le feu, et ce soir je dors dans un lit. Encore cinq pas. » Elle fit halte. Quelqu'un était assis contre le tronc de l'arbre. Elle tomba à genoux.

– Vous semblez mal en point, ma femme.

Carlotti se dressa, lent comme à l'ordinaire, renfonça son chapeau et s'avança vers elle.

Elle demeura muette, agenouillée dans l'herbe, épuisée, le front bas, serrant contre son ventre une boule d'habits d'où sortait la tête de Jan. Elle pensa : « Au fond, je savais. Je savais qu'il me poursuivrait. Je savais qu'il m'attraperait. Je savais qu'il me sauverait. » Ce dernier mot vint par surprise. Il lui fut odieux, révoltant. Elle s'empressa de le chasser, comme elle aurait fait d'un mauvais insecte. Carlotti lui tendit la main.

– Allons, dit-il, relevez-vous.

Elle le repoussa, se mit debout à grands efforts, s'en fut boitant jusqu'à l'ânesse, tenta de se hisser dessus, perdit l'équilibre, tomba et s'échina encore en vain tandis qu'il l'observait, immobile, l'œil discrètement amusé. Elle dit enfin, dans un sanglot rageur :

– Je me suis brisé la cheville.

Il vint l'empoigner par les hanches. Elle voulut protester mais n'en eut pas le temps. Il l'assit rudement en croupe, puis palpant son pied déchaussé :

– Foulé, tout au plus.

Il prit la bride de la bête et la tira sur le chemin. Il pleuvait encore, mais peu. Anna se raidit, l'air scandalisé, fit mine de lisser ses flancs et sa jupe alourdie de boue, ne put s'empêcher de penser, frissonnant encore d'effroi : « Sacrée poigne de bête brute. Seigneur, comme il m'a soulevée ! J'ai cru que j'allais m'envoler. » Elle dit, hargneuse :

– Jan a froid, il grelotte, il est affamé, et je n'ai rien, ni pain, ni lait. Prenez donc le chemin de Prague. Je connais une auberge à une heure d'ici.

Il lui répondit :

– Moi aussi.

Ils s'en furent sans plus parler.

L'air sombre elle remâcha, tandis qu'ils cheminaient, sa détestation de cet homme qui allait son pas, là devant, sans souci d'elle ni des flaques, ni du vent qui s'était levé. Elle voulait rester digne. Elle serra donc les dents et s'efforça de ne rien dire de ses ravageuses rancœurs. Elle ne put les tenir longtemps.

– Vous m'avez suivi, lui dit-elle.

Elle attendit qu'il lui réponde, mais il ne parut même pas l'avoir entendue. Il poursuivit sa route droite, aussi obstiné que l'ânesse qui allait bravement derrière son grand corps en remuant de droite et de gauche la tête au rythme de ses pas.

– Vous n'avez pas besoin d'avouer, dit Anna. Je sais quel malfaisant vous êtes. Sans doute avez-vous pris plaisir à nous épier, Jan et moi, à nous voir souffrir mille peines, et coucher dans une écurie, et désespérer sous la pluie. Vous pensiez : « Va donc, fille garce, déchire-toi, saigne, c'est bien. Tu ne veux pas être ma femme, sois mendiante chez les soldats, maudis ta vie, pleure famine. Quand tu seras à bout de forces, j'apparaîtrai sur ton chemin et tu me demanderas grâce, et je te tiendrai à merci. » Voilà ce que vous ruminiez, à l'affût derrière vos arbres comme un animal répugnant. Eh bien, vous vous trompiez, monsieur le charbonnier. Je n'accepterai rien de vous, et surtout pas votre pitié. Anna Marten n'en a que faire. Ai-je l'air de vous craindre, dites ? Vous ne connaissez pas mon cœur. Vous ne m'humilierez ni ne me soumettrez, sachez-le une fois pour toutes. Vous m'avez sauvée, je l'admets. Je ne vous déteste pas moins. Qui croyez-vous donc que je suis ?

– Mon épouse, dit Carlotti.

Elle ricana amèrement, se renfonça dans le silence. Le soleil était revenu. Le vent était fringant et frais. Des ombres de nuages passaient à travers champs. Le toit de l'auberge apparut au-delà d'une pente douce.

– Nous voilà rendus. La cheminée fume, dit tranquillement Carlotti. La soupe est bonne, là-dedans. J'y ai passé la nuit dernière. Je vous ai attendue jusqu'au petit matin, puis quand j'ai vu ce mauvais temps j'ai pensé qu'il était prudent de venir à votre rencontre.

– Allons, ne mentez pas, lui répondit Anna. J'aurais pu prendre une autre route.

– Vous alliez à Prague, n'est-ce pas ?

Elle grogna un aveu contraint.

– Vous deviez donc vous arrêter ici même, chez Providence, d'autant que vous êtes amies.

– Vous la connaissez ?

– Oui, depuis l'enfance.

Ils firent halte dans la cour. L'hôtesse vint à leur rencontre. Un moine, derrière elle, sortit de l'ombre de l'auberge. Anna le regarda et fronça les sourcils. Il lui fit un signe content. Il s'avança. C'était Missa.

11

– Voyez ce beau convoi ! s'exclama Providence. L'âne, Joseph, Marie et son pauvre Jésus qui doit avoir grand faim, voilà que me vient l'Évangile, grâce à Dieu, en chair et en os !

– Aide-la, dit négligemment Carlotti en lui désignant sa compagne. Elle s'est un peu tordu le pied.

Il rejoignit Missa sur le pas de la porte. Anna, d'un coup d'œil noir, vit qu'ils se connaissaient. Elle grogna dans son châle un juron inaudible, et tout embarrassée de Jan, se laissa choir malaisément dans les bras de la grosse hôtesse.

– Tordu le pied, s'enragea-t-elle. Il se moque bien que j'aie mal. Méfie-toi de lui, c'est un ours, peut-être même un loup-garou. En tout cas, ce n'est pas un homme.

L'autre partit d'un rire aussitôt étouffé. Elle répondit, hochant la tête :

– Erreur, fillette, c'en est un, et je le sais de source sûre.

Elle baisa sa joue, la prit par la taille et l'entraîna, à petits pas. Comme elles allaient franchir le seuil, Anna, qui boitait bas, la retint par la manche, et l'œil à l'affût du dedans elle murmura contre sa joue :

– Que sait Carlotti de Missa ?

– À peu près tout, depuis hier soir.

Anna soupira, hésita.

– Et que pense-t-il de ces choses qu'elle a faites aux soldats d'Osek ?

– De ses meurtres ? Il n'en a rien dit. Notre Simon est un bourru, tu as dû t'en apercevoir. Il nous a entendues parler, mais il avait son mauvais air. Pauvre homme, il ne pensait qu'à toi.

Elle la poussa du coude et tout à coup rieuse :

– Tu vas la trouver bien changée.

Missa les attendait debout devant le feu dans son nouvel habit de moine. Elle s'approcha d'Anna et lui ouvrit les bras, apparemment paisible et tendre, mais le feu noir de son regard était toujours aussi ardent. Elle serra longuement sur son cœur sa compagne, puis prit son visage à deux mains.

– Petite sœur, murmura-t-elle, me pardonneras-tu jamais ? Je t'ai donné tant de souci !

Anna la contempla, les yeux pleins de questions, lumineuse, espérante. Missa, elle le voyait, avait (par quel miracle ?) renoncé à tuer. Elle voulut à l'instant être sûre, l'interroger, mais elle ne put. Elle bafouilla. Les mots qui lui venaient pour évoquer ces nuits où elle assassinait lui paraissaient trop nus et chargés de malheur. Elle ne sut que dire :

– Est-ce vrai ?

– Laisse-la donc, dit Providence. De l'ouvrage l'attend sur le chemin de Prague. Vous parlerez plus tard. Ton petiot est mouillé, barbouillé, fatigué, et toi tu ne vaux guère mieux. Regarde-toi, ma pauvre fille. On dirait que tu es tombée dans un abreuvoir à cochons !

Anna demanda, étonnée :

– Par si mauvais temps, sur la route, que va-t-elle faire, grand Dieu ?

– Elle arrête les voyageurs, les paysans qui vont et viennent, les voitures, les vagabonds. Aux riches, elle demande l'aumône, et ce qu'elle récolte elle le donne aux mendiants, aux enfants perdus.

Elle cligna de l'œil, dit encore :

– C'est notre nouvelle Missa.

Et comme Anna restait plantée à les regarder toutes deux :

– Ce soir, petite sœur, je te raconterai, murmura Missa. En famille.

Elle mit un gros sac à l'épaule et s'en fut sans se retourner.

Jan fut lavé dans un chaudron fumant. Il s'en trouva ragaillardi. Providence offrit à Anna quelques habits de son armoire et la poussa joyeusement à les essayer sans tarder, mais sa compagne, rechignée, refusa de se dévêtir sous le regard de Carlotti. Elle n'eut pas besoin de dire sa gêne. Elle n'eut qu'un coup d'œil. Il comprit. Il s'en fut errer dans la cour. Alors sa jeune épouse, débridée soudain, ôta sa ceinture, ses bas, sa jupe mouillée, sa chemise et mit ses vêtements nouveaux. Ils étaient trop grands. Elles en rirent. Carlotti, quand il revint, les découvrit toutes les deux singeant à grand bruit les coquettes, Anna sautillant sur un pied et son amie tenant ses mains, tandis que Jan, tout nu, tentait de se dresser debout en s'agrippant aux pans des robes.

– Vois ta femme, comme elle est belle, dit Providence, l'air ravi, en cherchant malicieusement à l'attirer devant son homme.

Anna se défendit, mi-fâchée, mi-rieuse, et resta embusquée derrière ses épaules.

– Je suis comme un bâton dans un sac, gémit-elle. Je vous interdis de me regarder.

– Trop tard, je vous ai vue, répondit Carlotti.

Il avait parlé d'un élan inattendu et si mélancolique, si simple, qu'elles cessèrent de plaisanter. Il voulait dire qu'il l'aimait, et que c'était irrémédiable. Elles avaient entendu cela. Il baissa le front, l'air embarrassé.

– Allons, dit-il, asseyez-vous, je vais soigner votre cheville.

Anna vit qu'il avait rougi, et qu'il évitait son regard. Elle obéit, tendit son pied. Il s'agenouilla devant elle. Ses mains étaient chaudes, rugueuses. Il ne la toucha pas longtemps. Il murmura des mots dans un langage obscur, fit des signes de croix, puis relevant le front :

– Je crois que vous voilà guérie, dit-il.

Elle se redressa. Lui aussi. Ils se trouvèrent face à face, trop proches, presque à se toucher. Elle recula, posa le pied, osa appuyer le talon, s'étonna de n'avoir plus mal. Providence lança en tisonnant les bûches :

– Il apaise aussi les brûlures. C'est un don du vieux Carlotti, celui qu'on appelait Milan.

Anna s'approcha d'elle, fit mine de l'aider à ranimer le feu et lui demanda d'un murmure où et quand elle avait connu ce sorcier qu'elle lui désigna, discrètement, d'un coup de tête. L'autre murmura à son oreille qu'elle le lui raconterait quand elles seraient seules ensemble.

– Il me ferait taire, dit-elle en riant en catimini. Il est timide comme un cerf.

De cet instant Anna, chaque fois qu'elle le put, tenta d'attirer Providence hors de la présence de son homme. Elle n'y parvint pas. Ce fut lui qui sortit sans rien dire à personne après qu'ils eurent déjeuné. À peine la porte fermée, tandis qu'elle berçait Jan qui somnolait contre son ventre :

– Providence, dit-elle, l'œil tout à coup luisant, il est parti, profitons-en.

Sa compagne sourit mais ne répondit pas. Elle prit le temps de débarrasser les reliefs de la table puis vint s'asseoir près d'elle devant le feu qui flambait haut, se mit à repriser quelque vieille chemise. Elle dit enfin :

– Son père est enterré près de l'arbre aux corbeaux. Quand Missa a voulu se déguiser en homme, ce sont ses vêtements que je lui ai donnés. Jette un coup d'œil par la lucarne. Ton mari doit être assis là, devant la croix qu'il a plantée.

Anna se retourna, se dressa à demi, tendit malaisément le cou.

– Oui, je le vois.

Providence reprit, le front dans son ouvrage :

– Même quand il était enfant et que Milan était bel homme, j'ai toujours eu le sentiment que ces deux-là étaient de vieux compagnons de voyage, qu'ils avaient traversé sans jamais se quitter d'autres vies, d'autres lieux. Ils avaient le même air de n'être pas d'ici. Ils n'avaient pas besoin de se parler beaucoup, un geste, un rien, ils s'entendaient. C'est peu de dire qu'ils s'aimaient. Ils semblaient marcher côte à côte même quand ils s'en allaient seuls.

Elle soupira, oublia un instant son travail de couture et demeura rêveuse à chercher d'autres mots dans les lueurs du feu. Jan s'était endormi. Elle approcha d'Anna sa chaise et lui dit à voix basse, de crainte de troubler le sommeil du petit :

– Le vieux Carlotti savait des secrets. Non pas de méchantes sottises, c'était un homme de bon cœur, mais il connaissait la forêt, et la forêt le connaissait. Cela lui donnait une force étrange. Il me plaisait comme il était, renfermé souvent, mais tranquille. Certains se méfiaient de lui parce qu'il ne parlait pas beaucoup. Moi, il me rassurait. Quand il était là, j'étais bien. La dernière fois que je l'ai vu vivant, c'était un hiver doux, il n'y avait pas de neige. Il est venu un soir, comme il faisait de temps en temps, avec son chariot de charbon. Il a dîné là où nous sommes, pensif comme un arbre sans vent, puis il est monté se coucher. Au beau milieu de l'escalier il s'est arrêté, il a dit : « Martha (j'oubliais, Martha, c'était ma vieille mère), si demain tu me trouves mort, enterre-moi ici, près du chêne aux corbeaux. » Ma mère a haussé les épaules. Elle a dû me dire : « Il plaisante », ou quelque chose d'approchant. Le fait est que le vieux ne semblait pas souffrant. Le lendemain matin (moi, je dormais encore), j'ai entendu les chiens aboyer dans la cour et quelqu'un frapper à la porte. C'était Simon, son fils. C'était ton homme, Anna. Il avait douze ans à l'époque. Il était pieds nus, en chemise. Dans quel triste état, doux Jésus ! Du fond de sa forêt il avait dû entendre son père l'appeler, lui dire adieu peut-être, et il avait couru les bois toute la nuit pour arriver avant sa mort, pour lui dire je ne sais quoi, pour lui tenir la main au moment difficile. Moi qui avais mon lit à dix pas du pauvre homme, j'ignorais qu'il s'était endormi pour de bon, mais lui, son fils, savait. Par quel miracle ? Je l'ignore. Je t'ai dit qu'il y avait entre eux plus que du sang de parenté, de cette vie qu'on ne voit pas et qui va pourtant son chemin comme le ruisseau sous la terre. Simon est arrivé trop tard. Le vieux Carlotti est passé sans lui. Nous l'avons mis en terre où il nous avait dit. Depuis ce jour, ton homme est revenu souvent.

Providence gloussa, rougit légèrement, le regard pétillant, se pencha de côté.

– C'est moi qui l'ai dépucelé, dit-elle. J'avais dix-sept ans, lui, quatorze. Il était grand comme aujourd'hui. Il était tendre et tout brûlant comme le pain sorti du four.

Anna lui répondit, butée :

– C'est un sauvage.

– C'est vrai, ma fille. Il sait aimer comme savent ces sortes d'êtres. S'il te donne sa vie, c'est sa vie tout entière. Il n'en gardera rien pour lui, et ne la reprendra jamais.

– Me voilà bien embarrassée.

– Il est trop fier pour te forcer. Il attendra. Il me l'a dit.

– Et si je ne peux pas l'aimer ?

Toutes deux se turent longtemps. Anna dit enfin :

– Providence, j'aimerais rester près de toi. Souviens-toi, c'était ton envie.

– La vie ne le veut plus, ma fille. Quand tu es passée par chez moi avec ton petit protestant, c'est vrai, je t'aurais bien gardée, vous étiez si beaux, si perdus, mais toi en ce temps-là tu n'avais que ton frère en tête. Aujourd'hui c'est Simon qui me tient trop à cœur. Dieu me garde d'aider son épouse à le fuir.

– Que puis-je faire ?

– Prends patience. Laisse le temps te reposer, et ton homme veiller sur toi.

– Il me fait peur. Il est si laid ! Avec sa barbe jusqu'aux yeux, je ne peux pas voir sa figure, et son regard qui ne dit rien, si noir, si profond, si moqueur quand il entend ce que je pense ! Et ses mains, as-tu vu ses mains ?

– Oui, mes seins se souviennent d'elles.

– Tu l'aimes. Avoue.

Elles s'observèrent, se sourirent furtivement. Providence reprit son travail de couture abandonné sur ses genoux.

– J'aime le voir vivant, dit-elle. J'aime son âge d'aujourd'hui comme j'ai aimé son enfance. J'aime qu'il t'ait menée chez lui sans te demander ton avis. J'aime l'amour qu'il a pour toi, il ne s'embarrasse de rien, il va droit, j'admire cela. Je ne veux pas qu'il soit mon homme, non, je ne l'ai jamais voulu, mais il me plaît qu'il soit celui que j'aurais été, j'en suis sûre, si Dieu m'avait faite garçon. Il est mon témoin dans ce monde, et je suis sans doute le sien. Quoi qu'il advienne, morte ou vive, je serai toujours de son bord.

Une bouffée d'air frais fit crépiter le feu. Carlotti rentra, une canne de buis au poing.

– Nous parlions de toi, lui dit Providence sans lever le nez de sur son travail.

Il ne parut pas l'avoir entendue.

– Demain, nous partirons dès le soleil levé, dit-il. Il est grand temps que je bâtisse une nouvelle charbonnière.

Il s'assit près de la lucarne et se mit à sculpter posément son bâton.

Missa s'en revint à la nuit, fourbue, crottée, mais rayonnante. Elle ne voulut dîner que d'un reste de pain et d'une écuelle de soupe. Providence avait fait un gâteau de millet, mais elle refusa d'y toucher, sauf pour envelopper sa part dans un torchon qu'elle enfouit au fond de son sac en marmonnant pour elle-même, comme font parfois les enfants :

– Pour mes pauvres petits, demain.

Elle s'aperçut qu'Anna près du feu l'observait. Elle lui sourit, la mine humble. Elle lui dit :

– Maintenant, c'est ainsi que je fais. Et je m'en trouve bienheureuse.

– Raconte-lui, dit Providence qui s'était mise à son tricot. Raconte-lui comment t'est venue cette idée, cette bonté, bref, cette grâce.

Et bougonnant, dans un soupir :

– Ou cette nouvelle folie. Sait-on jamais, avec ce Dieu qui nous envoie tout pêle-mêle !

Missa lui répondit :

– Pour peu qu'elle se souvienne, elle est seule à savoir où tout a commencé.

Elle vint s'asseoir devant le feu, tisonna les braises sous les bûches. Anna, rêveuse, murmura :

– La nuit que nous avons passée dans l'église, aux pieds de la Vierge, quand le curé d'Osek est mort, ta confession, ce qu'il t'a dit avant que le souffle lui manque.

Missa sourit, lui prit la main et chantonna :

– Pardon, pardon.

– C'était toi qui faisais le mal, et c'est lui qui t'a suppliée comme si la faute était sienne. Je n'ai jamais compris cela.

– Pardon, pardon, pardon, Missa, il a dit pourtant ces mots-là, les derniers de sa vieille vie. Je l'ai veillé deux jours, deux nuits, puis j'ai suivi l'enterrement en compagnie d'un jeune moine qui nous venait je ne sais d'où. Nous étions tous les deux les derniers du cortège. Il n'avait pas l'air affligé, il ne connaissait pas le mort et ne savait pas qui j'étais mais il semblait curieux de tout, l'œil fureteur, le nez au vent. Il était jeune, il me plaisait. Il était joli comme un Christ. À la sortie du cimetière, je t'ai regardée t'en aller, petite sœur, sur ton chariot, avec ton frère et ta Carla, mais tu ne t'es pas retournée. Le moine était derrière moi. Alors sais-tu ce qu'il a fait ? Il s'est penché à mon oreille. Il m'a dit : « As-tu pardonné ? »

Elle se tut, remua la tête et répéta ces derniers mots, la voix brisée, les yeux en larmes.

– Il ignorait tout de ma vie, Anna, et il m'a dit cela !

Sa compagne, effarée, ouvrit grande la bouche.

– Qui était cet homme, Missa ?

– Même pas un vrai moine, un voleur de foire, un coquin !

Elle rit en essuyant ses pleurs et lui dit que ce beau garçon abordait ainsi les passants, toujours de la même façon. Il profitait de la confiance que son vêtement inspirait et de l'inquiétude confuse que ces quelques mots réveillaient pour fouiller prestement les poches.

– Dans les miennes, il n'a rien trouvé que des trous, poursuivit Missa. Mais il m'a vue tant ébahie qu'il m'a crue tout à coup malade. Il m'a fait asseoir contre un arbre, puis il m'a tapoté les joues et m'a dit, l'air farceur, que je devais avoir à pardonner au monde d'extraordinaires tourments pour qu'une aussi sotte question suffise à ruiner ma santé. Je me sentais tout étourdie mais certes pas, en vérité, aussi mal en point qu'il croyait. Je n'avais pas cessé de penser à l'abbé, depuis notre nuit dans l'église, aux paroles qu'il m'avait dites, à ses pauvres yeux suppliants. Voilà qu'il me parlait encore par la bouche de ce loustic. Étonnée ? Même pas, Anna, je n'ai pas eu le temps de l'être. Émerveillée plutôt, éblouie, lavée, vidée de mes fantômes comme par un coup d'ouragan. Je n'étais plus une maison hantée. Il faisait jour dedans, je découvrais cela, et le vent avait laissé là une lumière, une bonté, un parfum. Comme une pensée qu'il ne fallait surtout pas perdre, comme un fil descendu d'au-dessus de la vie, oh, pourvu que rien ne le brise ! Je sais, Anna, je sais, je suis sans doute folle. Le hasard seul, peut-être bien, avait-il voulu que j'entende ces mots après ceux de l'abbé, mais je n'ai pu faire autrement que d'accueillir... quoi donc ? Je l'ignore, quelqu'un que je sentais partout au-dedans de ma peau, un être sans défense, fragile infiniment, impossible à trahir.

Elle se tut, renifla. Carlotti lui servit un gobelet de vin. Elle le vida d'un trait. Sa main tremblait. Anna la prit et la tint serrée dans la sienne. Alors elle rit un peu. Elle dit :

– Oh, ce garçon était vraiment un voleur de petit chemin, de trop bon cœur pour faire un jour fortune. Habillée comme je l'étais, il m'a prise pour un errant. Il m'a dit que si je voulais, nous pourrions travailler ensemble, qu'on volait mieux à deux que seul, qu'il le savait d'expérience. Il venait justement de perdre son malandrin associé mort en chemin, le mois passé, d'une colique irrémédiable. Il avait là, dans son bagage, son habit de frère mendiant. Il l'a sorti, me l'a tendu. J'ai pensé : « Serviteur des pauvres ! Est-ce là ce que vous voulez, vous qui m'avez prise en pitié ? Eh bien, c'est ce que je serai. Que votre volonté soit faite. » Nous sommes allés dans l'église, et je me suis déshabillée. Le voyou me croyait un homme. Quand il a vu ce que j'étais, il m'a regardée comme un diable. J'ai passé la robe de moine, j'ai fourré mes vieux vêtements dans le sac de mon beau filou, je l'ai recommandé à Dieu et je l'ai baisé sur la bouche. Il s'en est retourné dehors en se cognant partout aux bancs tant il était pressé de fuir. Moi, j'ai suivi mes pas. Ils m'ont menée ici. Voilà, petite sœur, tout ce que je peux dire.

Elle demeura pensive à contempler le feu qui se mourait tout doux. Personne ne bougea. La vie se tint tranquille, ainsi, un long moment. Carlotti enfin se leva, et passant derrière Missa il la prit aux épaules, il se pencha sur elle, il baisa ses cheveux, puis sans autre bonsoir il alla se coucher. Son geste émut Anna. Elle en fut presque fière. Elle se serra tendrement contre sa compagne et toutes deux restèrent là à écouter, là-haut, les pas du charbonnier, un grincement de porte, un bruissement de corps et de couche de paille, puis le souffle du vent, dehors, dans les feuillages. Quand Providence vint étendre sur leur dos le grand manteau de Carlotti, elles ne s'en aperçurent pas. Elles dormaient d'un même sommeil, près de Jan dans son lit d'osier.

Le lendemain matin, dans la cour de l'auberge :

– Souviens-toi, prends patience, murmura Providence à l'oreille d'Anna qui grelottait dans l'aube grise.

– Pourrai-je revenir ?

Et comme elles s'embrassaient :

– Si Dieu le veut, petite.

Missa était déjà partie errer sur la route de Prague. Anna rejoignit Carlotti qui l'attendait près de l'ânesse. Il l'aida à monter en croupe et tirant au large la bête il fit un signe d'au revoir à leur hôtesse emmitouflée qui les regardait s'éloigner.

– Pas le moindre baiser à votre chère sœur ? lui dit Anna, l'air goguenard. Vous n'êtes guère affectueux.

– C'est vrai, lui répondit son homme.

Elle ne pouvait voir son visage, il marchait à longs pas devant. Elle sut pourtant qu'il souriait.

Le soir tombait quand ils arrivèrent à la charbonnerie. La porte de la cabane était restée battante. Des bêtes étaient venues.

– Un couple de renards avec un renardeau, marmonna Carlotti sans guère s'émouvoir.

Ils avaient dispersé les cendres, laissé leurs traces sur le lit et renversé les tabourets. Anna coucha l'enfant en hâte puis s'empressa de balayer, comme une servante fautive, et de remettre tout en ordre. Quand elle eut allumé le feu, elle s'avisa qu'elle avait faim. Le garde-manger était plein. Elle fit une soupe de raves, chauffa du pain, mit le couvert.

– Vous êtes bonne ménagère, dit Carlotti en s'asseyant devant son bol fumant.

– Oh, c'est l'habitude, dit-elle.

Elle mangea de mauvaise humeur. Elle avait certes fait son travail de maison, mais elle ne voulait pas qu'il la croie résignée à lui servir d'épouse.

– L'autre jour quand je suis partie, lui dit-elle, revêche, je n'ai pas tout fermé comme je l'aurais dû. Je devais réparer. Je l'ai fait, voilà tout.

Il la regarda, l'air pensif, esquissa un pauvre sourire et posa la main sur la sienne. Elle la retira vivement.

– N'ayez pas peur de moi, dit-il. Je ne suis pas un mauvais homme.

Elle se sentit le feu aux joues. Elle détourna la tête, répondit :

– Je le sais. Providence m'a dit ce que vous avez fait quand votre père est mort.

– Elle n'aurait pas dû.

– Pourquoi donc ?

– Ce sont là des choses intimes, et j'aurais préféré vous les dire moi-même.

Il essuya son couteau sur sa manche, épia un instant sa femme et dit négligemment :

– Mon père n'était pas seulement charbonnier.

– Parlez-moi donc de lui.

Elle haussa les épaules.

– Et de vous, si vous le voulez.

– De moi, je ne sais rien. Je vis.

Il parut un moment se perdre en rêverie, puis il sourit et dit encore :

– De temps en temps passait chez nous un de ces moines voyageurs qui portent d'un couvent à l'autre des livres saints à copier. Il s'appelait Bosco. Il arrivait toujours le soir. On l'entendait chanter ses cantiques de loin. Il s'installait pour une nuit, quelquefois pour un jour ou deux, puis brusquement il s'en allait sans même saluer ma mère, et j'écoutais ses chants s'éloigner avec lui. Ses visites étaient pour moi les grandes fêtes de l'année. Tout le monde en était content, même les bêtes et les arbres. Parfois il venait d'Italie, et nous abreuvait d'italien en sortant les mots de sa bouche, du bout des doigts, comme des rubans de couleur. Parfois il nous disait qu'il s'en allait en France et nous récitait des poèmes dans cette langue que mon père semblait aimer infiniment sans en rien comprendre du tout. Mais chaque fois (et je crois bien qu'il venait nous voir pour rien d'autre que pour cela qui l'enchantait), quand il avait mangé sa soupe, roté, bavardé tout son saoul, il sortait de son sac son tas de parchemins serrés entre deux planches, il le posait devant mon père et lui disait : « Lis, Carlotti. » Alors le vieux prenait un livre, il le tournait, le retournait, puis il posait ses mains dessus, et nous racontait une histoire. Et Bosco l'écoutait en riant en silence, il riait, il riait aux larmes, il lui disait : « Comment fais-tu ? Sacré brigand, comment fais-tu ? » Car il reconnaissait, à l'entendre parler, les phrases exactes écrites là, sous ses mains, sous la reliure. Mon père ne savait pas lire. Il savait voir, par amitié.

– Par amitié ?

– C'était le mot qu'il répondait aux mille questions de Bosco. Il disait que ce qu'il faisait était trop enfantin, trop simple pour être expliqué clairement. Il disait qu'il voyait le moine qui avait copié le livre, son tabouret, son écritoire, la lumière de sa bougie, et ses doigts tachés d'encre noire, et sa langue à peine tirée comme l'on fait quand on s'applique. Il sentait tout de lui, l'usure de ses yeux, la fatigue de ses épaules, il entendait le grincement de sa plume sur le feuillet, et ce que l'homme marmonnait en même temps qu'il l'écrivait.

Carlotti se servit à boire et contemplant, songeur, des lueurs mouvantes dans l'eau :

– Mon père ne m'a pas appris cela, nous n'avons jamais eu de livre. Mais un matin (c'était le jour de mes sept ans), il m'a pris par la main et m'a mené dans la forêt pour me présenter aux arbres, à la mère des loups, aux ruisseaux, aux rochers. Il leur a dit que j'étais son fils et qu'ils devaient me respecter, puis il m'a ramené à la charbonnerie et il m'a dit comment je devais me conduire avec les vies parfois secrètes qui nous environnaient, comment les écouter si elles avaient à se plaindre de nous ou des négligences de Dieu, et bien d'autres choses encore que j'apprendrai un jour à Jan, si vous voulez cesser de fuir.

Il attendit qu'elle lui réponde mais elle demeura tête basse à triturer des bouts de pain. Le feu, peu à peu, s'épuisa dans l'âtre. Carlotti enfin se leva, prit sa pelisse sur l'épaule. En trois pas, il fut à la porte.

– Je resterai, dit-elle enfin, et je tiendrai la maison propre. Mais vous ne me toucherez pas.

Il répondit :

– Bonsoir, ma femme.

Il la salua d'un doigt au chapeau et s'en fut dans la nuit brumeuse.

À peine seule avec l'enfant, « où va-t-il donc traîner ? » se dit-elle, agacée. Elle se souvint d'un conte étrange et captivant où un homme partait dès le soleil couché et ne s'en revenait qu'à l'aube. Son épouse, intriguée, un soir, l'avait suivi. Elle avait surpris son secret. Son mari était envoûté par un sort que seul pouvait rompre un amour plus fort que la vie. Il était condamné à enterrer des morts dans les ruines d'un vieux village. Plus il enfouissait de cadavres, plus lui en venaient de nouveaux. Son ouvrage était infini, désespérant, épouvantable. Anna voulut chasser cette méchante histoire, se mit pour s'en distraire à ranimer le feu, mais obstinément lui revinrent d'effroyables menus détails qu'elle se surprit à ciseler avec un plaisir frissonnant. Elle s'estima bientôt stupide. « Carlotti n'est pas un maudit, pas plus qu'il n'est un loup-garou, se dit-elle en se dévêtant. Mais où dort-il, ce bougre d'âne ? » Elle s'approcha de la lucarne, tarda à fermer le volet, chercha un signe de présence dans les ténèbres alentour. Elle n'avait plus sommeil du tout. Brusquement, elle se détourna, s'enveloppa dans son fichu, entrouvrit la porte, sortit. « Je fais le tour de la clairière et je m'en reviens », se dit-elle. La nuit était fraîche et tranquille. Elle s'aventura prudemment, l'œil aux aguets, le pas léger, vit l'ânesse et la chèvre qui broutaient dans le noir, aussi fringantes qu'en plein jour. Elle trottina jusqu'au sentier qui descendait vers la grand-route, pensa soudain à Jan qu'elle avait laissé seul. Elle s'arrêta près du grand chêne où était l'étoile gravée. Elle sentit tout à coup remuer à ses pieds un amas de feuillage sec. Elle poussa un cri, bondit en arrière.

– Vous me cherchez ? dit une voix.

C'était celle de Carlotti mais il demeurait invisible. Elle balbutia :

– Où êtes-vous ?

Elle vit sortir de sous les feuilles une grande ombre lente, lourde, ébouriffée.

– Je me promenais, lui dit-elle. Je n'avais pas sommeil. Ne vous dérangez pas.

Elle s'éloigna à reculons puis vivement se détourna et courut jusqu'à la cabane comme une bête poursuivie. Elle s'enferma, elle se coucha, se pelotonna sous le drap. Elle ne dormit pas de la nuit.

12

Le lendemain matin, Carlotti s'en fut au bois tailler le mât de la nouvelle charbonnière. Il revint vers midi, sa perche de chêne sur une épaule et sur l'autre un lièvre qu'il avait pris au collet et qu'il déposa sur le banc de pierre près de la porte avant d'ôter sa chemise et de commencer à déblayer la clairière. Anna, après qu'elle eut fait le ménage et rassemblé les braises sous la bête embrochée, vint s'asseoir dehors avec Jan et se mit à éplucher des légumes pour la soupe. Comme elle jetait un coup d'œil furtif à son époux, l'esprit abandonné à des pensées confuses, elle le vit tout à coup laisser là son ouvrage, s'accroupir, amusé, les yeux ensoleillés et contempler l'enfant qu'elle découvrit droit sur ses jambes, agrippé au mur de la cabane. Il se tenait debout sans l'aide de personne pour la première fois. Elle s'illumina, tout émue.

– Viens là, murmura Carlotti, viens là, garçon, viens là, l'oiseau, accroche-toi aux mains de l'air, n'aie pas peur, elles veulent t'aider.

Il gratta le sol de l'index, sans cesser de lui chantonner de menues musiques aimantes. Alors Jan ouvrit grands les bras, parut en effet s'appuyer sur d'invisibles êtres proches et trotta fièrement à lui, pataud, criant au ciel sa joyeuse panique d'arpenter librement l'espace des vivants. À bout de course, il s'effondra contre la poitrine de l'homme qui l'empoigna, rieur, se dressa droit et le tendit aux rayons de soleil qui semblaient au gré de la brise disputer aux ombres légères la joie de le baiser partout. Anna courut à eux.

– Douze pas, je les ai comptés, il a fait douze pas, dit-elle, émerveillée. Te voilà grand, mon fils, tu marches !

Carlotti la prit par l'épaule et la tenant ainsi il lui remit l'enfant. Il la dépassait d'une tête. Il voulut la garder un instant contre lui. Il sentait la sueur, le bois sec, le feuillage. Elle parut alarmée, aussitôt se reprit. Elle se défit de lui fermement mais sans hâte. Il la regarda s'éloigner, occupa un moment ses mains à remuer pour rien des outils et des branches, puis à nouveau il s'affaira à son ménage de clairière. Tout au long de l'après-midi, tandis qu'il défrichait, il ne cessa d'observer les jeux de ces deux êtres qui piaillaient, dansaient, tombaient et se roulaient dans l'herbe et se relevaient en riant sans plus se soucier de lui. Anna en oublia son gibier embroché. Elle courut trop tard le tirer des braises. Elle s'en revint dehors, penaude, avec le lièvre sec et noir au bout de son bâton ferré. Jan voulut l'attraper. Il faillit s'y brûler. Carlotti ne dit rien. Il sourit, haussa les épaules et se mit à creuser le trou pour le mât de la charbonnière.

Depuis ce matin grelottant où ils avaient quitté l'auberge, Anna n'avait cessé d'être préoccupée par ce que pensait Carlotti des crimes de Missa et de sa rédemption. Il ne lui en avait rien dit, et par souci impertinent de ne pas avoir l'air d'accorder d'importance à son jugement, elle ne lui avait rien demandé. Ce soir-là pourtant, après le dîner, elle s'appliqua, l'œil aux aguets, à jouer les mélancoliques. Elle berça Jan sans rien chanter, puis risqua dans un long soupir :

– Seigneur Jésus, protégez-la.

Simon, évidemment (c'était ce qu'elle cherchait), lui demanda de qui elle s'inquiétait ainsi.

– De ma pauvre Missa, dit-elle.

Il répondit :

– Bien sûr, bien sûr.

Elle attendit un commentaire. Il n'en fit pas le moindre. Il finit posément son pain et son fromage. Elle s'irrita.

– Pardon, grinça-t-elle, vexée, de vous avoir parlé d'un être qui m'est cher. Ce sont mes peines, et je comprends qu'elles vous soient indifférentes.

– Missa m'émeut aussi, dit-il sans conviction.

Cet homme, pensa-t-elle, était décidément plus lourd à remuer qu'une mule rétive.

– Je comprends, moi, répondit-elle, qu'elle ait tué ces diables-là. J'aurais fait comme elle à sa place.

Il lui lança un coup d'œil vif, mi-étonné, mi-amusé.

– Vous ? dit-il.

– Pourquoi non ? Vous me croyez soumise et toute de bon cœur. Vous vous trompez. Je sais de quoi je suis capable.

– On ne se connaît qu'à l'épreuve. Ce qu'on dit avant ne vaut rien.

Il se leva. Elle crut que c'était pour sortir, mais il s'en vint devant le feu. Il dit en remuant les bûches assoupies :

– Nous ignorons tout des chemins qu'il plaît à notre vie de prendre. Avec sa part d'espoir, de folie, de bonté, de faiblesse, de peur, de malheur, de miracles, Missa fait ce qu'elle peut, comme nous faisons tous.

– Franchement, Simon, que pensez-vous d'elle ?

Il se tut longtemps. Elle crut qu'il ne voulait pas dire, de crainte de la peiner, que les méfaits de Missa lui faisaient horreur, et qu'il estimait pitoyables les saintes et soudaines vertus de cette pauvre sœur qu'elle se sentait prête à défendre bec et ongles, s'il le fallait. Enfin il remua la tête et répondit tranquillement :

– Si elle vient un jour demander secours, ici, à ma porte, je l'accueillerai. Si elle est blessée, je la soignerai. Si elle est traquée, je la cacherai. Si l'on me demande « l'as-tu vue passer ? », je dirai que non. Je ne suis ni Dieu, ni soldat, ni juge. Je suis charbonnier. Chez nous, c'est ainsi.

Anna demanda :

– L'aimez-vous un peu ?

À peine étaient-ils dits qu'elle regretta ces mots. Ils lui avaient échappé. Elle ajouta :

– Oh, peu importe. Pour un ours, vous avez bon cœur.

Elle sourit, lui aussi, puis il prit son manteau et s'en fut dans la nuit.

Les jours qui suivirent furent laborieux et paisibles, quoique traversés de longs silences ombrageux dès que Jan, leur amour commun, s'endormait après le dîner. Carlotti, tous les soirs, allait coucher dehors. Il semblait s'en accommoder plus simplement que sa compagne. Anna n'aimait guère sa vie. « Je suis servante de deux hommes, un enfant et un charbonnier, j'accomplis mon devoir, c'est tout », se disait-elle obstinément quand elle se demandait ce qu'elle faisait au monde. Pourtant, la nuit venue, son cœur s'alourdissait. Elle se sentait fautive. Voir son époux sortir sans rien exiger d'elle la plongeait dans des rages sourdes contre ses propres embarras, contre Jan qui, se disait-elle, lui imposait de vivre comme elle ne voulait pas, et contre Carlotti, cet ours déconcertant, qui ne se plaignait même pas d'être chassé de sa maison. Elle éprouva bientôt pour lui une estime mal avouée, envoya mille fois au diable ses trop encombrants sentiments, bref ne pensa plus qu'à son homme en cherchant longtemps le sommeil qui s'évertuait à la fuir dès qu'elle s'enfouissait sous le drap.

Heureusement vint le jour où la charbonnière fut prête. Carlotti poussa ses tisons sous sa pyramide parfaite, vérifia les appels d'air, raffermit quelques pains de terre entre les bûches et prévint sa femme qu'il ne dormirait plus, deux semaines durant, que quelques heures çà et là car il lui faudrait désormais surveiller nuit et jour le feu, les failles dans la meule, la couleur des fumées et les sautes du vent. Anna, du coup, se sentit allégée. Puisque ce n'était pas pour la laisser en paix mais pour son seul travail que son époux couchait tous les soirs sous la lune, elle pouvait sans aucun remords se calfeutrer dans sa maison, son cœur n'avait rien à redire. De fait, elle ne dormit pas mieux. Carlotti était là dehors, à tenir le brasier en bride. Elle entendait ses pas, ses remuements confus, ses raclements de gorge. Une porte les séparait mais il ne pouvait pas songer à la franchir, il était trop pris par l'ouvrage. Elle put donc jouer à l'attendre, à reconnaître ses bontés, à imaginer qu'il entrait et qu'il s'approchait de son lit. Cela tourneboulait son cœur. « Que ferais-je, alors ? » se demandait-elle. Elle échafaudait en secret des ambiguïtés compliquées qu'elle savourait avec délices.

Un soir, avant de se coucher, elle lui fit la surprise de lui porter du pain avec un bol de lait. Elle pensait qu'il allait s'étonner et la remercier peut-être avec cet émouvant embarras qu'il avait à bien dire. Elle avait préparé en s'approchant de lui le sourire modeste et les quelques mots de bonne grâce qu'elle n'oubliait jamais au temps où elle servait son maître teinturier, mais il ne parut pas remarquer sa présence et la laissa plantée avec ses provisions tandis qu'il fouaillait son fourneau, accroupi, la figure rouge. Il prit enfin le bol tendu sans cesser d'observer les braises. Il but le lait à petits coups, mangea son croûton en silence, puis comme elle restait là, debout, derrière lui, hésitant à s'en retourner sans le moindre mot d'amitié, il saisit sa main, la baisa et revint à sa surveillance. Alors elle s'assit près de lui, la mine circonspecte, embrassa ses jambes pliées et le regardant travailler :

– Maître Hanusak aussi veillait parfois le soir, tout seul, dans le salon où il faisait ses comptes, dit-elle en s'efforçant à la légèreté. Et quand je lui portais sa tasse de verveine avec ses gâteaux secs, il me remerciait d'une bonne parole, d'un sourire, au moins d'un regard. C'était un homme raffiné.

Carlotti répondit :

– Vous n'êtes plus servante.

Puis, à voix basse, il ajouta :

– Et vous dire merci ne serait pas assez.

Ils restèrent un moment chacun dans ses pensées. Anna contempla les étoiles. Elles brillaient vivement à travers les feuillages. « Quel bourru », pensa-t-elle. Et aussitôt après : « Il m'aime, évidemment. » Elle se le répéta avec une fierté qu'elle estima stupide, quoique voluptueuse. Or comme elle fredonnait vaguement, l'air distrait, elle entendit l'enfant pleurer dans la cabane. Carlotti se dressa, tout à coup alerté.

– Ne vous inquiétez pas, il rêve, lui dit-elle.

Il gronda :

– Des loups rôdent et la porte est ouverte.

Ils coururent dedans. Jan dormait, à nouveau paisible. Anna remonta la couverture sur ses épaules puis sourit à son homme, émue de l'avoir vu se précipiter avant elle pour protéger son fils. Comme il restait les bras ballants à s'assurer qu'aucun intrus n'était entré en leur absence, elle vint devant lui se hisser sur la pointe des pieds, baisa furtivement le bord de sa bouche, le poussa dehors, s'enferma, s'assit sur son lit et se dit qu'elle venait de faire une sottise irréparable. « Il doit s'imaginer que je vais lui céder, pensa-t-elle. Quelle folie ! Demain, je lui dirai que je ne l'aime pas. » Elle se coucha comme on se cache, pelotonnée contre le mur.

Le lendemain matin, sans souci du bruit qu'il faisait Carlotti entra de bonne heure dans la maison ensommeillée. Il ouvrit le volet, il réveilla sa femme.

– Le charbon a crié, dit-il. Venez m'aider.

Elle attendit qu'il soit sorti pour bondir hors du lit et s'habiller en grande hâte. Elle le suivit dehors et se mit à l'ouvrage. Tandis qu'ils ratissaient ensemble dans l'odeur suffocante des dernières fumées, elle s'étonna naïvement de n'avoir pas entendu ce cri dont il avait parlé. Il lui répondit qu'il était plus menu que le piaillement d'un oisillon naissant. Et comme elle demeurait encore plus surprise il lui expliqua, avec un orgueil retenu, que si la meule était bâtie comme il fallait, et si l'on avait su tenir le feu, couvant tout doux, sans qu'il s'énerve ou qu'il s'endorme, venait le moment espéré où les bouts de bois calcinés changeaient de corps et de nature. Le temps et les soins obstinés leur avaient lentement appris la force et le secret des braises. Ils avaient puisé dans la mort l'ardeur d'une nouvelle vie. Ils devenaient des êtres neufs. À l'instant de leur renaissance chacun tintait l'un après l'autre comme le cristal qui se fend. On disait alors qu'ils poussaient leur cri. C'était signe que le charbon était enfin venu au monde, et qu'il était vivant.

Anna avait interrompu son travail le temps de l'écouter. Elle lui dit, l'air admiratif, en s'appuyant sur son râteau :

– Vous êtes un bon charbonnier.

Il répondit :

– Voyez ma tête. Vous êtes noire autant que moi. Nous sommes tous les deux d'excellents charbonniers.

Elle resta ébahie à contempler sa face puis partit d'un fou rire qui lui barbouilla la figure de traînées de larmes de suie.

– Pouah, mon mari, vous ressemblez à un diable de carnaval ! dit-elle en essuyant ses yeux. Suis-je vraiment aussi sale que vous, aussi effrayante, aussi laide ?

Carlotti lui sourit, s'inclina, répondit :

– Que Dieu vous bénisse, ma femme.

Elle haussa les sourcils, surprise.

– Et pourquoi donc ?

– Je vous ai entendue m'appeler « mon mari ». C'est la première fois depuis que nous vivons ensemble.

– Vraiment ? Vous m'avez mal comprise. D'ailleurs vous m'y faites penser. Voilà, je crois, quelques semaines que je ne vous l'avais pas dit : Je ne vous aime pas du tout.

Elle lança ces mots en riant, avec une insolence acide. Aussitôt elle le regretta. Carlotti s'éloigna, revint chargé de sacs. Ils se remirent à l'ouvrage, côte à côte, sans plus parler. « Il ne dit rien, il est fâché, se dit-elle, toute grincheuse. Pourquoi ne proteste-t-il pas ? Il devrait m'insulter, faire l'ogre, mais non. Bouche cousue. Muet. Peut-être me méprise-t-il. J'ai été impolie, c'est vrai. Injuste aussi. Méchante même. Et pourquoi ? Pour faire la fière. Quelle sotte je suis, Seigneur ! Cela me portera malheur, et gravement, un jour ou l'autre. » Elle jeta à la dérobée un coup d'œil à son compagnon. « Il ne semble pas abattu. Il s'en moque. Je l'indiffère. Que pense-t-il vraiment de moi ? Impossible de le savoir. Je ne peux tout de même pas m'aplatir, lui demander grâce, lui dire que ma langue a fourché, qu'il me plaît, qu'il est un grand homme et que je suis infréquentable. » Elle bafouilla :

– Pardonnez-moi. Je n'ai pas voulu vous blesser.

Carlotti lui tourna le dos et s'absorba dans son travail. « C'est cela, se dit-elle encore, oubliez-moi. Même si je n'en ai pas l'air, je te connais bien, mon bonhomme. Aussi hautain, aussi têtu qu'un troupeau de vieilles ânesses. Je ne l'agace même pas. Il me déteste. Il a raison. S'il m'avait parlé comme je l'ai fait, je l'aurais giflé, pour le moins. À coups de griffes, à coups de dents je l'aurais réduit en lanières. Misère ! Il fait si beau, et nous étions amis pour la première fois, et nous

nous amusions, et il me faisait rire. Et voilà que j'ai tout gâché. » Elle dit enfin, à contrecœur, sans cesser un instant de ratisser le sol avec tant de fureur qu'elle soulevait un peu partout des bouffées de poussière noire :

– Je vous estime et vous admire. Je l'admets. Êtes-vous content ? Vous êtes discret, prévenant, trop, je ne le mérite pas, je ne sais vous faire aucun bien. Vous me laissez votre maison, vous couchez dehors tous les soirs et je ne vous dis même pas que je vous suis reconnaissante du soin que vous prenez de moi. Apparemment, vous m'aimez bien. Pourtant je ne suis pas aimable. Je suis stupide, laide, ingrate, teigneuse comme un chat mouillé. Que me trouvez-vous, à la fin ?

Son homme avait cessé d'amasser son charbon. Il l'observait. Ses yeux mi-clos brillaient entre barbe et sourcils. Quand elle se tut il s'approcha, se planta ferme devant elle, lui prit son râteau, le jeta, saisit à deux mains son visage. Elle le regarda, effarée, gémit, éperdument surprise. Il eut un grognement d'affamé débridé. Il baisa rudement sa bouche. Elle battit des bras, suffoqua, tomba assise enfin sur des sacs entassés.

– Je finirai seul, lui dit-il. Allez à la cascade, baignez-vous, lavez-vous, regardez-vous dans l'eau le temps qu'il le faudra et décidez enfin d'être ici mon épouse ou servante au bord de la mer.

Elle gronda :

– Vous êtes un monstre.

Et l'index pointé sous son nez :

– Sachez-le, Simon Carlotti. Je ne vous permets pas de me donner des ordres. Je ferai ce qu'il me plaira.

Elle s'en fut à grands pas, tête et cœur chavirés, s'arrêta au pied du grand chêne, se retourna, cria :

– Jan est seul, ne l'oubliez pas. Allez le voir de temps en temps, je crains qu'il fasse des sottises.

Elle s'étonna d'avoir pensé à lui dire ces mots de mère. Elle s'en amusa un moment, puis elle se dit qu'en vérité elle n'était pas aussi furieuse qu'elle avait voulu le montrer. Sur le chemin de la cascade, tandis qu'elle allait à grands pas, elle se surprit à chantonner.

Elle se dévêtit, se baigna, cueillit des fleurs de saponaire, les fit mousser dans ses cheveux et lessiva ses vêtements. Elle les étendit au soleil, puis elle s'allongea sur la rive, ferma les yeux. Il faisait doux et la brise était délicieuse. Elle pensa un moment au baiser pris par force, imagina que Carlotti l'épiait, nue, ainsi couchée. Elle lui dit en rêve : « Viens là. » Elle ouvrit à peine ses jambes et posa les mains sur ses seins. Son corps ne voulait plus rien craindre. Il était comme son esprit, ensommeillé, abandonné, et pourtant à l'affût d'un plaisir qui montait, tout chaud, du fond du ventre. Il l'envahit de pied en cap. Elle haleta un peu, gémit. Elle laissa mollement aller ses bras dans l'herbe, elle s'offrit, enfin désarmée. « Avoue-le, se dit-elle. C'est cela que tu veux. » Cela, mais quoi ? Des mains rugueuses, un mufle grognant dans son cou et ces remuements écrasants qui désespéraient son désir ? La peur de n'être qu'une proie la fit s'éveiller de ses songes. Elle se sentait pourtant plus forte que jamais. Elle se rhabilla lentement, se contempla dans l'eau mouvante, se coiffa, se sourit, et s'en fut dans le bois. L'envie que son mari s'inquiète de ne pas la voir revenir l'amusa malicieusement et la fit s'attarder longtemps à cueillir des mûres, des noix. Comme elle s'en retournait au pas de promenade, elle entendit soudain un bruissement violent, derrière elle, dans un fourré. Elle eut peur, son cœur s'emballa. Elle se retourna, ne vit rien. « Un loup, peut-être », se dit-elle. Elle courut jusqu'à la maison.

À la nuit tombée, après le dîner, Carlotti s'en fut comme chaque soir dormir sous son arbre. Elle l'aida maladroitement à passer sa longue pelisse puis le suivit jusqu'au-dehors en cherchant des mots d'amitié qu'elle ne parvint pas à trouver. Il s'éloigna, muet, à longues enjambées. Elle s'en revint dedans, s'escrima à pousser le gros verrou de bois. Elle n'y parvint pas. Un caillou peut-être, ou un bout de branche l'empêchait de fermer la porte, et ses mains tremblaient. Brusquement lui vint l'envie de pleurer. Elle alla s'occuper de Jan, le nourrit, le coucha, le berça encore longtemps après qu'il se fut endormi, revint enfin sur le seuil, sortit, s'en fut dans la clairière. « Je dois lui parler, se dit-elle, m'expliquer devant lui, franchement, sans détours. » Elle se mentait. Elle le savait. Le cœur lui battait dans la gorge. À dix pas du grand chêne elle ralentit, elle s'arrêta. Elle appela timidement, à petite voix :

– Carlotti !

Rien ne bougea sous le feuillage. Elle fit encore un pas.

– Simon, êtes-vous là ?

Elle entendit, dans l'ombre, bruisser le lit de feuilles.

– Est-ce vous, mon mari ?

Elle vit son homme se dresser, épousseter ses vêtements à grands coups de chapeau partout. Il l'attendit. Elle vint à lui, se planta devant son grand corps, et soudain, bravement, comme on risque sa vie :

– Je suis vierge, dit-elle.

Il ne demanda rien. Il resta silencieux. Elle s'effraya. Elle ajouta en grande hâte, d'une traite :

– Jan n'est pas mon vrai fils. J'étais servante chez son père, mon maître Josef Hanusak. Il était protestant. C'est ce que l'on disait mais en vérité, non. Il n'aimait que la mer. Il a été tué par les soldats papistes. Madame Hanusak s'est enfuie. L'enfant est resté là, tout seul dans la maison. Je ne pouvais pas le laisser. Je l'ai pris et je suis partie.

Et quand elle eut repris son souffle :

– Pardon de vous avoir menti.

Des sanglots roulaient dans sa gorge. Elle les sentit qui débordaient. « Tiens-toi droite, Anna, pensa-t-elle. C'est un homme bon, tu le sais. Il ne va pas te dévorer. » Elle n'osait pas le regarder. Elle dit enfin, la tête basse :

– J'ai peur que vous me fassiez mal.

– Et moi, que vous m'abandonniez, répondit l'homme, en face d'elle.

Elle s'étonna. Était-il triste ? Peut-être non. Souriait-il ? Elle ne distinguait que ses yeux, lumineux, vifs, tendres peut-être dans le noir de la nuit, de son front, de sa barbe. « Maintenant, maintenant, pensa-t-elle, égarée, il faut que je lui dise, sinon je ne pourrai jamais. » Il lui fut clair soudain que depuis la cascade et ses songes secrets un désir mal vêtu de mots n'avait cessé de l'occuper. Elle l'avait cent fois repoussé, il était cent fois revenu comme un papillon sous la lampe. Elle n'avait pas voulu le voir. Elle dit :

– Venez dormir chez nous.

Elle entendit sa voix comme celle d'une autre. Elle lui parut paisible et ferme. Son cœur pourtant cognait partout et son esprit bruissait comme un nid de frelons.

– Soyez bénie, dit Carlotti.

Il voulut la prendre aux épaules, fit le geste, puis renonça, se défit de sa peau de loup, la laissa tomber contre l'arbre, ouvrit les bras, extasié, puis soudain tourna les talons et s'en fut en courant parmi les buissons noirs. Elle le regarda s'enfoncer à grand bruit dans la nuit paisible. Elle partit d'un éclat de rire, tant elle s'en trouva ébahie.

Elle pensa qu'il était allé à la cascade. Il en avait pris le chemin. Elle l'attendit un grand moment. L'envie lui vint de le surprendre, de courir jusqu'au bord de l'eau. Elle l'imagina nu, debout sous le rocher, le flot éclaboussant son torse, ses épaules. Elle se vit l'épiant à l'abri d'un buisson. Elle n'oserait jamais. Elle s'en revint à la maison, alluma trois chandelles neuves, battit le lit, ouvrit le drap, tira doucement le berceau de l'autre côté de la table, s'assura que Jan dormait bien, mit une bûche neuve au feu, puis ne sut que faire, s'assit, s'impatienta, s'en fut dehors. Elle aperçut bientôt son homme qui sortait de l'ombre du bois et qui traversait la clairière. Était-ce lui ? « Non », se dit-elle. Et pourtant qui d'autre, aussi droit, aussi puissant ? Il s'approcha. Il était en bottes luisantes, en cape et chausses de drap bleu, et sa tunique était si blanche qu'elle semblait éclairer la nuit, et sa figure était rasée, ses sourcils lissés, son front large, ses cheveux tirés en arrière et noués d'un cordon de cuir. Il semblait encore plus grand que sous son crâne broussailleux et dans ses oripeaux de pauvre. Il s'arrêta devant la porte. Anna l'examina, les yeux grands, bouche bée, de haut en bas, de bas en haut.

– Seigneur, comme vous êtes beau, dit-elle. Où avez-vous trouvé de pareils vêtements ?

– Au pied du chêne, sous l'étoile. Ils vous ont attendue longtemps.

Elle le regarda sans comprendre. Elle dit :

– Êtes-vous magicien ?

Il rit. Il répondit :

– Je suis maître Simon Carlotti, charbonnier, époux d'Anna Marten, père de Jan, leur fils par la grâce de Dieu.

Il la prit dans ses bras et la porta dedans.

Il sentait bon la terre et la fleur de forêt. Elle l'enlaça. C'était un arbre. Il la tint serrée contre lui. Dans sa chemise grande ouverte, elle enfouit son nez, sa figure. Il était un rempart qui l'abritait de tout, un mont odorant à gravir, une forêt, le père bien-aimé des ours. Elle l'entendit gronder comme un lointain tonnerre, elle sentit sur ses flancs, sur son dos, sur sa nuque, la chaleur de ses mains. Il la saisit par les cheveux et sa tête se renversa, ses yeux aussi et les lumières, et les ombres de la maison. Elle aima qu'il fasse cela. Un frisson parcourut son corps. Il était l'homme qu'elle voulait. Elle se laissa porter jusqu'au travers du lit. Elle sut que ses seins étaient nus quand elle sentit l'haleine chaude et la bouche errante sur eux. Elle fut bientôt déshabillée. Elle se voulut plus nue encore. Comment être plus nue que nue ? Elle sanglota. Il s'inquiéta.

– Anna, dit-il.

– Oh, c'est d'amour, répondit-elle.

Il caressa ses joues, ses lèvres, lécha ses larmes et les baisa. Son corps ombreux lui vint dessus. Elle avait eu peur qu'il l'écrase, ce matin, dans une autre vie. Elle haleta :

– Écrase-moi.

Un éclat de feu dans son ventre lui fit ouvrir la bouche grande. Seuls ses yeux poussèrent un cri. Elle prit à deux mains le visage de son époux au-dessus d'elle, planta ses ongles dans ses tempes. D'un moment il ne bougea plus. Elle avait craint d'être sa proie. Elle l'était à perdre le souffle, grâce à Dieu et diable elle l'était. Ce fut elle qui l'attira. Elle voulut dire sa débâcle, son prodigieux étonnement, sa découverte, sa folie, sa naissance, mais elle ne put. Elle gémit à petits coups brefs tandis que du fond de son corps vague après vague lui venaient l'inconnu et son rire obscur, et son déferlement d'étoiles. Elle ne respira plus soudain. Elle dit, impérieuse :

– Simon, regarde-moi.

Elle voulait lui offrir cela. Un instant elle lui parut morte tant son regard traversait tout. Puis il se cabra tout à coup, il poussa un rugissement à faire peur aux bêtes fauves et s'abattit enfin sur elle. Ils restèrent longtemps ainsi, sueurs mêlées, sans plus bouger. Son homme s'alanguit au creux de son épaule. Elle caressa sa joue, sa tempe, ses cheveux. Elle était forte maintenant. Elle était femme. Elle était fière. Les yeux grands ouverts dans le noir, elle écouta jusqu'à entendre Simon dormir contre son corps.

Au petit jour ils s'éveillèrent mais ils ne se levèrent pas. Anna s'émerveilla longtemps dans la lumière du matin à contempler, à baisoter, à caresser du bout des doigts le visage de son époux.

– Comme tu as changé, dit-elle. Je n'avais jamais vu la couleur de tes yeux. Ils sont verts, mais non, ils sont bruns, ils sont vert-brun, ton front est noble, je l'aime, il est large, il est haut, ton menton est râpeux mais franc, et tes lèvres, comme elles sont bonnes ! Homme, pourquoi te cachais-tu ?

Elle laissa errer sa main hors du lit et ramassa la cape bleue, la chemise blanche, une botte. Elle murmura, plus tendre encore :

– Et tout cela, où l'as-tu pris ? Je le sais, ne me le dis pas. Tu as assassiné un prince qui passait, un jour, par la forêt. Tu connais des fées couturières. Tu as quelque part un trésor, et tu m'avais caché cela ! Je me trompe ? Je veux savoir, je veux tout apprendre de toi, tes secrets, tes faiblesses, tes vices, tes pouvoirs.

Il lui répondit que c'était là son habit de maître charbonnier, et qu'il l'avait gardé précieusement caché à l'abri de son chêne, dans un coffre de même bois.

Elle dit, les yeux brillants :

– Avoue, tu es sorcier.

Il rit, ensommeillé, lui vint soudain dessus et dévora sa bouche. Il n'avait pas vu Jan qui leur tirait le drap.

13

Anna se leva, réveilla le feu, mit le pot de lait à chauffer, s'en fut ouvrir grand le volet, et contemplant ses deux amours que le flot soudain de lumière faisait s'enfouir ensemble sous le drap chiffonné, elle soupira d'aise, radieuse. Elle jeta un coup d'œil dehors. Pas le moindre souffle de brise. Le plein soleil sur les verdures semblait accordé à son cœur. Lui vint alors un sentiment qu'elle n'avait jamais éprouvé. Le bonheur était là, dehors, dedans, partout. Les cruautés du monde et les effrois du cœur étaient désormais derrière elle. Aucun souci n'était en vue. Tous ses fardeaux étaient défaits. « Me voilà au bout de mes peines. » Ce fut ce qu'elle se dit, car c'est en vérité toujours ce que l'on croit quand un beau temps inespéré éclaire un moment nos errances. Elle s'habilla en chantonnant, puis comme elle s'attardait à démêler sa chevelure elle s'émut à penser aux nuits adolescentes où elle repoussait le sommeil pour s'en aller en promenade avec les rêves exaltants dont elle peuplait son avenir. Elle se voyait alors fiancée à un jeune homme si courtois qu'elle se sentait auprès de lui plus que bourgeoise, presque noble. Il était honnête, fidèle, les gens les trouvaient assortis. Ils le murmuraient dans leur dos. Un soir au bord de l'eau il lui prenait les mains, lui demandait d'être sa femme. Elle faisait semblant d'hésiter, guettait dans son regard la crainte qu'elle refuse, puis elle lui bondissait au cou. Elle aimait ce passage-là. Elle le nourrissait chaque fois de détails nouveaux, émouvants. Son mariage ? Cathédrale Saint-Guy, les chœurs sérieux, les orgues, puis un jardin de fleurs, de rires, de chansons. Son bien-aimé mari lui donnait quatre enfants, joyeux et forts, deux fils, deux filles inaccessibles aux maladies, et que sa sœur lui enviait, secrètement, sans rien en dire, et que Luka faisait jouer dans sa cordonnerie ouverte sur les mille bruits de la rue. À remuer ces souvenirs lui vint une honte légère. Se pouvait-il qu'elle ait pu être aussi sottement ingénue ? Bien sûr, aucun de ces bonheurs n'était venu au-devant d'elle. La guerre, la mort, le pillage, et Jan dans son berceau ne l'avaient pas voulu. Décidément, la vie savait mieux qu'elle-même où elle devait aller. Elle contempla le ciel. Quel beau temps il faisait ! « La vie, la vie, la vie », se dit-elle, rêveuse. Quelqu'un se cachait là, derrière ce mot simple, quelque chose, une force, elle le sentait, mais qui ? Elle avait cru cent fois se perdre, aller de travers, s'empêtrer, alors qu'en vérité elle s'en était venue tout droit à sa juste place en ce monde, dans cette innocente maison où un homme des bois d'une fière bonté dévorait de baisers les fesses d'un enfant qui n'était pas son fils et qui lui était tous les jours un miracle inimaginable.

Son existence, désormais, serait limpide et confiante. Elle vivrait dans cette clairière, auprès de Simon Carlotti (« Dieu veuille, pensa-t-elle, lui donner force et longue vie »). Jan grandirait paisiblement. Il serait instruit par ce père qu'elle n'avait pas vraiment choisi. Il serait un jour, comme lui, veilleur de feu, frère des arbres. Un souffle de mélancolie un instant la laissa pensive. « Je vieillirai, il s'en ira, pensa-t-elle, et il m'oubliera. » Elle ramassa les beaux habits que son homme avait revêtus, la veille, pour leur nuit de noces. Elle les plia et les rangea.

– Simon, raconte-moi, dit-elle. Les maîtres charbonniers ont-ils de grands pouvoirs ?

Carlotti répondit que oui, se leva, s'habilla de ses vieilles hardes ordinaires, et tandis qu'il tranchait le pain du déjeuner il lui dit que les gens de cette confrérie, qu'il appela « cousins », étaient en vérité d'une force enviable, car les liens d'esprit et de vieille coutume qui les tenaient ensemble étaient plus sûrs que ceux du sang.

– Nous avons tous fait le serment, dit-il, de nous porter secours, si l'un de nous se trouve en peine.

Anna vit que son homme était fier de cela. Elle fit une moue malicieuse et pour l'aiguillonner douta qu'un charbonnier, s'il était en péril, loin de tous, dans ces bois, puisse appeler ses frères.

– Il le peut, répondit Simon. Chacun a sa trompe et son chant. Le bruit porte assez loin pour alerter, s'il faut, les voisins les plus proches.

Elle voulait en savoir plus.

– Pauvres comme vous êtes, à quoi bon ? lui dit-elle. Que pouvez-vous donc partager, sauf des soucis, de la misère ?

Il l'observa du coin de l'œil, s'amusa de la voir affamée de réponses.

– Les maîtres charbonniers, dit-il, savent des choses inconnues des docteurs et des gens d'Église.

– Que connais-tu, Simon, dis-moi ?

– Toutes les plantes guérisseuses qui poussent dans cette forêt, toutes celles qui tuent aussi.

– Les sorcières savent cela. C'est du petit pouvoir, mon homme. Tu as d'autres secrets, j'en suis sûre. Dis-moi.

Il rit, il soupira, feignit la lassitude. L'enfant grimpa sur ses genoux.

– Je sais parler aux corps blessés, aux entorses, aux brûlures, aux cassures des membres, j'entends ce que disent les arbres, les loups, les renards, les oiseaux, quand ils désirent, quand ils aiment, quand ils haïssent ou qu'ils ont faim, bref, j'ai appris à vivre avec tout ce qui vit.

Anna s'émerveilla.

– Instruiras-tu ton fils ?

Carlotti dressa Jan debout sur ses genoux. Il lui dit, face à face :

– Je t'apprendrai, garçon. Un jour, ce que je sais tu le sauras aussi. Puis j'appellerai à notre aide les plus vieux cousins du pays. Ils te mèneront où il faut pour que tu rencontres le diable. Tu devras le combattre seul.

Elle sursauta, elle s'effraya et se signant en grande hâte :

– Le diable ? Tais-toi donc ! Carlotti, tu es fou ! Je ne permettrai pas cela.

– Le nôtre n'a ni queue, ni corne, ni mufle qui crache le feu. Il ne pèse pas lourd, pourtant il nous écrase si l'on ne sait pas l'affronter. Allons, tu le connais, Anna. Il n'a qu'une arme, c'est sa voix. Elle ne te vend aucun plaisir, au contraire elle te serre, elle te glace, elle t'étouffe, elle te prêche que tu n'es rien mais que tu es pourtant coupable d'être simplement qui tu es. Elle ne sait dire que la peur, la peur d'être puni par Dieu, la peur de souffrir, de mourir, la peur qui empêche de vivre, la peur, voilà tout, voilà rien. Quand Jan aura vaincu cette mauvaise bête, je lui donnerai l'habit bleu.

Ils jouèrent encore après le déjeuner, puis Carlotti prit son costume et s'en fut le ranger, tranquille, en sifflotant, dans son coffre de bois à l'abri de son arbre.

Anna, le soir venu, lui demanda pourquoi il tenait à garder son précieux vêtement dans un lieu aussi malcommode. Simon lui répondit que ce chêne était son ami d'enfance et qu'il avait confiance en lui car il ne s'endormait jamais.

– Nuit et jour, il veille sur moi et sur ceux que j'aime.

Elle s'étonna. Comment un homme de bon sens pouvait-il estimer un tronc pourvu de branches comme un frère de chair ? Elle l'interrogea plus avant. Il lui dit alors qu'il ne pouvait rien lui expliquer, que si elle avait assez de patience elle apprendrait peu à peu à vivre avec ces êtres, et elle découvrirait un jour qu'ils n'étaient ni muets, ni stupides. Il n'aimait guère parler de ces choses. Il en paraissait gêné. Elle s'en aperçut. Elle cessa de le harceler et s'abandonna au bonheur qu'elle avait désormais à vivre auprès de lui.

Un soir pourtant, comme le sommeil la fuyait, elle ne put s'empêcher de lui demander ce que serait cette bataille que Jan devrait livrer au diable. Elle en était préoccupée depuis qu'ils en avaient parlé. Il refusa d'abord tout net de le lui dire, puis comme ses réticences ne faisaient qu'aggraver les craintes de sa femme, il finit par se résigner à lui confier son secret, après qu'il eut exigé d'elle une discrétion hermétique. Elle ne devrait jamais en révéler le moindre mot à personne, et surtout pas à leur garçon, sous peine de lui faire le plus grand tort de sa jeune vie. Elle promit tout ce qu'il voulut et se pelotonna contre lui avec la tendre volupté d'une enfant qui attend un conte. Il lui dit alors, à voix basse :

– Un jour de sa douzième année, douze cousins parmi les plus vieux du pays viendront chez nous de grand matin, et comme ils l'ont fait avec moi ils amèneront Jan au fond de la forêt, dans un lieu sans chemins, insoupçonné des hommes, si tranquille, si loin du ciel que les oiseaux n'y chantent pas, et que le soleil n'y descend que le long des fils d'araignée. Jan devra vivre là avec ses douze maîtres. Ils lui imposeront un travail quotidien de jour en jour plus rude, étrange, douloureux. Les tourments qu'il devra subir, sa peur aussi du lendemain iront alors de pire en pire. Son courage, son endurance et son désir de mériter le nom de cousin charbonnier seront durement éprouvés. Chaque matin, il sera libre de demeurer et d'obéir, ou de renoncer et partir. S'il refuse d'aller plus loin, on l'accompagnera chez lui sans reproche ni moquerie. Alors il restera ignorant, sans pouvoirs, comme sont, d'ordinaire, les pauvres par chez nous. Mais s'il décide d'accomplir la nouvelle tâche imposée, il saura qu'il aura plus de mal que la veille, et qu'au douzième jour ce qu'il devra souffrir sera plus redoutable encore que tout ce qu'il aura connu. Il devra affronter le diable. On le lui dira sans détours. Alors le plus ancien des maîtres le ramènera, ce dernier matin, sur le chemin de sa maison. Du bout de son bâton, il tracera un trait au travers du sentier. Il lui dira : « Garçon, franchis cette frontière, et que le Dieu des charbonniers te vienne en aide, s'Il le peut. »

Simon soupira amplement.

– J'ai connu cet instant, Anna, et je ne l'oublierai jamais. Les vieux ne m'avaient pas menti. C'était en vérité l'épreuve la plus dure.

– Et dis-moi, qu'as-tu fait ?

– J'ai avancé d'un pas. J'ai enjambé la ligne, sûr que j'allais mourir. Je n'ai pas prié, j'ai haï, je ne sais qui, je ne sais quoi. J'étais d'un orgueil intraitable.

– Et que s'est-il passé ?

– Rien. Le brouillard de sang qui me cachait la vie s'est tout à coup défait. J'ai vu venir mon père. Il m'a ouvert les bras. Mes maîtres autour de moi souriaient plaisamment, tapotaient mes épaules, en disant : « Bienvenue, cousin, bienvenue. » Je venais de passer au travers de ma peur. J'avais vaincu le pire monstre que je puisse un jour rencontrer.

Elle se serra plus fort encore contre lui, l'écouta respirer tandis qu'il s'endormait puis se plut à penser à Jan, à son triomphe inéluctable, beau, vigoureux comme il était, au savoir qui serait le sien, au pouvoir qu'il aurait d'instruire d'autres êtres. Un jour, assurément, on l'appellerait « maître », lui, fils d'Anna Marten, simple et pauvre servante. Elle en rit presque de fierté, elle en pleura presque d'émoi contre l'épaule de son homme, dans l'ombre chaude de leur lit.

Longtemps sur leur maison la vie fut au beau temps. Non point que les saisons passèrent sans orages ni mauvais vent, mais les intempéries épargnèrent les cœurs. Simon allait, de temps en temps, vendre son charbon aux villages et faisait toujours une halte à l'auberge de Providence où il voyait parfois Missa. La rumeur de son dévouement, de son humilité, des soins infatigables qu'elle prodiguait aux pauvres avaient fait peu à peu du moine qu'elle était une sorte de saint. On en était venu à la supplier de bénir les enfants malades et le ventre des femmes enceintes. Selon ce que les gens disaient, elle le faisait toujours en larmes et elle priait le Ciel avec une passion si farouche et si véhémente qu'elle traînait maintenant derrière ses pieds nus une horde de miséreux affamés de Dieu et d'amour. Simon rentrait chaque fois de voyage avec quelque nouveau récit de ses populaires bontés.

– Sa sainteté s'aggrave, disait-il en riant.

Et son épouse soupirait :

– Comment cela finira-t-il ?

Elle restait un moment songeuse à se souvenir des folies passées puis revenait à ses travaux, à ses amours, à son enfant qui chaque jour l'émerveillait tant il grandissait fièrement.

Elle lui apprenait à parler. Elle avait toujours eu le goût des belles phrases aux musiques charnues. Elle inventait pour lui de drôles de comptines, des jeux où tous les deux, quand elle disait un mot, cherchaient à quel caillou il pouvait ressembler, à quel bout de bois, quel insecte. Le bagout de son fils, ses exploits volubiles, ses rires éclatants, la joie inépuisable qu'elle avait à l'aimer et le plaisir qu'elle éprouvait à le nourrir jour après jour de ses friandises sonores faisaient de ses leçons des festins impalpables mais toujours délicieux. À cinq ans d'âge, étrangement, Jan disait des poèmes à sa chèvre nourrice que souvent il tétait au pis, courait les papillons autant que les couleuvres et se roulait comme un sauvage dans des batailles corps à corps avec des lièvres attrapés à la sortie de leur terrier. Il poussait comme un arbrisseau, intrépide, parfois teigneux mais toujours tendre infiniment à l'heure d'écouter la nuit, lové sur le ventre d'Anna. Simon était pour lui une montagne d'homme. Il l'escaladait volontiers, mais pour peu que ce père aux lenteurs de géant hausse la voix et gronde, il demeurait pantois, se cachait sous la table ou courait à l'abri du rempart maternel. Un jour qu'il revenait en pleurant à grand bruit d'une course imprudente à travers les fourrés, tandis qu'Anna, la mine inquiète, examinait ses éraflures, Simon, ensommeillé, le chapeau sur les yeux, à l'ombre de son chêne lui dit tranquillement :

– Qu'as-tu fait au buisson ? Il dormait, il rêvait peut-être. Tu l'as réveillé à grands coups de pied. Il t'a pris pour un malfaiteur. Il a cru que tu l'attaquais. Il s'est défendu, voilà tout.

Et comme Jan, la morve au nez, le regardait, abasourdi par les perspectives bizarres qui s'ouvraient soudain devant lui :

– Il est normal que la forêt te traite comme un étranger. Elle ne te connaît pas. Tu dois la saluer, te présenter à elle, lui dire que tu viens sans mauvaises pensées, peut-être lui offrir un cadeau d'amitié et lui demander poliment la permission d'entrer chez elle. C'est ainsi que l'on fait, chez nous, entre voisins.

Jan fronça les sourcils, la mine résolue. La chose, apparemment, lui parut d'une belle et puissante évidence car il s'avança sous les arbres, essuya des deux poings ses yeux, et face aux feuillages bruissants :

– Je suis le fils de la maison, là-bas, dit-il d'une voix forte. J'aimerais être votre ami. Je vous ai apporté, pour vous faire plaisir, une chanson de bouche.

Il lança noblement une suite de mots inventés, compliqués, sonores, qui firent pétiller ses yeux. Il attendit une réponse. Rien ne vint sous la brise, qu'une abeille passante entre les rayons de soleil. Il se tourna vers Carlotti, sans trop savoir que faire d'autre. Un oiseau soudain s'envola, en piaillant, d'une branche haute.

– Voilà le signe, dit Simon. La forêt te répond, mon fils. Elle est contente. Elle te salue.

Jan devint ce jour-là l'apprenti de son père. Il le fut avec un sérieux autant émouvant que comique. Il se mit à jouer à l'homme, à charrier des mâts plus épais que son corps, à bâtir des huttes de branches, à s'exercer farouchement aux secrets de charbonnerie que Carlotti lui confia. Un jour, il voulut tout savoir des aventures de cet homme dont il admirait la hauteur. Il en attendait des prodiges et de gigantesques fiertés. Simon l'assit contre son chêne et lui conta que ses parents, au temps où il était lui-même un nourrisson, s'en étaient venus d'Italie, poussés par la nécessité de fuir un prince milanais que le vieux Carlotti avait mécontenté. Jan l'écouta, la bouche ouverte. Anna prit place à son côté et demanda quel mauvais tour son père avait bien pu jouer.

– Voici donc, répondit Simon. Un jour, des hommes d'armes surprennent les deux fils d'un cousin charbonnier occupés à chasser le lièvre dans les bois de ce grand seigneur. Grave délit. On les attrape, on les insulte, on les bouscule, on les bat, et que faire d'eux ?

« Qu'on les pende ! » dit un sergent. Pendant qu'on attachait les doubles cordes aux branches, que faisaient les pauvres garçons ?

Jan lança, le torse bombé :

– Ils n'avaient pas peur. Ils riaient. Ils savaient qu'ils pouvaient se changer en renards, en feuillages, en loups verts.

– Oh que non ! Ils braillaient, ils demandaient pitié ! Et qui, à cet instant, s'en revient du village avec sa mule et son chariot ? Qui les entend crier ? Mon père. On l'appelait Milan.

Jan regarda sa mère, extasié.

– Milan !

– Son fouet claque, siffle, s'abat. Il emballe son attelage, il fonce droit sur les soldats. Fracas, terreur. Holà ! Les chevaux de la troupe hennissent, se cabrent, s'enfuient. Milan délivre les enfants, va les cacher dans une grotte que seuls connaissent les cousins, puis s'en revient chez nous et sonne de sa trompe, au sud, au nord, à l'est, à l'ouest. Qui vient ? Un charbonnier, puis dix, puis vingt, puis trente. Ils égarent les hommes d'armes qui cherchent Milan et son fils, sa femme aussi, et son chariot. Nous fuyons des jours et des nuits.

– Et tu rencontres ma maison, lui dit Jan, la mine farouche.

– Et je grandis comme tu fais. Et mon père m'apprend à vivre, et ma mère veille sur moi.

Il ouvrit grands les bras. Jan lui bondit au cou.

– Et comme le malheur est gai quand on le raconte à son fils !

– Je veux grimper sur tes épaules.

Carlotti rit et le hissa.

– Les arbres, regardez, cria Jan, regardez ! Je suis grand, plus grand que mon père !

Anna sourit, les larmes aux yeux, et d'un souffle, à mi-voix, elle se mit à prier de peur que le bonheur s'en aille.

Providence vint, un de ces jours-là, leur rendre visite. Elle quittait rarement l'auberge. Anna l'accueillit en tremblant. Il fallait qu'elle ait à lui dire, pour qu'elle se soit mise en chemin, une de ces graves nouvelles qui ne souffrent pas de retard. Elle prit pourtant le temps d'ouvrir les bras à Jan et de s'extasier de le voir aussi grand, puis elle se posa sur le banc, épongea sa face rougeaude, fit s'approcher d'un geste Anna et Carlotti.

– Missa a retrouvé son fils, leur souffla-t-elle à voix secrète, les yeux pareils à deux soleils.

Elle attendit que l'un et l'autre se soient longuement exclamés, puis s'éventant de son mouchoir :

– Sa vie est, si Dieu veut, enfin rafistolée, mais sait-on jamais avec Lui ! Je vous raconte. Écoutez donc. Un sabotier, voici trois jours, la prie de venir à son aide. Il a, dit-il, dans sa maison, un jeune apprenti mal en point. Il crie la nuit, ne mange rien, ne parle pas plus qu'une souche et bref, il ne lui sert à rien. Missa s'en vient chez lui, trouve l'enfant couché au fond de l'atelier, sur la paille pourrie où va pisser le chien. Le pauvre grelotte de fièvre, il est crasseux, pouilleux, tout maigre, à demi nu. Baptiste. Son Baptiste ! Ce démon de marquis l'a violé, torturé, puis l'a jeté dehors. Il est parti, blessé, perdu. Des mois, des ans, il a erré jusqu'à trouver refuge là, chez cet homme sans femme qui s'est sans doute imaginé qu'un valet lui tombait du ciel. Missa l'a pris sur son épaule et s'en est retournée chez moi. Ils sont tous les deux à l'auberge. Elle a voulu que tu le saches, Anna, c'est elle qui m'envoie.

Elle soupira. Elle dit encore :

– Je crains qu'il ne survive pas.

Carlotti resta silencieux, Anna espéra un miracle et Providence dit qu'elle avait faim et soif. Elle avait apporté une poularde grasse. Elles en firent un festin d'amis, puis passèrent le jour à parler de Missa, à rêver du passé, à tricoter ensemble et à s'émerveiller de la vigueur de Jan qu'il fallait surveiller sans cesse. La nuit venue Simon s'en alla sous son chêne. Les deux femmes dormirent ensemble. Quand Anna s'éveilla au matin, sa compagne n'était plus là.

Des bûcherons et des marchands, des voyageurs, quelques cousins venaient de temps en temps à la charbonnerie. Anna connut bientôt les amis de son homme. Elle ne les aimait pas beaucoup. Ils étaient rares, heureusement. Ils mangeaient à leur table sans se soucier ni de Jan ni d'elle qui les accueillait, puis ils sortaient avec Simon et s'en allaient parler sous le couvert des arbres. Et quand elle demandait, le soir, à son époux, ce qu'ils avaient bien pu se dire, « des nouvelles de la forêt, de la ville aussi, de la guerre », répondait-il. Et c'était tout. Un jour d'été pourtant vint un petit vieillard au regard sans cesse aiguisé, coiffé d'un chapeau en lambeaux qu'il souleva pour saluer Anna et Jan sur le sentier de la clairière où ils cueillaient des mûres et des airelles bleues. Carlotti le reçut avec un doux bonheur au seuil de sa maison. Il l'embrassa en riant d'aise comme il aurait fait d'un parent. C'était le plus ancien des cousins du pays. Il s'appelait Kaspar.

– Ainsi, dit-il, à peine entré (son œil soudain se fit perçant), ce sont là ta femme et ton fils.

Il les contempla, l'air content, puis posa les mains sur leur tête et murmura pour l'un et l'autre une bénédiction si bizarre et rapide qu'Anna n'en comprit pas un mot. Après quoi il dit à Simon, en lui désignant son épouse :

– Tu as bien choisi, mon garçon.

Il se tourna vers Jan, dans les bras de sa mère, qui l'observait de pied en cap avec un aplomb effronté, et caressant sa joue d'un bout d'index noueux :

– Toi, tu es un seigneur, lui dit-il à mi-voix.

Anna sourit, flattée. Ce Kaspar lui plaisait. Elle se tint pourtant sur ses gardes. Un seigneur, son fils ? C'était trop. Elle le serra contre elle.

– Oh, il n'est pas parfait, dit-elle. Loin de là !

Simon, l'air enjoué, dit que maître Kaspar avait connu son père. Il n'alla pas plus loin mais au regard qu'il eut elle comprit qu'il aimait cet homme et qu'il avait en lui une absolue confiance. Jan semblait fasciné par ce vieillard ridé comme une pomme sèche et qui pourtant semblait aussi fringant que lui. Il se risqua bientôt, tandis qu'ils déjeunaient, à lui tirer la manche et à fuir en riant, puis à se rapprocher, espiègle, en tapinois, à lui jouer de menues farces comme font parfois les enfants avec les inconnus qui les attirent malgré la crainte qu'ils ont d'eux. Ils ne tardèrent pas à se trouver complices comme petit-fils et grand-père, au point que Jan ouvrit à son nouvel ami ses sacs de beaux cailloux. Et quand Anna, la nuit venue, lui ordonna d'aller dormir :

– Laissons-les tous les deux, dit soudain Carlotti. Ils ont à faire ensemble. Nous coucherons dehors.

Elle le regarda, ébahi, ne sut que protester à peine. Il

l'entraîna. Tous deux sortirent. Jan les laissa partir sans le moindre regard, ravi de se retrouver seul avec son compagnon de jeux. Comme ils traversaient la clairière toute baignée d'ombre et d'étoiles :

– Il doit l'instruire, dit Simon. Allons, ne t'inquiète de rien. Il a fait de même avec moi.

Elle répondit, tout hérissée :

– Ce sont bien là des folies d'hommes ! Jan n'a guère plus de six ans. Que peut-on comprendre à cet âge ?

Il prit sa femme par l'épaule et la serra fort contre lui.

– Il va semer dans sa mémoire le savoir des maîtres cousins.

– Et comment diable fera-t-il ? Croit-il le tenir éveillé avec ses contes de sorcier ?

– Non, Anna, il l'endormira, puis il posera la main sur sa tête et lui parlera doucement, toute la nuit, jusqu'au matin. Il lui dira tout ce qu'il faut.

– Il n'en entendra rien !

– Il en entendra tout mais ne le saura pas.

Ils étaient parvenus sous les branches du chêne. Il lui fit face, l'étreignit, et la berçant tout doux, la bouche à son oreille :

– Imagine le blé lancé dans les labours. Il pousse si la terre est bonne, sinon il reste enfoui et meurt. Notre fils est un champ fertile. Je le savais. Kaspar l'a vu. Il l'ensemencera. Il lui dira les mots qui nourrissent l'esprit et plus tard, à son heure, le savoir poussera, et Jan saura de belles choses qu'il croira venues de lui seul, car il en va toujours ainsi. La terre ignore le semeur, les enfants endormis aussi.

Il prit tendrement son visage, lui sourit, puis levant le front :

– Regarde, c'est la pleine lune. Laisse-moi te déshabiller. Je veux voir ton corps tout en or.

Le lendemain matin, comme Jan menait son ami sur le chemin de la cascade, ils trouvèrent au pied d'un rocher un corbeau à l'aile brisée. Il tremblait, croassait à peine. Kaspar le mit dans ses mains jointes, le tendit à l'enfant et lui dit :

– Soigne-le.

Jan caressa son crâne noir en lui chantonnant des mots doux.

– Mieux que cela, petit, murmura le vieil homme.

Anna et Simon étaient là, à regarder les deux complices accroupis à l'ombre du roc. Jan leva le nez vers sa mère. Elle haussa les épaules. Elle dit :

– Comment peut-il savoir ? Vous lui demandez trop, il est encore jeune.

– Eh, tant pis, soupira Kaspar. Adieu, corbeau, tu vas mourir.

Il déposa l'oiseau dans l'herbe. Jan s'en trouva scandalisé. Il protesta, les yeux en larmes, courut de la bête au vieillard qui s'éloignait. Il l'agrippa, il le retint, il cria :

– Kaspar, guéris-le !

Il s'acharna en vain contre son compagnon. L'autre joua l'indifférent. Alors Jan revint au corbeau, se coucha à plat ventre, et le nez à deux doigts du bec, sanglotant, empressé, amoureux, il lui dit :

– C'est ton os, il a peur, il ne peut plus bouger, il ne sait pas pourquoi, il est seul dans le noir, il faudrait lui parler.

Il releva le front.

– Il faut parler à l'os ! hurla-t-il, ébloui. Fais-le, Kaspar, fais-le, toi, il t'écoutera.

L'autre partit d'un rire doux.

– Excellente idée, mon garçon. Demande du fil à ta mère et coupe deux bouts de bois fins.

Kaspar s'agenouilla près de l'oiseau blessé. Il rafistola la brisure à petits coups de doigts précis en lui chantonnant de ces mots que l'on dit aux enfants inquiets, tandis que Jan, dans le sous-bois, s'affairait à chercher des branches. Le corbeau cessa de trembler. Il se trouva bientôt pourvu d'une attelle de noisetier. Le vieillard l'offrit à l'enfant.

– Tu avais raison, lui dit-il. Quand on parle aux membres cassés, ils guérissent plus volontiers. Cet oiseau-là te doit la vie. Il le sait. Il n'oubliera pas. Il est ton ami désormais.

Jan le prit contre sa poitrine et lui jura fidélité. Ce fut ainsi qu'il eut un frère. Il le baptisa en secret. Il ne voulut dire son nom à personne, même pas à ses beaux cailloux.

Le hasard, ou Celui qui gouverne nos vies, si quelque part Il est, ne voulut pas le voir pousser à l'abri des rages du monde. Jan accompagnait chaque mois ses parents à Strakonice, où Simon vendait son charbon. Ces jours-là, ils chargeaient l'ânesse, remplissaient la hotte à ras bord, puis Anna aidait son époux à la hisser sur son échine et elle partait devant, toute vêtue de propre, avec l'enfant et son corbeau. Au village, chacun allait de son côté, Simon le long des rues à crier aux fenêtres son chant de marchand charbonnier, sa femme aux étals de la place et Jan à trotter çà et là parmi la foule et les bestiaux. Anna, de temps en temps, le rappelait à elle quand il disparaissait un moment de sa vue. Un jour d'hiver, elle fit ainsi. Il tombait une pluie glacée mêlée de neige. Tandis qu'elle achetait de la farine grise elle l'avait aperçu sous l'auvent de l'auberge. Il parlait à quelqu'un. Elle quitta le marchand. Elle ne vit plus son fils. À peine s'en soucia-t-elle. Il ne pouvait pas être loin. Elle l'appela. Le corbeau seul revint voleter autour d'elle, puis s'en alla d'un trait dans la brume du ciel. Alors elle s'inquiéta. Elle s'en fut criant partout le nom de son enfant perdu. Simon la rejoignit. Ils coururent ensemble le marché, les ruelles, l'église, les maisons, puis à la nuit tombée les portes se fermèrent et les volets aussi. Anna et Carlotti se retrouvèrent seuls sur la place déserte. Jan avait disparu.

14

— Partons, femme, dit Carlotti.

Des myriades de flocons tourbillonnaient maintenant dans la nuit silencieuse du bourg, et Anna, sanglotante, obstinée, misérable, ne cessait de tourner dans tous les sens la tête en répétant sans fin le nom de son enfant. Simon prit sa main, l'entraîna. Elle se laissa faire. Ils s'en furent. L'ânesse secoua sa crinière enneigée et la bride pendante, tranquille, les suivit. Or, comme ils cheminaient ainsi :

– Il est peut-être rentré seul, gémit-elle. Il en est capable.

Elle leva un regard suppliant vers son homme, en quête d'un espoir. Il gronda :

– Non.

Et il se tut.

– Il connaît le chemin, lui répondit Anna, insistante, éperdue.

Il secoua la tête. Il lui dit à voix sourde :

– On a vu Jan parler avec un étranger. L'homme avait l'air de le connaître. Il l'a appelé par son nom. Ils se sont éloignés jusqu'au bord de la place. Une voiture à trois chevaux les attendait là, sur la route. Tous les deux sont montés dedans. L'attelage a failli renverser deux passants, tant le cocher a fouetté sec. Ils ont pris le chemin de Prague.

– Comment sais-tu cela ?

– Des gens me l'ont dit à l'auberge.

– Qui étaient ces hommes, Seigneur ?

– Ils avaient l'air de domestiques.

– D'une grande maison ?

– Sans doute.

Ils se turent un moment puis comme le regard d'Anna l'interrogeait, tout effaré :

– Ils l'ont enlevé, dit Simon.

Elle cria, stupéfaite :

– Enlevé ? Mais pourquoi ? Qu'avons-nous fait de mal ?

Il haussa les épaules et ne répondit pas. Jusqu'à l'orée du bois ils ne parlèrent plus. Comme ils s'enfonçaient sous les arbres, elle murmura :

– Au moins, Dieu garde, il est vivant. S'il s'en était revenu seul, des loups l'auraient peut-être pris.

– Demain matin j'appellerai de l'aide, dit Simon. Je n'ai pas besoin de grand monde, quatre ou cinq cousins suffiront. Nous partirons à sa recherche.

Elle lui lança, la voix brusquement raffermie :

– Je sais où ils l'ont emmené.

Il s'en doutait aussi. Il n'en voulut rien dire. Elle gronda, hargneuse, butée :

– Jan n'est plus son enfant. Elle l'a abandonné. Après huit années, que veut-elle ?

Simon ne lui répondit pas. Jusqu'à leurs arbres familiers, ni l'un ni l'autre ne parlèrent. Il neigeait de plus en plus lourd sur la cabane, la clairière et les outils oubliés là.

Ce fut dans leur maison, sous la lampe allumée, quand elle vit le berceau de Jan, ses bouts de bois, ses beaux cailloux, que son chagrin se fit soudain insupportable. Elle eut un moment de fureur débridée, reprit son manteau, marcha vers la porte, voulut partir malgré la nuit et courir seule jusqu'à Prague, envahir la vaste demeure aux lumières dorées où le père de sa maîtresse l'avait si méchamment reçue, traverser les salons en appelant son fils, l'arracher à sa fausse mère et s'en retourner droit dehors en le tirant par le poignet comme un garnement échappé. Carlotti la retint, l'enferma dans ses bras, la berça patiemment. Elle enragea longtemps. Elle se laissa aller enfin contre l'épaule de son homme et ne fut plus qu'un flot de larmes. Il voulut la coucher, mais elle le repoussa. Elle s'assit devant l'âtre. Elle resta là, muette, à regarder le feu que Simon rallumait. Il veilla auprès d'elle. Un instant, vers minuit, il crut qu'elle s'endormait. Il remua sans bruit. Il voulut se lever. Elle dit :

– Si Jan ne revient pas, tu vivras avec une morte.

– Il reviendra, Anna. Où qu'il soit, à Prague ou ailleurs, nous le ramènerons chez nous. Les cousins, quand ils veulent, sont d'excellents voleurs. Ils savent entrer chez les riches. Nous le délivrerons. Je ne suis pas inquiet.

Elle posa la main sur la sienne.

– Allons, tu fais le fort, mon homme. Pourtant, je le vois bien, tu trembles, à l'intérieur.

Il répondit :

– C'est la fatigue.

Il lui sourit petitement, l'enlaça, l'attira tout doux,

contempla, lui aussi, les flammes. Elle se laissa aller à son embrassement dans un soupir exténué.

Elle crut n'avoir pas fermé l'œil mais elle fut pourtant réveillée, de grand matin, par un vacarme aussi soudain qu'assourdissant. Elle sursauta, bondit debout, sortit en hâte. Il ne neigeait plus. Le ciel pâlissait. L'aube luisait à peine par timides traînées sur la clairière blanche. Simon, droit sur un roc, la tête au ciel, les joues gonflées, sonnait de sa trompe de corne, et l'air autour de lui tremblait, tant son mugissement était majestueux. Anna s'ébahit, elle voulut crier, ne put que balbutier quelques vagues paroles, n'entendit pas sa propre voix, se mit les mains sur les oreilles et attendit, le dos voûté, que s'épuise au loin la clameur. Son époux enfin vint à elle dans le silence retrouvé.

– Les cousins seront là vers la mi-journée, lui dit-il en la ramenant dans la tiédeur de la cabane. Mets du lait sur le feu et tranche-nous du pain. J'ai faim. Tu dois manger aussi. Et ne crains pas pour notre fils. Il est au chaud dans son château. On doit le goinfrer de galettes, de caresses, de jolis mots. Allons, il n'est pas malheureux.

Elle s'arrêta. Elle demanda :

– Et s'il s'en trouvait si content qu'il ne veuille pas revenir ?

– Sottises, grogna Carlotti.

Elle se remit à s'effrayer.

– Nous sommes si pauvres, dit-elle, et lui si riche maintenant !

Et agrippant soudain son bras :

– Simon, il faut que j'aille à Prague, toute seule, le

voir, m'assurer qu'il est bien. Peut-être madame Hanusak aura-t-elle pitié de moi. J'étais une bonne servante. Je lui demanderai de me garder chez elle. Je la supplierai. Elle voudra. Je pourrais la servir encore, veiller sur Jan, le voir grandir.

Carlotti la prit aux cheveux et dans un grondement d'orage, terrible, rogneux, méprisant :

– Ta peur parle, dit-il. Pas toi. Et c'est toi que je veux entendre, toi, ma femme. Anna Marten. Demande à ton ventre, à ton sang. Demande aussi à ta justice. Ce garçon-là est-il ton fils ?

Elle lui répondit :

– Oui, Simon, il est mon fils. Jusqu'à la mort.

– Qui est son père ?

– Oh, je le sais. Toi, toi seul, le meilleur des hommes.

Il la serra fort contre lui. Elle entendit sa voix au-dessus de sa tête, elle l'entendit aussi vibrer dans sa poitrine comme un bourdon d'église.

– Anna, ne t'humilie jamais. Même devant ton Dieu. Jamais. Plante une étoile devant toi, ne regarde qu'elle et suis-la, elle seule, personne d'autre. Nous irons chercher notre fils avec nos forces, notre ruse, quoi qu'il en coûte, où qu'il soit. Et s'il faut mordre, je mordrai, parce que c'est ainsi que je suis, comme les ours, comme les loups, comme les renards et les rats. Même les plus basses des bêtes savent ce qu'il faut faire pour sauver leurs petits. Dès que les cousins seront là, je prendrai la route avec eux. Tu attendras ici, chez nous. Tu n'éteindras pas la lumière. Il faut qu'elle brûle jour et nuit pour que les êtres qui nous aiment ne soient pas tentés de dormir.

– Simon, je mourrai d'inquiétude.

– Je passerai chez Providence. Elle viendra veiller avec toi.

Vers l'heure de midi, trois charbonniers parurent dans l'éclaircie des arbres, six encore à la fin du jour, chacun avec sa hotte et sa hache à l'épaule. Ils s'entassèrent autour du feu dans la cabane trop étroite pour leur carrure et leurs manteaux. Parmi ces gens était Kaspar. Il salua Anna d'un doigt à son chapeau, sans le moindre mot d'amitié. Il paraissait, comme les autres, soucieux d'écouter son frère Carlotti conter ce qui s'était passé. Tous l'écoutèrent sans questions, l'œil noir et la moue résolue, puis pêle-mêle ils se couchèrent où ils étaient, sur le plancher. Anna se recroquevilla aussi loin qu'elle put sur son lit. Elle sentit à peine Simon quand il vint s'allonger contre elle. Elle dormit dans un puits sans fond.

Le lendemain avant le jour, des remuements la réveillèrent et le froid glacial du dehors lui fit soudain chercher son homme, à tâtons, dans le chaud du lit. Elle ne le trouva pas. Elle se dressa, tout en alerte. Les charbonniers sortaient, muets comme la veille. Son époux se pencha sur elle, il lui prit le visage, il dit contre sa bouche :

– Nous reviendrons bientôt.

– Quand ?

– N'aie pas peur. Bientôt.

– Sais-tu bien où tu dois aller ? Tes gens, comment vont-ils s'y prendre ?

– Nous en parlerons en chemin.

– Elle s'appelle Hanusak. Antonie Hanusak, et tu la

trouveras sans doute chez son père, le conseiller Pallach. Rappelle-toi ce nom, Pallach, sa maison est près du Château, dans le quartier de Malá Strana. Promets-moi de ne pas mourir, par pitié, reviens avec Jan.

Elle voulut lui parler encore, elle le retint, chercha des mots pour retarder l'arrachement. Il se défit tendrement d'elle et rejoignit ses compagnons.

Elle se leva, s'en fut entrouvrir la lucarne puis erra sans savoir que faire ni de ses mains ni de ses pas. Elle était comme une mendiante fatiguée de cœur et de corps, avec cette souffrance sourde qui paraissait installée là, dans sa poitrine, pour toujours et qui mouillait ses yeux de larmes à la moindre pensée de Jan. Son amour, désormais, était plus lourd qu'un mont. Elle ne pouvait pas s'en défaire. Elle ne pouvait plus le porter. Elle se laissa tomber à côté du berceau. Jan n'y dormait plus depuis des années, il était trop court pour ses jambes, et ce vieux petit lit lui servait maintenant de cachette à trésors. Elle y trouva des bouts de branches, un sachet de miettes de pain qu'il gardait là pour son corbeau et quelques poignées de cailloux. Elle en choisit un, noir, luisant. Elle le serra dans sa main gauche (« celle de mon cœur », se dit-elle), et décida de le tenir jusqu'au retour de son enfant. Elle posa les lèvres sur lui, prit son souffle, ferma les yeux, mit toute sa force tremblante à murmurer une prière. Elle en eut un regain d'espoir, de rage aussi et de désir de courir derrière Simon et de marcher à son côté, fièrement, comme une brigande. Mais elle devait attendre ici. Elle s'en désola un moment, puis une belle idée lui vint. Et si son fils lui revenait, libre, sans aide, à travers bois ? Elle pensa : « Allons, je suis folle », puis se dit encore : « Et pourquoi ? Il pourrait fort bien s'échapper ! » Son sang tout à coup s'emballa. Elle mit à nouveau le caillou contre sa bouche. Elle lui souffla :

– Dis-lui de fuir, dis-lui, dis-lui.

Elle s'en fut s'asseoir devant la lucarne, ne voulut plus bouger de là. Elle vit errer des brumes entre les arbres défeuillés, des oiseaux voleter çà et là, sur la neige. Rien d'autre que l'hiver. Son esprit bientôt s'alourdit. Elle somnola un peu, la tête entre ses bras, puis elle se remit à prier, à guetter les bruits du sous-bois et à tenter de se convaincre que Jan venait par le sentier, qu'elle n'allait pas tarder à le voir apparaître. Elle chercha des signes possibles, avidement, parmi les branches. Un corbeau dériva au bord de la clairière. Celui de Jan ? Comment savoir ? On gratta soudain à la porte. Elle se précipita. Ce n'était que la chèvre. La bête entra, le front baissé, elle lui passa devant en bêlant un reproche et s'en fut s'affaler devant la cheminée où le feu se mourait. Anna la laissa là. Elle sortit fagoter du bois, accrochée à son caillou noir comme à la main de son Jésus.

Providence arriva avant la fin du jour, le souffle court, les bottes lourdes, les joues vermeilles et les yeux vifs. Son amie l'accueillit sur le pas de la porte, se laissa tomber dans ses bras et se remit à sangloter. L'autre lui tapota le dos en lui grognant des remontrances.

– Allons, dit-elle, tiens-toi droite.

Elle la prit par l'épaule, elle l'entraîna dedans, et contemplant la pénombre alentour :

– Cette maison pue le vieil ours. Il nous faut laver le plancher, ouvrir la porte et la fenêtre, flanquer les fantômes dehors, dépoussiérer, battre le lit. Puis tu te débarbouilleras et je te coifferai, ma fille. Seigneur, quelle tête tu fais ! Tu as maigri, ce n'est pas bien. Viens au jour, que je te regarde. Aurais-tu charbonné tes yeux ? Eh que non, ce sont de vrais cernes. L'angoisse est une vieille louve, teigneuse, galeuse, affamée. Montre ta peur, elle te dévore. Crache-lui dessus, elle s'enfuit. Carlotti ne te l'a pas dit ?

Elle posa son sac sur la table, ôta son chapeau, son manteau, et marmonna :

– Chassons la bête.

Elle retroussa ses manches et se frotta les mains, s'en fut remplir le seau de neige, bras dehors et croupe dedans, la mit à fondre au bord du feu puis s'affaira jusqu'aux recoins, tant du balai que du torchon, comme au ménage de printemps. Anna se tapit dans un coin pour la regarder s'échiner, puis sa compagne lui fourra des couvertures entre les bras et la poussa devant la porte en lui ordonnant sèchement d'aller leur faire prendre l'air. Elle les secoua sur le seuil. Un vent glacé s'était levé. Il faillit les lui arracher. Elle s'en revint dedans en désordre, empêtrée, échevelée, les doigts gelés, mais ravigotée par le froid. Comme elles faisaient le lit ensemble :

– Quand je pense, dit Providence, que Carlotti et toi, ma belle, vous couchez là, toutes les nuits, nus comme Adam et sa coquine, j'en ai des appétits partout.

Elle partit d'un rire gloussant.

– Voyez comme elle rougit, la prude ! Dis, n'est-il pas bon, ton Simon ?

Elle lui lança ces mots avec un tel entrain qu'Anna en oublia un moment sa détresse.

– C'est mon homme, murmura-t-elle.

Elle baissa le front, l'œil brillant, sourit petitement, battit les oreillers, puis soupira et dit encore :

– S'il a marché comme il voulait, il doit être à l'heure qu'il est aux premières maisons de Prague.

L'autre l'attira près du feu, grognonne, à nouveau remuante.

– Pose-toi donc, que je te peigne et te décrasse le museau. Allons, un peu de nerf, que diable !

Anna s'assit à contrecœur. Elle haussa les épaules. Elle dit :

– Que je sois laide ou présentable, quelle importance ? Qui me voit ?

Elle se laissa faire pourtant. Sa compagne empoigna ses longs cheveux défaits, et les lissant avec des voluptés félines :

– Qui te voit ? L'ombre, la maison, le feu, le berceau, la chandelle. L'angoisse te voit. Elle s'étonne. La bête croyait te tenir, mais non, tu as fait le ménage, tu as un peu parlé d'amour. Elle a peur que tu lui échappes. Elle voudrait que tu la nourrisses avec des idées de malheur.

Et comme Anna geignait et remuait la tête :

– Ne bouge pas, fille de rien ! Comment veux-tu, si tu t'agites, que je te coiffe comme il faut ?

– Je me sens perdue, Providence.

Et se laissant aller soudain :

– Où est-il, mon Jan, mon petit ? Dis-moi que tu le vois content, s'il te plaît, même si tu mens. C'est la première fois depuis Prague que je ne l'entends pas respirer près de moi. D'habitude, dans son sommeil, il remue, se tourne et retourne. Évidemment il se découvre, et ces temps-ci, il fait si froid ! Est-ce qu'il y a quelqu'un près de lui pour remettre sa couverture ? Les gens riches ne pensent pas à ces petites choses-là. Je m'inquiète pour rien peut-être. Peut-être m'a-t-il oubliée. Non, le pauvret, je le connais, nous sommes tous les deux pareils. Il souffre de ne pas me voir. S'il dort dans le noir, seul dans une chambre, il doit m'appeler. Il va s'affoler. Seigneur, il va s'imaginer que nous l'avons abandonné.

– Elle revient.

Qui ?

– La vieille louve. L'angoisse. Allons, regarde-la. Elle a soif, elle aime tes larmes, elle attend, elle les sent venir. Pleurniche donc, c'est ce qu'elle veut. N'as-tu pas honte de servir cette diablesse abominable, avec le bon cœur que tu as ?

Anna se tourna brusquement. Elle cria :

– On m'a pris mon fils. Comment ne pas pleurer, ne pas mourir de peine ?

Sa chevelure s'échappa, se répandit sur ses épaules. Providence, agacée, gronda :

– Et voilà ta tresse défaite ! Misère, j'étais presque au bout. Tête droite. Ne bouge plus. Tu veux la vérité ? Écoute-la, ma belle. Ton fils est pour l'instant dans un château bourgeois. Ton homme est allé le chercher. Le petit doit pleurer sa mère et Simon risque d'être pris pour un malfaiteur en vadrouille. Tu les aimes. Aide-les donc. Gémir avec ton Jan, si tant est qu'il gémisse, ne lui fait pas de bien. Rassure-le, Anna, chante-lui des chansons, berce-le d'âneries joyeuses comme s'il était dans tes bras, et Carlotti, caresse-le, dis-lui qu'il te plaît, qu'il est fort, dis-lui des obscénités tendres, dis-lui que tu l'attends au lit, il en aura du cœur au ventre. Nous ignorons ce qui s'entend quand la bouche est loin de l'oreille, mais nous n'avons pas d'autre choix que de faire confiance au vent. Cette tresse m'agace. Un chignon sera mieux. Où sont donc passées les épingles ?

– Sur l'étagère, devant toi.

L'autre les mit entre ses lèvres, piqua les cheveux assemblés.

– Tourne-toi, que je voie ton air.

Anna se leva, lui fit face. Providence pencha la tête de côté, croisa ses doigts sous ses gros seins.

– Une vraie dame de la ville. Dis, Simon t'a-t-il déjà vue, les cheveux tirés en chignon ?

Elle épousseta ses épaules et lui fit un clin d'œil gaillard.

– Garde-le jusqu'à son retour, il aimera te le défaire.

Anna s'assit au bord du lit, serra les mains entre ses jambes, resta rêveuse, un long moment. Elle dit enfin :

– Je suis une drôle de femme. Si je refusais de souffrir, j'aurais l'impression de trahir. Comme si ma douleur gardait mon fils vivant et protégeait mon homme.

Providence chassa ces mots d'un revers de main agacé, fit la grimace et ronchonna :

– Grotesque. Absurde. Misérable. Tais-toi donc, tu me donnes faim.

Elle s'en fut au garde-manger, fouilla, sortit du pain rassis, des oignons, du fromage dur, s'attabla, dit, la bouche pleine :

– Si je te comprends, ma jolie, tu te farcis de mauvais sang, et de ton fagot de soucis tu crois faire du bien aux autres. Je ne suis guère paysanne, mais je sais au moins, sacredieu, que si je semais du chiendent, j'aurais tort d'espérer du blé.

Et se penchant vers son amie :

– Tous ces tourments que tu t'infliges ne donnent des forces qu'au mal. Ne vois-tu pas cela, brigande ?

Anna rit.

– Pourquoi suis-je ainsi ? Je veux aimer, servir, être une bonne épouse, une mère joyeuse, et je me tue de désespoir.

– Franchis le pas, dit sa compagne. Traverse cette peur puante qui ne veut te voir qu'à genoux. Notre vrai Créateur nous a pétris debout.

Elle but, rota et dit encore :

– Quand vient un mauvais coup à un maître cousin, que fait-il ? S'il le peut, il se bat. S'il ne peut pas, il prend la fuite. Il va revivre ailleurs ou mourir à l'écart des routes et des cimetières chrétiens. Ces gens sont trop fiers pour se plaindre, pour se laisser intimider par une menace d'enfer, ou pour respecter la souffrance quand ils ont à la rencontrer. Ils la détestent. Moi aussi. La plus sale ruse du diable est de se déguiser en Dieu. C'est ainsi qu'il trompe son monde. N'oublie jamais cela, Anna. C'est lui, le diable, qui t'angoisse, c'est lui que tu pries à genoux en croyant parler à tes saints, lui qui a inventé le Jugement dernier, lui qui veut soupeser ton âme comme un épicier au comptoir, lui qui te marchande ses grâces ou qui te vend du paradis, lui qui t'accuse de trahir si tu n'as pas peur de la vie, lui qui te murmure à l'oreille que si tu le nourris assez de tes larmes, de tes soucis, il épargnera ton enfant. Celui que tu prends pour ton Dieu n'est qu'un menteur avide, ignoble, repoussant. Il ne mérite qu'un crachat, ta Providence te le dit. Il faut aussi qu'elle te prévienne que ton oignon pique le nez, que ton pain est dur comme un os et que ton fromage est moisi.

Et se torchant les coins de bouche :

– Ils nourrissent, c'est l'essentiel.

Tandis que parlait sa compagne Anna, les mains sur la figure, était restée tout ébahie, puis un éclat parmi ses larmes avait illuminé ses yeux, et maintenant elle hoquetait et riait à perdre le souffle, disait deux mots et balbutiait, voulait parler, ne pouvait pas. Providence la regarda, rieuse elle aussi mais surprise, sans trop savoir pourquoi elle débordait ainsi. Elle lui demanda :

– Tu te moques ?

– Oh certes non.

Elle essuya ses yeux, s'apaisa peu à peu, resta songeuse. Elle dit encore :

– Tu m'as fait tant de bien que l'envie m'est venue d'aller dormir au pied du chêne.

Sa compagne lui répondit :

– Trop mauvais temps, ma fille. Ce vent fait mal partout.

Des coups secouèrent la porte.

Providence venait de jeter sur le feu les pelures d'oignon et les miettes de pain. Elle resta à demi courbée et tourna d'un coup vif la tête comme un animal alerté. On cogna à nouveau. Une voix appela. Anna, pétrifiée, les deux mains sur la bouche, regarda son amie. L'autre empoigna dans l'âtre un morceau de branche enflammée, s'en fut en trois pas demander à voix forte qui était là. Elle entendit gémir. Elle murmura :

– Seigneur.

Elle ouvrit, leva son flambeau, éclaira Missa sur le seuil, vêtue de son habit de moine, échevelée, tout égarée, les pieds, les mains, les joues éraflées par les ronces.

– Il est mort, dit-elle. Il est mort.

Elle ne tenait plus sur ses jambes. Anna accourut à son aide, la soutint, la mena jusqu'à la cheminée, la fit asseoir en gémissant des bouts de mots d'amour, d'effroi. Providence lava d'eau chaude les griffures de son visage puis lui fit boire un bol de lait. Missa sanglota un moment et se mit à parler, presque apaisée, à bout de peine. Elle dit qu'elle n'avait pu réchauffer son enfant, qu'elle l'avait supplié de vivre, qu'il l'avait regardée, l'air simplement rêveur, sans crainte, indifférent à ce qui lui venait, qu'il ne lui avait rien dit, et qu'il était parti comme s'il s'endormait après une dure journée. Elle l'avait enterré près de l'arbre aux corbeaux, à côté de la tombe où était ce vieil homme qu'on appelait Milan. Elle prit la main d'Anna, la tint serrée. Elle dit :

– Il est mort pour que ton Jan vive. Je crois, je sens, je sais cela. Te souviens-tu de leur rencontre ? Je les vois encore plantés, à se regarder, face à face. Deux vieux frères, ils étaient ainsi. Ils se reconnaissaient, Anna, ils se souvenaient, j'en suis sûre, de je ne sais quoi, d'un secret, d'une histoire où nous n'étions pas. Ils n'avaient pas à se parler, ils se retrouvaient, voilà tout. Baptiste est sorti de la grange comme s'il allait au travail. Il fallait qu'il fasse cela, c'était sans doute son devoir. On ne sait rien de la vraie vie. On sent qu'il se passe des choses, puis tout nous fuit, tout nous échappe, mais ce qui doit être se fait. Sens-tu cela ?

– Oui, Missa, oui.

– Tu mens. Tu crois que je divague, ou que je cherche à me convaincre que mon fils n'est pas mort pour rien.

Elle eut un sourire si pauvre qu'Anna en eut les larmes aux yeux. Providence dit fermement :

– Moi, je fais confiance à ton flair. Nos vies, tant

devant que derrière, sont des chemins plus longs que nous. Le misérable bout de temps entre ma naissance et ma mort est trop étroit pour ma mémoire. Cela, je le sais de toujours.

Et se cognant du doigt le front :

– Tout ne contient pas là-dedans. Ce que la tête ignore, l'âme l'a toujours su. Il faut te reposer, Missa.

– Donne-moi la mort, s'il te plaît.

– Jusqu'à demain je te la prête.

Providence vint derrière elle poser les mains sur ses cheveux. Elle murmura une prière. L'autre poussa un long soupir et presque aussitôt s'endormit. Et comme Anna restait pantoise à les regarder l'une et l'autre :

– Carlotti ne t'a pas appris à faire ces sortes de tours ? À quoi donc jouez-vous, le soir, après dîner ?

Elles portèrent Missa au lit puis se couchèrent à son côté. Un moment elles se dirent à mi-voix leur fatigue, leur espoir pour les prochains jours, et peu à peu elles s'assoupirent en écoutant le vent, dehors, qui faisait trembler la cabane et la flamme de la bougie.

Le lendemain matin elles laissèrent Missa encore ensommeillée et sortirent dans la clairière. Tandis qu'elles ramassaient du bois, emmitouflées jusqu'aux cheveux, Anna soudain se redressa, la bouche béante, l'œil fixe. Elle avait entendu, au loin, des bruits de voix. Elle dit à Providence :

– Écoute.

L'autre n'obéit pas. Elle haussa les épaules. Pas le moindre souffle de brise dans les arbres, pas un oiseau. Elle resta courbée sur la neige. Elle répondit :

– Fille, tu rêves. Simon ne peut s'en revenir avant au

moins deux ou trois jours. Si tout va bien, il est chez moi à vider mon tonneau de bière avec sa troupe de cousins.

Mais comme Anna, impatiemment, s'obstinait à la faire taire, elle se releva elle aussi, fronça les sourcils, écouta. Un chariot venait, et des hommes. Elles laissèrent tomber toutes deux leur fagot. Anna voulut courir au-devant de ces gens qui appelaient et riaient fort. Providence agrippa son bras. Elle dit :

– Ce n'est pas Carlotti. Des voyageurs peut-être, ou de mauvais soldats.

Elle l'entraîna vers la cabane, ramassa, en passant, un vieux manche de fourche et la hache rouillée qui traînait là, contre le mur, poussa sa compagne dedans et ferma la porte au verrou. Toutes deux se précipitèrent en bousculade à la lucarne, sans souci de Missa qui s'était réveillée et se tenait assise à contempler ses pieds. Les voix, maintenant, étaient proches. Elles virent d'abord un corbeau sortir du bois en croassant puis un chariot bringuebalant tiré par un vieux mulet noir à travers les branches cassantes. Dedans, cramponnés aux bat-flanc, étaient trois pouilleux faméliques qui se désignaient la maison. À leur tête un enfant tenait ferme les rênes sous un chapeau trop grand pour lui. Il se défit de sa coiffure quand ils émergèrent du bois. Alors Anna vit son visage, ses yeux qui clignaient au soleil. Tandis que les trois compagnons agitaient bruyamment les mains au-dessus de leur crâne hirsute, elle voulut crier. Elle ne put. Elle courut à la porte, oublia le verrou, secoua follement le battant, s'acharna. Quand Providence ouvrit, les mendiants, tout rieurs, étaient là, sur le seuil, qui poussaient devant eux Jan crasseux comme un porc, déchiré de partout, mais aussi fier qu'un prince au retour de victoire avec son corbeau sur l'épaule et son bâton plus haut que lui.

15

Anna l'accueillit à genoux avec ce bonheur sans paroles et cette gratitude folle qui viennent après les grandes peurs. Elle serra Jan sur elle à lui briser les os, elle le palpa partout comme pour s'assurer qu'il était là vivant, regarda, rieuse, éblouie, les trois mendiants qui autour d'elle tendaient le cou et reniflaient les odeurs chaudes du dedans, puis écarta d'elle son fils, à nouveau, pour le contempler, lui caresser les joues, étreindre ses épaules, empoigner ses cheveux.

– D'où viens-tu, garnement, d'où viens-tu ? gémit-elle.

Jan répondit, fier, frémissant :

– Je leur ai échappé tout seul.

Dans son regard brillait l'héroïsme enfantin d'un vainqueur de dragon. Providence gronda :

– Vas-tu les laisser là, sur le pas de la porte ? Entrez donc, mes agneaux, entrez !

Elle les attira tous dedans, affairée comme une bergère amenant ses bêtes au bercail. Ils trouvèrent Missa debout devant le feu. Les mendiants la saluèrent avec le respect qu'ils estimaient devoir à un moine, mais son regard les ignora. Elle ne voulut voir que l'enfant. Elle eut, pour lui ouvrir les bras, le geste accueillant de la

Vierge qu'elle dépoussiérait tous les jours, dans l'église d'Osek, au temps où elle tuait. Elle le prit aux épaules et se pencha sur lui.

– Baptiste va-t-il bien ? dit-elle.

Elle avait ce sourire et cet air de douceur que l'on ne voit qu'aux statues pieuses. Il lui répondit sans comprendre un « oui » à peine murmuré. Anna reprit son fils contre elle avec une hâte craintive, tandis que Providence jetait au feu des branches et invitait les guenilleux à s'installer devant l'âtre.

Elle leur fit une soupe au lait avec ce qu'elle trouva de raves, de lard et de feuilles de choux. Anna qui ne savait que faire et qui s'agitait en tous sens voulut déshabiller son fils pour le laver de pied en cap, mais avec une autorité qui le fit un instant ressembler à Simon, il la prévint qu'il avait faim, et donc qu'il mangerait d'abord. Elle en fut surprise et troublée. Missa lui dit :

– Laisse-le donc, il est maintenant notre maître.

Elle prit la main de Jan et voulut la baiser. Anna la repoussa. Elle grinça vivement :

– Ne le touche pas, tu es folle.

Personne n'entendit, on parlait autour d'elles. Missa sourit comme la Vierge et recula contre le mur. L'enfant déjà faisait le fier au milieu de ses compagnons. Les pieds tendus au chaud de l'âtre tous quatre torchèrent leur bol et se pourléchèrent les doigts, puis le plus ancien de la troupe, voyant Anna s'extasier devant son fils qui s'empiffrait, le lui désigna du menton et lui dit :

– Nous l'avons trouvé au large des faubourgs de Prague sur une lande sans maisons, sans rien que lui et nous d'un horizon à l'autre. Le vent lui mangeait les cheveux, la neige lui montait au ventre et il s'acharnait, le petiot, à rejoindre l'abri des arbres avec son drôle de corbeau qui tournait autour de sa tête et lui croassait sous le nez et lui braillait je ne sais quoi, des mots de rage et de courage comme un frère d'armes au combat, bref, des choses dans ce goût-là, car j'ignore, moi, le langage de ces foutus oiseaux sorciers. Nous trois étions sur le chemin, moi devant, les autres derrière, à le regarder s'épuiser.

Il posa la main, en bon père, sur l'épaule de son voisin.

– Et voilà que notre boiteux, ici présent, nous dit : « Mes frères, ce perdu est le fils de Dieu. » Comme nous nous tournions vers lui sans savoir s'il nous berlurait ou s'il voyait vraiment je ne sais quoi, un signe, une étoile au-dessus de lui, il dit encore : « À votre avis, quel autre père laisserait son enfant dehors, loin de tout, perdu au milieu de l'hiver, avec pour le garder des loups un corbeau de mauvaise humeur ? Dieu seul, assurément, est aussi négligent avec Ses créatures. » Il avait l'air sérieux, le bougre, et si convaincu de son fait que nous n'avons pas osé rire. J'ai pensé : « Ce boiteux, peut-être, a l'esprit moins fou que la jambe. » Moi qui fus autrefois curé, je sais bien à quel point j'ignore ! Les ruses de l'œil et des choses, l'envers et l'endroit de la vie sont mêlés si malignement que nous pataugeons en aveugles, autant que nous sommes ici-bas, dans des broussailles de questions. Moi, je ne crois en rien, même pas au hasard. Voilà trois jours, au bord d'un bois, nous avons trouvé une mule, un chariot et un mort dedans. Mort de quoi ? Certes pas de faim. Il était pansu comme un pape et dormait les yeux grands ouverts, les lèvres bleues, l'air étonné de n'être plus de notre monde. Nous l'avons enfoui dans la neige, contents d'être ses héritiers. Quand nous avons vu votre enfant, la mule trottinait tranquillement pour nous. Le fils de Dieu ! Eh, pourquoi pas ? Nous l'avons sauvé de bon cœur, fourré au chaud sous un vieux sac, et bon voyage jusqu'au bourg où, paraît-il, ma bonne dame, vous allez parfois au marché.

Il se tut, l'air avantageux, content d'avoir tenu captif le regard vif de son hôtesse et se mit à frotter ses pieds l'un contre l'autre, au bord du feu, avec un plaisir ronronnant. Jan qui attendait de parler s'empressa de prendre sa suite :

– Nous avons mangé à l'auberge. Nous y avons dormi aussi. Les trois autres avaient peur d'entrer. Pas moi. J'ai dit : « Bonsoir le monde ! » Une femme m'a regardé, elle a crié : « Le fils de Simon Carlotti ! » Elle m'a pris la figure, elle m'a baisé les joues en bavant comme une limace. Des hommes se sont approchés. « Où étais-tu passé ? Comment es-tu venu ? » Ils se sont mis autour de moi, et je leur ai tout raconté.

Puis se tournant à droite, à gauche, l'œil inquiet, les sourcils froncés :

– Où est mon père ? À la forêt ?

– Il est parti à ta recherche, dit Anna. Avec des cousins. Il sera bientôt de retour.

Jan répondit, grave, farouche comme un justicier batailleur :

– Pour ceux qui ont volé son fils, il n'aura aucune pitié. Il leur arrachera la tête.

Les mendiants rirent et l'approuvèrent. Missa se tenait

derrière eux, toute seule mais captivée. Elle haussa les sourcils et rumina pour elle en triturant ses doigts :

– Pour ceux qui ont volé son fils, aucune pitié, petit gars.

Anna, toute à son Jan, dit, faussement grondeuse :

– Voyez-moi ce petit guerrier !

Elle l'attira sur sa poitrine et baisa ses cheveux mouillés tandis que Missa, l'œil mi-clos, grondait encore dans son dos :

– Arracher la tête du monstre. J'ai compris, voilà ce qu'il faut. Tu peux prévenir mon Baptiste que sa mère a bien entendu.

Anna se tourna à demi.

– Que dis-tu, Missa ?

– Rien, j'écoute.

– Viens près de nous. Jan, fais-lui place.

Missa ne voulut pas bouger.

– C'est un vrai Carlotti, s'exclama Providence. Fendre et pourfendre ! À dix ans d'âge, Simon ne pensait qu'à cela.

– Tais-toi donc, il n'en a que huit.

Jan, l'air brave, lui répondit :

– En tout cas, j'ai su m'échapper.

– Tu nous raconteras demain, mon fils. Pour l'heure, il faut te reposer.

Il repoussa les bras que lui tendait sa mère et fit face à la compagnie, rengorgé comme un coq, intrépide, émouvant à tant vouloir qu'autour de lui les cœurs battent et les yeux s'allument.

Il dit que ces bandits qui l'avaient capturé prétendaient l'amener à Prague, dans un palais de grand seigneur. Ils lui avaient conté que là, dans un salon, l'attendait sa vraie mère. Il n'avait pas cru ces sottises. Le prenait-on pour un simplet ? Il savait bien que ses parents étaient à faire leur marché sur la place de Strakonice. Il avait observé ces hommes qui le tenaient serré entre eux. Leur voiture roulait trop vite sans aucun souci des cahots, ni des passants, ni de la neige. Il avait deviné leurs intentions secrètes. Ils voulaient sûrement le vendre à quelque marchand de soldats qui l'enverrait piller des maisons calvinistes ou se faire tuer en Bohême ou ailleurs, pour la gloire du pape. Il devait s'enfuir, mais comment ? Après longtemps de chevauchée une première bonne idée avait cogné contre son front. Il avait dit avoir besoin d'aller se soulager les tripes. Ils étaient en vue d'un village. Les chevaux étaient fatigués. Ils fumaient. Ils avaient fait halte à l'entrée d'un vieux pont bossu. Une deuxième bonne idée était alors entrée chez lui. (Il la dit aux femmes en riant, l'œil illuminé de malice.) Comme il sortait de la voiture, il avait supplié ses stupides voleurs, pour endormir leur méfiance, de ne pas bouger de ce pont, car il avait grand-peur de se retrouver seul s'ils reprenaient sans lui la route. Les deux hommes avaient ri et l'avaient rassuré en tapotant son dos. Il s'était éloigné, courbé, les mains au ventre, et qu'avait-il vu ? Son corbeau. Ils étaient descendus ensemble jusqu'au bord du ruisseau gelé.

– Et j'ai couru, dit Jan, couru comme un renard, comme un lièvre, comme un furet. Je suis remonté sur la route, loin des brigands qui m'attendaient. J'ai pris un sentier de forêt et j'ai prié l'Esprit des arbres de me conduire à la maison. Et comme la nuit s'en venait, j'ai trouvé une hutte vide. Elle puait la bête pourrie, je n'ai pas pu dormir dedans, j'avais trop froid. J'ai attendu. Je t'ai appelée. J'ai pleuré.

Il dit ces derniers mots les yeux braves mais embués, puis soudain se jeta dans les bras de sa mère et l'étreignit avidement, enfin rendu, à bout d'effroi, dans sa seule tanière sûre, au plus chaud, au plus rassurant, au plus nourricier de la vie.

Le lendemain matin Carlotti revint seul avec le vieux Kaspar. Comme ils franchissaient, éreintés, les derniers arpents de forêt, ils aperçurent au loin, entre les arbres nus, le plus vieux des mendiants occupé à pousser sa mule sous l'auvent où était le foin. Un autre, assis sur un caillou, essayait de traire la chèvre et le troisième se taillait une canne de pèlerin. Providence était parmi eux à pétrir des boules de pain. Elle essuya ses mains et trotta aux deux hommes qui sortaient du couvert du bois.

– Qui sont ces gens ? lui dit Simon.

Elle lui répondit :

– Les Rois mages.

Elle rit menu, elle l'embrassa et murmura contre sa tempe :

– Ils ont trouvé notre petit. Ils nous l'ont ramené vivant. Il dort, Anna est près de lui.

Simon se défit de son sac, se laissa aller contre un arbre. Il dit à la neige :

– Merci.

Kaspar sourit, pensif.

– Je me doutais, dit-il, qu'il s'en reviendrait seul. Il est chez lui partout. Il est aimé des choses.

Providence lui demanda :

– Êtes-vous allés jusqu'à Prague ?

– Jan n'y est jamais arrivé. Il faut prévenir les cousins, ils sont huit à fouiller la forêt, les villages.

Anna apparut sur le seuil, courut à eux, perdit son châle. Missa sortit aussi et s'approcha, à pas de moine. Carlotti ouvrit grands ses bras à son épouse.

– Simon, dit-elle, oh, mon Simon, ton fils est là, ton fils va bien.

Et rieuse, baisant sa bouche :

– Ton fils est aussi fou que toi.

Missa se planta devant eux.

– Mon fils est là aussi, dit-elle. Il va mieux que ces jours derniers. Vous ne le verrez pas, il s'est fait invisible et ne veut parler qu'à son frère Jan.

– Baptiste est mort, souffla Anna à l'oreille de son époux.

Simon prit Missa aux épaules. Elle lui mit un doigt sur la bouche. Elle dit :

– Ne parle pas. N'entre pas dans ma vie. Même en voulant bien faire, tu me dérangerais.

Elle posa les mains sur ses seins et dit encore à voix si frêle qu'il ne l'entendit presque pas :

– Il est des choses là-dedans qu'il me faut préserver du jour. Ce n'est pas de l'espoir, oh non, espérer quoi ? Plutôt une tranquillité. Un calme d'eau, au fond d'un puits. Pour le reste, oui, je suis folle. Va vite, ta femme t'attend.

Elle se détourna, s'en fut sous les arbres. Il la regarda s'éloigner puis il prit Anna par la main et l'entraîna vers la cabane. Ils s'assirent devant la porte pour ne pas réveiller l'enfant qui dormait comme un nouveau-né depuis une douzaine d'heures. Les trois mendiants leur vinrent autour, l'un avec son pot de lait chaud, l'autre avec sa canne sculptée et le troisième avec sa mule qui ruminait des bouts de foin.

Simon dit qu'ils étaient allés jusqu'à cette belle maison, dans le quartier de Malá Strana, où demeurait le vieux Pallach. Là, ils avaient joué les marchands de charbon auprès d'un valet de cuisine assez joyeusement dispos pour se laisser mener, après quelques palabres et tapes sur l'épaule, dans un estaminet. Ils avaient appris de cet homme convenablement enivré qu'Antonie Hanusak s'était remariée avec un riche magistrat qui n'avait pu, malgré les messes et les dons aux saints compétents, l'engrosser du moindre héritier. Elle habitait une demeure de deux étages au fond d'un parc, sur la rive de la Vltava, fortunée comme une comtesse et secourable aux malheureux qui venaient frapper à sa porte mais, selon ce valet que la bière exaltait, diablement tyrannique envers les gens de sa maison. Simon alors lui avait dit qu'il avait connu, autrefois, cette dame dont il parlait. Il avait fait mine soudain de se souvenir du garçon qu'elle avait eu, en ce temps-là, d'un premier mari teinturier. Vivait-il ? Était-il près d'elle ? L'autre ne savait rien de ces événements. Il en était resté longuement stupéfait puis, interrogé plus avant, il avait tout à coup mis l'index à son front et s'était rappelé que son maître, la veille, à l'heure du dîner, avait tenu devant sa vieille épouse sourde des propos sacrément hargneux contre des sbires incapables de garder un marmot captif dans une voiture fermée. La fille qui servait à table avait rapporté à l'office, avec les couverts du repas, sa postillonnante fureur. Ils s'en étaient bien amusés. Le conseiller Pallach était un coléreux capable de cracher d'un souffle, jusqu'au bord de l'apoplexie, un régiment d'insultes rares. Il avait aussi houspillé (bien qu'elle ne fût pas là présente) cette malheureuse Antonie qui passait pour quasiment sainte mais qui, sans prendre aucun conseil, même pas celui de son père, avait organisé cette importante affaire jusqu'à son risible fiasco.

– Nous avons laissé là notre homme, dit Simon. À la fin, saoul comme il était, il nous a pris pour des voleurs. Il était prêt à nous aider à dévaliser la maison, mais il ne tenait plus debout. Il s'est endormi sur son banc. Nous avons décidé de nous séparer et de chercher partout, chacun de son côté.

Tous avaient écouté passionnément Simon, Providence et Anna, les trois mendiants aussi, les sourcils froncés, les yeux fixes, le dos courbé sous le soleil qui faisait scintiller la neige sur les hautes branches alentour. Quand il eut fini de parler, ils restèrent un moment songeurs. Kaspar enfin hocha la tête.

– À mon avis, dit-il, la fille de Pallach n'abandonnera pas. Elle veut l'enfant, quoi qu'il en coûte.

Anna murmura :

– Pauvre femme.

Providence la bouscula d'un coup de coude. Elle ronchonna :

– Voilà qu'elle plaint cette diablesse !

– Huit ans de recherches secrètes, reprit Kaspar, et de remords, de prières, de plaie ouverte, le temps de se pétrir un cœur de louve pieuse, convenable mais sans pitié, autorisée par sa souffrance à haïr sa servante, cette misérable bâtarde qui lui avait volé son fils. Oui, pauvre femme, en vérité. La fois prochaine, elle enverra une troupe de faux soldats, ici, à la charbonnerie. Et si tu empoignes ta hache pour défendre ta maisonnée, aussi fort que tu sois, Simon, ils vous tueront, Anna et toi, car ils en auront reçu l'ordre, puis ils brûleront ta cabane et s'en iront dire à l'auberge que quelques routiers protestants, en passant par votre forêt, ont massacré des charbonniers.

– Doux Jésus, gémit Providence, il a raison, il vous faut fuir. Venez chez moi le temps qu'on vous croie disparus.

– Tais-toi donc, dit Anna. Ils y viendront aussi.

Jan apparut, clignant des yeux, enveloppé de pied en cap dans une vaste couverture qui traînait loin derrière lui. Il dit, moqueur, à Carlotti :

– Je suis arrivé avant toi.

Tandis que l'autre, pesamment, se dressait et venait à lui, il retourna dedans en riant aux éclats, et courut plonger sur le lit, sûr que son père était derrière et allait s'abattre sur lui en poussant des grognements d'ours. Il entra, mais point pour jouer. Il s'assit à côté de lui.

– Jan, dit-il, va fermer la porte.

L'enfant lui demanda pourquoi.

– Il me faut te dire un secret.

Il l'encouragea d'un sourire, mais il avait l'air soucieux. Jan, sans hâte, lui obéit, puis il se retourna, boudeur, la tête basse, et resta là planté.

– Je sais, dit-il. Mon père est mort, on m'a volé à ma

vraie mère, mais moi je ne veux pas aller dans son château. Tu n'as qu'à l'inviter chez nous.

– Crois-tu qu'elle viendrait ?

– Je m'en moque.

Carlotti lui tendit la main. Comme il allait parler encore ils entendirent, à la lucarne, un froissement d'ailes soudain, puis des coups de bec impatients à la jointure des volets. Jan s'en fut ouvrir au corbeau, le prit, lissa ses plumes et le mit sur l'épaule, puis il s'approcha de Simon avec l'oiseau contre sa joue. Ils ne purent plus rien se dire. Tout était bien dans leur maison. Tout était simple et mystérieux, inquiétant et pourtant paisible. L'homme et l'enfant se regardèrent avec cet amour infini qui sait les détresses du monde et la pauvreté des questions. Jan enfin murmura :

– Laissons rentrer les autres. Ils vont crever de froid, dehors.

– Va les chercher, lui dit Simon.

Son fils lui répondit :

– Allons-y tous les deux.

Ce fut lui, cette fois, qui lui tendit la main. Le corbeau fouetta leurs cheveux et s'envola vers la lucarne.

Avant la fin du jour les mendiants décidèrent de redescendre vers le bourg à la recherche d'une étable où passer la prochaine nuit. Ils ne saluèrent que Jan. Ils l'honorèrent, étrangement, comme un grand seigneur de rencontre qui, malgré leur indignité, les aurait reçus en amis. Chacun, le chapeau sur le cœur, fit assaut de vœux ampoulés, avec un respect amusé mais excessif et trop pataud pour n'être pas de bonne foi. L'enfant n'en parut pas surpris. Il se laissa congratuler, soucieux, lui aussi, de faire de beaux adieux reconnaissants. À l'instant de fouetter la mule, Providence vint leur porter sa fournée de petits pains chauds enveloppés dans un torchon, mais ce fut le miraculé qu'ils accablèrent de mercis, comme si ce cadeau leur venait de lui seul. Ils le quittèrent, les mains hautes, secoués mais bravement droits malgré les cahots du chariot. Jan courut derrière eux jusqu'à ce qu'une pente les emporte au galop. Comme il s'en retournait, sans hâte, tête basse, il aperçut Missa à l'entrée du sentier. Elle le guettait. Elle l'appela. Il fit, pour l'éviter, un détour sous les arbres où son corbeau le rejoignit en croassant amèrement.

Ce fut la nuit venue, l'œil ouvert dans son lit, que Jan, comme un voleur caché, entendit tout de son histoire. Il neigeait dehors, il ventait. Les braises rougeoyaient dans l'âtre. Son père avait voulu qu'il aille se coucher aussitôt sa soupe avalée mais il ne dormait pas. Il n'avait pas sommeil. Tous, Kaspar et Simon, Anna, Missa et Providence, étaient restés à table. Ils buvaient et parlaient. Il regarda bouger leurs ombres sur les murs, leurs visages dorés autour de la bougie. Il lui plaisait qu'ils soient ainsi, inébranlables, proches, sûrs et pourtant parfois occupés de soucis incompréhensibles. Seule Missa, ce moine étrange, lui faisait trébucher le cœur. Il avait peur de son regard qui semblait voir partout des anges. Il ne comprenait pas ce qu'elle faisait chez lui, et pourquoi ces êtres aimés la toléraient à côté d'eux. Il aurait aimé qu'elle s'en aille, ou plutôt non (pour aller où, avec les loups, et cette neige ?), qu'elle n'existe plus, qu'elle s'efface comme un fantôme voyageur, qu'elle rejoigne son fils, ce berger silencieux qui l'attendait dehors et qui connaissait les chemins que seuls voient les gens de la nuit. Comme il imaginait leurs ombres s'éloignant sous le couvert obscur des arbres, il entendit Kaspar dire nonchalamment :

– Je ne sais même pas où vous avez connu ce bien-aimé garçon qu'on a voulu vous prendre. Est-il vrai qu'il est né à Prague, dans la maison d'un teinturier ?

On parlait de lui. Né à Prague ? Il se retint de respirer. Anna, grondeuse, murmura :

– Allons, maître Kaspar, tenez donc votre langue ! Que va penser ce pauvre enfant ? Il est trop jeune et trop fragile pour entendre ces choses-là.

Jan sentit tout à coup s'embraser sa figure. Il pensa, aussi fort qu'il put : « Insistez, Kaspar, insistez ! » Il vit venir à lui sa mère. Il ferma les yeux, se raidit. Elle se pencha sur son visage. Cela ressemblait à un jeu, mais l'affaire était importante, son cœur tonnait dans sa poitrine, bourdonnait jusque dans ses tempes. Elle le borda, baisa sa joue, resta encore à l'observer. Il sentit, sur son front, son souffle. Elle s'éloigna enfin. Elle dit aux autres :

– Il dort.

Providence l'interrogea, muette, d'un coup d'œil. Anna lui fit « non » de la tête.

– Nous pouvons donc parler tranquilles, dit Kaspar.

Sa solennelle fermeté parut plaire à la compagnie. Jan osa entrouvrir les yeux. Il épia, de son recoin, les visages dans la lumière, Simon qui buvait de la bière, Providence qui tricotait, Missa qui souriait, béate. Anna renfonça sous sa coiffe son chignon à demi défait. Elle paraissait intimidée. Elle dit :

– C'est une longue histoire, effrayante parfois, mais belle.

Son regard se souvint. Alors Jan ne vit qu'elle dans la lueur de la bougie.

Elle dit le pillage de Prague et de la maison Hanusak, sa peur dans le grenier où elle s'était cachée, le silence après les soldats, et partout la dévastation quand elle avait osé quitter son refuge de vieux chiffons, son maître mort dans le jardin, sa maîtresse enfuie chez son père sans rien emporter que son sac. Elle se tut un instant, ses yeux s'illuminèrent. Elle dit sa découverte, au bas de l'escalier, de Jan qui babillait dans son berceau rescapé par miracle du naufrage du monde. Elle dit sa course chez Pallach où elle savait trouver sa mère. Elle dit ce qui s'était passé, appliquée comme une écolière, la méchanceté du vieil homme, sa maîtresse entrevue, furtivement, à la fenêtre, et son retour dans la maison où était Jan, seul, sans secours, sans personne pour le garder des chiens errants et des pillards qui poursuivaient des gens affolés dans les rues et qui pouvaient à tout instant revenir fouiller les décombres, embrocher le petit par jeu de soldat fou. Elle dit enfin :

– Il m'attendait, joli comme un enfant Jésus. Le pauvre n'avait plus que moi. Je ne pouvais pas le laisser. Je l'ai caché dans mon manteau, et nous sommes partis ensemble, et j'ai fait de lui mon enfant, et mon Dieu, que vous dire d'autre ?

Elle poussa un soupir tremblant, puis elle se tourna vers Simon. Elle lui murmura :

– Aide-moi.

Il prit sa main, jeta un coup d'œil vers le lit où Jan ne

pensait même plus à faire semblant de dormir. Il était tapi dans le noir, les yeux fixes, le cou tendu. Il écouta, pétrifié, son père raconter comment Anna avait fui hors de Prague où elle risquait mille tourments pour avoir sauvé du massacre le fils d'un homme assassiné parce qu'on l'avait dit protestant. Et quand il en fut au séjour de son épouse chez Mathias :

– Jan a été longtemps malade, j'ai cru le perdre, dit Anna. Je l'ai veillé des jours, des nuits avec Esther et Carla. Je crois que s'il a survécu, c'était qu'il nous aimait beaucoup. Il n'a pas eu le mauvais cœur de nous laisser vivre sans lui.

Elle se tut, sourit à son homme et dit encore, rougissante, avec un timide enjouement :

– Puis j'ai rencontré mon époux.

– Cela ne regarde personne, Anna, même pas notre fils, bougonna Simon, l'air gêné.

– Tu as raison, dit Providence.

Elle compta ses points de tricot, jeta un bref coup d'œil au lit, puis tout à coup tonitruante :

– Et donc, comme je te connais, tu as voulu, misère d'homme, vendre aux ogres de la forêt ce pauvre petit sans défense qui embarrassait tes souliers !

Et tandis que chacun s'exclamait et riait :

– Si tu dis du mal de mon père, cria Jan, debout sur son lit, mon corbeau te mange le nez, les joues, la langue et les tétons !

Il exultait, les poings brandis. Il lança, rayonnant, bravache :

– Je suis un sacré bon filou ! Vous avez cru que je dormais, et j'étais là, tranquillement, avec mes yeux comme en plein jour qui vous écoutait tout me dire !

Anna lui vint dessus en agitant les mains.

– Oh, le traître ! Le misérable !

Elle voulut le coucher. Il l'agrippa si bien, tant des bras que des jambes, qu'il la fit basculer avec lui sur le lit. Ensemble ils s'enfoncèrent au chaud des couvertures et se regardèrent dans l'ombre et se touchèrent le visage en murmurant des petits mots, des mots que l'on se dit pour se cacher dessous, à l'abri des fracas du monde, des mots qui n'émeuvent que Dieu, tant ils ont peu de poids, tant ils sont peu de chose.

– Comme j'ai eu peur, lui dit-elle.

Il répondit :

– Oui, moi aussi.

– Pourtant je n'ai rien dit de grave.

– Qui était ce petit enfant ?

– Toi, mon fils.

– Non, moi j'ai un père, j'ai une mère et un corbeau.

– Oui, mon Jan, oui.

– Serre-moi fort.

Elle le berça. Tous se turent pour écouter la chanson qu'elle lui murmurait.

Quand elle rejoignit la tablée, les hommes parlaient du gros temps en buvant de la vieille bière.

– Fuyez sans tarder, dit Kaspar. Avec l'or de son magistrat, votre Antonie est invincible. Le temps d'un claquement de doigts, dix routiers seront à cheval, prêts à vous galoper dessus. Aux beaux jours, il sera trop tard.

– Nos bagages seront bientôt faits, dit Simon. Nous partirons demain.

– Savez-vous où aller ? demanda Providence.

Deux voix confondues répondirent.
– À Vienne, dit Missa.
Et Anna :
– Vers la mer.

16

Le lendemain matin Simon chargea l'ânesse, Jan emballa dans un torchon ses belles plumes et ses cailloux, trouva un sac où les fourrer sans que personne ne le voie, fit à la chèvre ses adieux, puis, tandis qu'il sifflait son corbeau familier, Anna et Providence fermèrent la maison après avoir lavé les pots et balayé la cheminée, pour rien d'autre que le souci de laisser tout propre et rangé à la bonne grâce de Dieu. Ils s'en allèrent tous ensemble jusqu'à la lisière du bois. Là Kaspar s'arrêta et prit congé des autres. Il offrit à Jan une pierre noire qu'il lui demanda de garder comme une amie de bon secours, il échangea avec Simon une embrassade murmurante, salua les trois femmes, le chapeau sur le cœur, d'un sourire sans mots, se détourna soudain et se renfonça sous les arbres. Comme ils s'attardaient un moment à le regarder s'éloigner, plantés sur le bord de la route, l'ânesse au petit trot se remit en chemin. Simon courut à sa poursuite. Les autres tout au long du jour cheminèrent seuls dispersés, chacun enfermé dans ses craintes, ses pensées, ses mélancolies. À peine se parlèrent-ils pour partager le pain et la viande séchée qu'ils avaient emportés. Ils arrivèrent avec la nuit à l'auberge de Providence. Il gelait, tous étaient fourbus. Ils firent halte dans la cour. Alors sur l'épaule de Jan le corbeau lança un cri rauque, et s'envolant soudain il alla se percher sur l'arbre au-dessus des deux croix plantées qui marquaient les tombes voisines de l'enfant de Missa et du vieux Carlotti. Jan l'appela, le poursuivit. Missa trotta derrière lui. Tous deux se retrouvèrent sous les branches désertes. L'oiseau y était seul posé. Ils le contemplèrent un moment. Missa dit enfin :

– Est-ce qu'il sait ?

– Quoi ?

– Que Baptiste est là couché.

Jan répondit :

– Je le connais. Il voudrait que je grimpe à l'arbre et que j'essaie de l'attraper.

Il lui jeta un bout de bois. L'oiseau l'évita, ricana. Missa dit encore :

– Regarde. Je suis sûre qu'il voit mon fils. Il veut nous dire quelque chose

Jan sourit, haussa les épaules.

– Il aime faire le malin.

Il rejoignit Simon dedans, le trouva dans la cheminée à battre sa pierre à briquet sous quelques poignées d'herbe sèche. Il voulut souffler sur les étincelles, mais son père le repoussa. Anna qui s'occupait à défaire les sacs demanda où était Missa.

– Elle joue avec son fils et mon corbeau, dit Jan.

Providence lança du fond de sa cuisine :

– Je saurai bien la retenir, elle n'ira pas où elle a dit.

Missa entra. Elle l'entendit.

– Je pars tout à l'heure, dit-elle.

Jusqu'après le dîner ils ne parlèrent pas. Devant le feu Jan s'endormit contre l'épaule de Simon. Comme tous restaient renfrognés à regarder danser les flammes :

– Voyager la nuit, par ce mauvais temps ! Pourquoi ? dit tout à coup Anna.

Missa lui répondit :

– Je marcherai tranquille. J'aime l'obscurité. J'aime que tout dorme, sauf moi.

– Tu veux mourir ?

– Tuer d'abord.

– Je t'avais crue devenue sainte.

– Mon ange avait d'autres projets.

Providence grogna :

– C'est ta folie qui parle.

Missa hocha la tête et rit, tout illuminée d'évidence :

– Nous ne gouvernons pas nos vies. Me changer en moine mendiant, courir les bas-fonds des villages, nourrir, soigner, bénir partout sans rien demander à personne, pourquoi ai-je fait tout cela ? Je croyais le savoir, mais non, j'étais aveugle. C'était pour retrouver mon fils. Quelqu'un, là-haut, n'a pas voulu qu'il meure seul comme une bête. J'ai été guidée jusqu'à lui. Et maintenant Missa doit finir son travail. Il lui faut débusquer le diable. Elle n'a pas encore le droit de s'asseoir au bord de la route et d'attendre le bon Jésus.

– Allons, regarde-toi, misère ! gronda Anna, exaspérée. Comment peux-tu imaginer être admise chez un marquis et lever ton couteau sur lui avant qu'une armée de valets ne t'ait empoigné bras et jambes ? Tu seras bastonnée, pauvre femme, brisée ! Il te fera pendre, ton diable !

L'autre lui répondit, tranquille, en époussetant son habit :

– Jusqu'à Vienne, je serai saint. Je connais bien ce métier-là. Je prêcherai partout la pauvreté chrétienne, l'indulgence, l'humilité. On m'écoutera, je le sais. Les gens aiment entendre parler de ces choses qui les émeuvent mais dont aucun ne veut pour lui. Je ferai du bien aux mendiants, les riches s'en croiront meilleurs. Ils m'accueilleront à leur table, moi le plus démuni de tous, pour que je bénisse leur vin, leurs rôtis, leurs jolis gâteaux. Sois tranquille, petite sœur, le marquis m'ouvrira sa porte et me baisera le manteau. Il voudra que Dieu le pardonne. Je l'entendrai en confession. Alors nous serons seuls dans un coin de chapelle. Il me dira ses crimes, et je l'étriperai.

Providence la regarda, l'œil mauvais. Elle dit à Simon :

– Va coucher ton fils, Carlotti. J'ai chauffé la chambre, là-haut.

Elle alluma une bougie, se leva et s'en fut devant. Anna se tourna vers son homme, espérant une aide, un regard, mais non, il suivit leur hôtesse avec Jan couché dans ses bras.

– Adieu, charbonnier, dit Missa.

Il fit halte un instant. Il répondit :

– Adieu. Meurs vite, par pitié pour toi.

Anna attendit que Simon ait disparu en haut des marches, puis se serrant étroitement contre le corps de son amie :

– Missa, murmura-t-elle, Missa, viens avec nous. Maître Hanusak disait qu'on ne savait plus rien de nous-mêmes ni de la terre quand on voyait la mer, que tout était nouveau, que plus rien n'était sûr, qu'il fallait confier sa vie à des choses qui faisaient peur. Il trouvait cela magnifique, et moi aussi, à l'écouter.

Elle s'efforça de rire. Elle y parvint à peine.

– Viens, nous embarquerons sur un bateau à voile sans savoir où il va.

Missa resta longtemps pensive. Elle dit enfin :

– Petite sœur, je sais pourquoi je t'aime tant.

– Pourquoi, Missa ?

– Je ne peux dire. Je vais partir sans rien comprendre ni du monde ni de ma vie, et tout sera nouveau, et je me confierai à ce qui me fait peur. Moi aussi, je vais vers la mer. La mienne est au-delà de Vienne, mais je la reconnais, Anna. Tu viens de la rêver pour moi.

Toutes deux restèrent muettes, côte à côte, l'esprit perdu. Le feu peu à peu s'épuisa. L'ombre et le froid les envahirent. Alors Anna se mit à sangloter tout doux, le front penché, les mains enfouies dans ses jupes entre ses genoux.

– Allons, fille, ne pleure pas.

– Je ne t'ai pas sauvée, Missa.

– Et moi je ne t'ai pas damnée, petite sœur, j'en suis contente.

Elles n'avaient parlé qu'à mi-voix. Elles ne se regardèrent pas. Missa repoussa sa compagne, tendrement, puis elle se leva. Anna chercha son bras, remua. Elle voulut la suivre, mais l'autre la maintint assise. Elle se pencha sur ses cheveux.

– Nous sommes semblables, dit-elle. N'oublie pas. Au-delà des mers, aussi vastes et sombres qu'elles soient, il y a toujours une autre rive. Je pars. Ne te retourne pas. Rallume le feu, n'aie pas froid. Soigne ton fils, aime ton homme, sois heureuse. Sois-le pour moi. Dis-moi adieu.

– Que Dieu te garde.

– Non, qu'Il me rattrape, s'Il peut.

Elle se détourna, prit son sac en passant, ouvrit la porte d'un coup d'épaule et s'en alla droit dans la nuit. Anna accourut sur le seuil. Elle entendit ses pas décroître mais ne la vit pas s'éloigner. Tout était noir, le ciel, la terre. Dieu dormait d'un sommeil sans fond.

Le jour eut du mal à venir. Le ciel était bas, il ventait. Quand Anna s'éveilla, Simon était près d'elle, devant la cheminée où luisaient encore des braises. Tous deux étaient enveloppés dans une même couverture. Elle lui dit :

– Missa est partie.

Il lui répondit :

– Nous aussi.

Il lui sourit, il se leva, s'étira en grognant comme un ours, comme un ogre.

– Il va faire gros temps, dit-il.

Providence s'en vint avec deux bols de lait, se mit à ranimer furieusement le feu. Elle n'était que rage et sanglots. Anna lui demanda ce qui la tourmentait.

– Toi et ton charbonnier, dit-elle. Je ne veux plus jamais vous voir. Vous êtes de mauvaises gens. À quoi servira Providence, maintenant, avec ses corbeaux ? Malheur, je ne suis qu'une auberge. On passe, on ne s'arrête pas, et moi je reste à tout attendre, un homme, un enfant, une vie. Allez, je ne vous aime plus. Si votre fils vous fait souffrir avec ses envies de vous fuir quand il sera plus grand que vous, chassez-le avant qu'il s'en aille, on fait ainsi chez les oiseaux. Tu sais voler ? Oublie ton arbre, et bon vent, c'est la loi du ciel !

Elle se retourna vers ses hôtes qui la contemplaient, les yeux grands, et brandissant son tisonnier :

– Quoi, vous êtes encore là ? Ne m'avez-vous pas entendue ? Comment faut-il donc vous le dire ? Dehors, brigands, hors de ma vue !

– Partons, ma femme, dit Simon.

Il poussa Anna vers la porte, lui jeta les sacs, les manteaux. En hâte confuse elle sortit, tout sur le dos, Jan dans ses jupes. Providence retint son homme par le bras.

– Viens là, dit-elle.

Il se tourna. Ils se contemplèrent un instant, bravement, d'un air de défi, puis elle eut soudain un sourire d'un désespoir éblouissant, l'empoigna aux cheveux et lui baisa la bouche, violemment, comme une affamée, comme une louve dévorante, comme une amoureuse que rien ne pourra jamais assouvir. Elle reprit souffle enfin. Elle dit :

– J'avais besoin de provisions pour le temps qui me reste à vivre. Meurs avant moi, que je te trouve quand j'aurai quitté cette peau.

Ce fut elle qui s'éloigna. Elle s'enfonça dans son auberge. Carlotti rejoignit Anna. Elle avait chargé leur ânesse. Jan, tout emmitouflé, trônait sur les ballots avec son corbeau sur l'épaule. Elle demanda :

– Qu'est-ce qu'elle t'a dit ?

Il répondit :

– Allons-nous-en.

Il prit la bride de sa bête. Ils s'en furent sous le ciel bas.

Vers l'heure de midi, la tempête de neige leur vint par le travers sur le chemin désert et bientôt effacé par les tourbillons furibonds qui s'engouffraient sous les manteaux et tourmentaient les capuchons. Simon, devant, tirant l'ânesse, chercha un lieu où s'abriter, mais le monde alentour, terre et ciel confondus, n'était plus que poussière blanche, piquante, aveuglante, affolée. Il se retourna à demi, ne put qu'à peine voir Anna, la figure dans des chiffons, courbée sous la rage du vent. Jan, sur l'échine de la bête, grelottait dans un tas de hardes qui voltigeaient autour de lui avec un entrain endiablé. Du haut de son perchoir, il cria tout à coup, désigna quelque chose au loin, un fantôme de roc peut-être, mais non, c'était une bâtisse, une vieille tour effondrée. N'en restaient que deux murs aux crêtes déchirées. Ils y furent. Ils s'affalèrent dans ce coin neigeux et crotté. Ils attendirent là, tous trois serrés ensemble, que s'apaisent autour d'eux les sifflements, les spasmes, les regains de bourrasque. Ils mangèrent ce qu'ils avaient, les doigts gourds, les lèvres bleuies. Ils ne pouvaient pas rester là, ils y mourraient bientôt de froid. Un regard de Simon suffit pour que sa femme le comprenne. Alors elle se dressa bravement, la première. Elle dit :

– Il faut marcher.

Elle prit son garçon par l'épaule et le tenant serré s'en revint au chemin que longeaient des murets de champs. Son homme et l'ânesse suivirent. Ils cheminèrent ainsi jusqu'à n'être plus rien que des corps obstinés, ivres de froid assourdissant et de fatigue sans espoir, puis la tempête peu à peu n'enragea plus que par sursauts, elle s'en alla rugir ailleurs, mais la neige tombait encore, plus drue, plus lourde, plus profonde à chaque souffle, à chaque pas. Ils avaient d'abord convenu d'aller jusqu'aux faubourgs de Prague, de prendre avant la nuit la route d'Italie et de dormir dans quelque grange éloignée des encombrements de la ville et de ses possibles dangers. Ils ne pouvaient plus y songer. Jan paraissait à bout de forces, il geignait, il claquait des dents, il ne pouvait plus dire un mot. Son père le prit sur le dos. Anna, maintenant, s'épuisait à suivre le train de l'ânesse. Elle menaçait de s'effondrer au moindre bout de pied perdu. Ils atteignirent la Vltava aux dernières lueurs du jour. La neige avait enfin cessé. Ils se joignirent à une troupe de paysans fourbus qui les menèrent à des lanternes suspendues à des pieux dans l'eau. Un bac paraissait les attendre. Ils tirèrent dessus leur bête et ses ballots malgré les grognements des gens qui les estimaient encombrants. Sur l'autre rive étaient des jardins, des maisons. Anna avisa une fille chargée de paniers débordants qui venait avec eux de traverser le fleuve et lui dit qu'elle et sa famille cherchaient un abri pour la nuit. L'autre lui désigna une belle maison au fond d'un parc immaculé, lui répondit qu'elle y était servante et qu'ils pourraient loger, sans doute, à l'écurie.

– Ma maîtresse, dit-elle, a plus de cœur que moi. Elle ne laisse jamais les vagabonds dehors. Moi, j'aurais peur qu'ils m'assassinent, ou me volent, ou je ne sais quoi. Si vous voulez m'aider à porter mes paniers, je vous conduis chez les chevaux. Il y a là de la bonne paille. On change plus souvent la litière des bêtes que celle qui me sert de lit.

Le bâtiment de l'écurie longeait un côté de la cour vaguement éclairée par les lueurs tombées des fenêtres de la demeure. Ils traversèrent ces reflets, silencieux, en hâte craintive, les pas étouffés par la neige. La fille entrouvrit le portail, elle les poussa dans la pénombre qui sentait le fourrage frais et dit dans l'entrebâillement :

– Il me faut prévenir Madame. Elle vous fera porter tout à l'heure à manger. Croûtons de pain et soupe aux choux. C'est ainsi qu'elle traite les pauvres. Je lui dirai merci pour vous et que vous prierez pour son âme, car, savez-vous, elle est bigote comme une mère de curé.

Elle leur fit un clin d'œil et s'en fut en courant.

Tandis que Simon, dans le noir, ramassait çà et là quelques poignées de foin pour nourrir son ânesse, Anna se mit à dérouler des couvertures dans la paille et Jan s'en revint au portail examiner d'un œil gourmand, par une fente dans le bois, la façade de la maison. Il s'en trouva époustouflé. Ne pouvaient habiter, derrière ce long mur et ces hautes lumières que des gens si considérables qu'il n'en verrait jamais que des couleurs d'habits et des ombres passantes. Comme il se tenait là, bouche bée, le dos rond, il vit sous le perron paraître une étoile mouvante. Là était l'entrée des cuisines. Une vieille surgit avec une lanterne, un pot et un torchon gonflé où était sans doute du pain. Il courut prévenir sa mère et se cacha dans ses jupons.

– Allons, n'aie pas peur, lui dit-elle, c'est notre dîner qui s'en vient.

Elle s'en fut ouvrir le portail à la femme qui accourait, découvrit sa figure et resta stupéfaite. Elle recula soudain, les mains devant la bouche. Elle étouffa un cri. L'autre la regarda, sa lanterne levée à hauteur de figure. Anna bafouilla :

– Popelka.

– Anna Marten, couina la vieille, doux Jésus, la petite Anna !

Elle ouvrit ses bras encombrés, laissa tomber ses provisions. Elles s'étreignirent, elles s'embrassèrent et se contemplèrent, incrédules, rieuses, émues, les yeux mouillés. La grosse Popelka, autrefois cuisinière chez le teinturier Hanusak, Popelka, sa compagne au joli temps de Prague qui lui recommandait sans cesse de se méfier des garçons, surtout riches et de belle mine, et qui seule se permettait de réprimander leur patronne quand elle négligeait son enfant, Popelka était là plantée, toujours aussi rougeaude, toujours aussi charnue. Elles se pépièrent des mots de retrouvailles inattendues, puis Anna prit de ses nouvelles, lui demanda si sa maîtresse était aussi bonne avec elle qu'avec les voyageurs perdus.

– Madame Antonie ? lui dit l'autre. Elle est plus sage qu'autrefois. Le malheur lui a fait du bien, et si de temps en temps il faut que je la gronde, c'est de la voir sans cesse inquiète que tout soit comme Dieu le veut.

– Oh, misère, gémit Anna.

La main vague, elle chercha son homme, trouva sa manche, s'agrippa et regarda la grosse femme comme un spectre surgi des brumes de la mort. Elle bégaya, ne put parler.

– C'est là sa maison ? dit Simon.

– Oui, bien sûr, répondit la vieille d'un souffle calme et stupéfait. Eh quoi, vous ne le saviez pas ?

Elle venait de flairer quelque chose, un secret. Simon s'en aperçut. Il fit un pas vers elle avec une hâte si vive qu'elle en fut tout effarouchée.

– Laisse-la, il nous faut parler, lança, derrière lui, Anna.

Elle était tout à coup droite, pâle et paraissait pourtant si forte et résolue que Popelka lui fit un sourire contrit, comme pour s'excuser de ce qu'elle avait dit. Elle demanda timidement :

– Pourquoi ne veux-tu pas voir Madame ? Elle t'a crue morte avec son fils.

Anna tira Jan devant elle et le tint là, contre son corps. Il grimaça, cligna des yeux dans la lueur de la lanterne.

– Vois, nous sommes vivants, dit-elle.

Et comme la vieille servante, les mains jointes, s'ébahissait, elle dit encore, fermement :

– Son fils est mon fils maintenant.

– Ce garçon-là, si grand ? s'exclama Popelka. Oh non, ce n'est pas Dieu possible. Oh, Madame l'a tant cherché, pauvre femme, elle l'a tant pleuré, et voilà que tu le ramènes. Elle n'en croira pas son bonheur !

Elle s'approcha, les mains dansantes, voulut palper, caresser Jan, mais il s'en retourna, farouche, à l'abri des jupons d'Anna. L'autre gémit, déconcertée :

– Dieu du Ciel, où l'as-tu trouvé ?

– Chez lui, chez nous, dans son berceau où sa mère l'avait laissé une nuit où vous n'étiez pas, ni toi ni madame Antonie. Elle s'était enfuie chez son père.

– Tristes jours, soupira la vieille.

Elle grimaça, hocha la tête, puis tout aussitôt réjouie :

– Ainsi, tu l'as sauvé, dit-elle.

– Je l'ai nourri, je l'ai soigné. Je l'ai emporté loin de Prague, pour qu'il vive. Je l'ai aimé.

– Comme s'il était ton enfant, répondit Popelka, béate. Pourtant, ma fille, il ne l'est pas.

Et l'air alarmé, tout à coup :

– Pourquoi es-tu venue, Anna ?

– Par chance, malchance ou hasard. Nous nous sommes perdus en route. Le vent nous a conduits ici.

– Que faisiez-vous en plein hiver, sur les chemins ? demanda l'autre.

Anna n'hésita qu'un instant.

– Tu veux savoir ? dit-elle. Écoute.

Elle prit ses mains, la fit asseoir, lui conta posément ses errances, ses peines, l'enlèvement de Jan, leur détresse, leur fuite. La vieille l'écouta, marmonnant çà et là des mots à moitié dits, des compassions plaintives, des questions étonnées. Enfin elle soupira, toute désemparée :

– Sainte Vierge Marie, et moi qui te croyais un cerveau de moineau, fragile, insouciante, ne pensant qu'aux garçons !

– Popelka, ne dis rien à madame Antonie.

L'autre eut un hoquet bref, elle voulut protester. Anna l'en empêcha. Elle dit, soudain pressante :

– Ta maîtresse a prié le Ciel de lui ramener son enfant. La voilà exaucée. Il est ici, chez elle. C'est à moi maintenant de me tourner vers Dieu, et ma prière est aussi simple que celle de cette madame, là-bas, dans sa belle salle à manger. Je demande que Jan me reste jusqu'à ce qu'il soit assez fort pour prendre seul sa route d'homme.

– Deux mères, Anna, quelle folie !

– Que décide entre nous Celui qui nous entend. Demain, nous attendrons le jour et nous sortirons dans la cour. Nous passerons devant la porte de cette maison de malheur. Madame Antonie ne dort guère, elle sera levée, je le sais. Un soir, à Prague, chez son père, je l'ai vue soulever un rideau de fenêtre mais elle l'a laissé retomber, et je m'en suis allée sans elle. À nouveau elle aura sa chance, et moi je risquerai ma vie. Il lui suffira d'un regard. Si rien ne lui dit de courir au travers de notre chemin, alors nous partirons pour toujours, tous les trois, et quel que soit le temps que nous rencontrerons, il sera mille fois béni.

Elle se tut, resta à l'affût des moindres gestes de la vieille. Quelque part, dans le noir, des chevaux remuèrent. Popelka demeura pensive, un long moment, le front penché.

– Seigneur Jésus, que faut-il faire ? Je ne sais pas, je ne sais rien, dit-elle enfin dans un soupir.

Elle se mit debout, grimaçante, en maugréant contre ses jambes qui ne voulaient plus la porter, chercha Jan du regard mais elle ne le vit pas, il s'était éloigné dans l'ombre, avec Simon. Alors elle reprit sa lanterne, elle fit mine de s'en aller. Et comme Anna la rejoignait, tout alarmée, en grande hâte :

– Je tiendrai ma langue, ma fille. Parler me porterait malheur, et puis qui suis-je, moi, pour juger de ces choses ? Une pauvre vieille servante qui doit rester à ses fourneaux, à cuire ses pains et ses soupes. Pourtant, demain matin, je prierai pour Madame. Pardonne-moi, Anna. Bon vent.

Elle se détourna et s'en fut.

Jan fut seul à dormir tranquille, douillettement pelotonné contre le ventre de sa mère. Simon veilla près du portail, épiant sans cesse la cour. Il aurait voulu fuir sur l'heure, malgré leur pesante fatigue et les traîtrises de la nuit, mais Anna avait refusé, sans explication raisonnable. Il avait dit :

– Nous risquons trop. Cette vieille aime sa maîtresse.

Elle avait répondu :

– Peut-être. Dieu jugera. Je n'ai pas peur.

Il avait voulu protester. Malgré ses grondements de loup il n'avait plus rien tiré d'elle. Anna était restée d'un calme exaspérant. Alors il s'était résigné à s'enfermer dans son manteau et à se tenir au bord du froid, à écouter la nuit déserte. Rien, pas un chien, pas un oiseau ne traversa l'air, ni la neige. Comme les ombres pâlissaient, il s'en fut parmi les chevaux charger les ballots sur l'ânesse. Quand ce fut fait :

– Il faut partir.

Elle jeta un coup d'œil dehors. Elle répondit :

– Dieu dort encore.

– Peste de femme.

Elle lui sourit. Elle paraissait presque joyeuse. Elle enveloppa Jan. Il sommeillait encore, il rechignait à s'éveiller. Simon voulut l'en décharger mais elle lui fit « non » de la tête, le tint serré, farouchement, puis s'en fut ouvrir le portail et attendit là, sur le seuil, que d'autres lumières s'allument un peu partout dans la maison et que la neige, les nuages, le chemin au fond de la cour soient enfin à nouveau vivants. Alors elle dégagea la tête de son fils du coin de couverture qui l'encapuchonnait et s'avança droit vers les arbres.

Popelka ouvrit les rideaux dans la chambre de sa maîtresse. Elle dit :

– Les voyageurs s'en vont.

Madame Antonie murmurait son Ave Maria du matin, agenouillée sur son prie-Dieu. Elle répondit :

– Eh bien, qu'ils partent.

– Ne voulez-vous pas les saluer ?

– Ne sois pas sotte, Popelka. Je ne suis même pas vêtue. Me vois-tu sortir en chemise ?

– Ils sont trois, avec un enfant.

Madame Antonie soupira.

– Popelka, je prie, tu m'agaces.

Elle croisa les doigts sur son front, se renferma dans sa ferveur.

– Ils sont partis, dit la servante.

Ce n'est qu'au bord de la Vltava, sur le ponton de vieilles planches où était amarré le bac, qu'Anna et Simon s'arrêtèrent. Ils ne se retournèrent pas. Ils embarquèrent sans un mot. Jan, pendu au cou de sa mère, sommeillait encore à demi. Ils furent seuls à traverser.

– Je crois que vous aurez beau temps, dit le passeur, un œil en l'air.

Jan s'éveilla sur l'autre rive. Comme ils reprenaient leur chemin, ils parlèrent de choses simples, du ciel bleu, des prochains villages, de leurs provisions de voyage, mais ils ne dirent rien de madame Antonie, de leur nuit dans son écurie, de la vaste cour traversée sous le regard de Dieu et d'un chien de rencontre. Peut-être qu'ils n'osèrent pas, car il en va de ces miracles ou de ces limpides hasards comme des secrets amoureux, trop intimes pour voir le jour, trop précieux et trop vulnérables pour qu'on les risque au bruit des mots. Ou peut-être se dirent-ils qu'il ne fallait pas provoquer, même de loin, même pour rire, le dragon qu'ils avaient frôlé, de peur qu'il gronde et les poursuive après les avoir épargnés. Jan sur l'ânesse s'étira et dit qu'il avait bien dormi, Simon se mit à fredonner et Anna chemina derrière pour raconter à l'air sa vie, comme le font parfois les femmes qui découvrent qu'elles sont aimées.

Ce fut dans une auberge aux environs de Linz qu'ils apprirent d'un colporteur arrivé la veille de Vienne l'étrange meurtre du marquis et le brûlement de Missa. L'affaire avait ému, en ville, tant les nobles que les bourgeois. Selon ce coureur de chemins, un moine ni homme ni femme, doux à pleurer, réputé saint, avait ces temps derniers inspiré tant d'amour partout où il prêchait qu'il s'était vu porté par la ferveur du peuple jusqu'à l'archiduc Ferdinand qui l'avait, par piété, admis en audience un dimanche après vêpres. Cet humble enfant de Dieu s'était alors changé, sans que nul ne s'en doute, en démon ravageur. Monseigneur l'archiduc lui avait présenté quelques-uns de ses proches afin qu'il les bénisse. Le marquis de Wallen était parmi ces gens. Le moine avait tracé une croix sur son front, puis il avait sorti un couteau de sa manche et en deux coups imprévisibles il l'avait enfoncé dans chacun de ses yeux avant de le laisser planté, jusqu'à la garde, dans sa gorge. Nul ne savait pourquoi il avait fait cela, car de ce terrible moment jusqu'à sa mort sur le bûcher, il n'avait plus dit un seul mot.

Épilogue

Le 14 avril 1629, Anna, Simon et leur enfant quittèrent le port de Gênes pour Alexandrie à bord du *Deo Gratias*, un galion de marchands assez puissamment armé de canons pour redonner vigueur à la grâce de Dieu, si elle s'avérait défaillante à tenir seule au large les navires pirates qui, en ces temps, couraient la mer. Ils s'établirent dans cette ville plus cosmopolite qu'égyptienne où ils firent commerce de tissus, d'épices et de teintures. C'est par Jan que l'on connut leur histoire. Le récit qu'il fit de leurs aventures resta pourtant inachevé. On sait ainsi de ses parents qu'ils connurent une enviable aisance, mais on ignore tout de leurs derniers instants, si tant est que la vie finisse quand on ne sait plus où elle va. Quant à Jan, il dit de lui qu'il fut apprenti alchimiste, qu'il est apothicaire et maître parfumeur, à l'heure où il écrit, mais qu'il ne sait ce qu'il sera demain. Avant de clore son cahier, il exalte hâtivement les beautés de Samarkande où l'attend une bien-aimée dont il ne parle nulle part, sauf à cet ultime moment. Il espère, écrit-il, qu'ils voyageront ensemble jusqu'à découvrir la musique du cœur du monde. Ses derniers mots furent : « Je pars. » On ne sait où il arriva.

Du même auteur

Démons et merveilles de la science-fiction
essai
Julliard, 1974

Départements et territoires d'outre-mort
nouvelles
Julliard, 1977
et Seuil, « Points », n° P732

Souvenirs invivables
poèmes
Ipomée, 1977

Le Grand Partir
roman
Grand Prix de l'humour noir
Seuil, 1978
et « Points », n° P525

L'Arbre à soleils
légendes
Seuil, 1979
et « Points », n° P304

Le Trouveur de feu
roman
Seuil, 1980
et « Points Roman », n° R695

Bélibaste
roman
Seuil, 1982
et « Points », n° P306

L'Inquisiteur
roman
Seuil, 1984
et « Points », n° P66

Le Fils de l'ogre
roman
Seuil, 1986
et « Points », n° P385

L'Arbre aux trésors
légendes
Seuil, 1987
et « Points », n° P361

L'homme à la vie inexplicable
roman
Seuil, 1989
et « Points », n° P305

La Chanson de la croisade albigeoise
(traduction)
Le Livre de poche, coll. « Lettres gothiques », 1989

L'Expédition
roman
Seuil, 1991
et « Points », n° P524

L'Arbre d'amour et de sagesse
légendes
Seuil, 1992
et « Points », n° P360

Vivre le pays cathare
(avec Gérard Siöen)
Mengès, 1992

La Bible du Hibou
légendes
Seuil, 1994
et « Points », n° P78

Les Septs Plumes de l'aigle
récit
Seuil, 1995
et « Points », n° P1032

Le Livre des amours
Contes de l'envie d'elle et du désir de lui
Seuil, 1996
et « Points », n° P584

Les Dits de Maître Shonglang
Seuil, 1997

Paroles de Chamans
Albin Michel, coll. « Carnets de sagesse », 1997

Paramour
roman
Seuil, 1998

Contes d'Afrique
illustrations Marc Daniau
Seuil, 1999

Contes du Pacifique
illustrations Laura Rosano
Seuil, 2000

Le Rire de l'Ange
Seuil, 2000
et « Points », n° P1073

Contes d'Asie
illustrations Olivier Besson
Seuil, 2001

Le Murmure des contes
Desclée de Brouwer, 2002

La Reine des serpents
et autres contes du ciel et de la terre
Seuil, « Points Virgule », 2002

Contes d'Europe
illustrations de Marc Daniau
Seuil, 2002

Contes et recettes du monde
avec Guy Martin
Seuil, 2003

L'Amour foudre
Contes de la folie d'aimer
Seuil, 2003

Contes d'Amérique
illustrations de Blutch
Seuil, 2004

Contes des sages soufis
Seuil, 2004

COMPOSITION : PAO EDITIONS DU SEUIL

GROUPE CPI

Achevé d'imprimer en mars 2005
par **BUSSIÈRE**
à Saint-Amand-Montrond (Cher)
N° d'édition : 37511. - N° d'impression : 051128/1.
Dépôt légal : avril 2005.
Imprimé en France